証言記録

兵士たちの戦争 1

NHK「戦争証言」プロジェクト

NHK出版

装幀　蟹江征治

千葉県・佐倉歩兵第二二一連隊

西部ニューギニア　見捨てられた戦場

歩兵第221連隊。総勢3300人の兵士のうち9割が、主に飢えや病で亡くなった

関東地方出身者で編成された221連隊が訓練を受けた佐倉の兵営

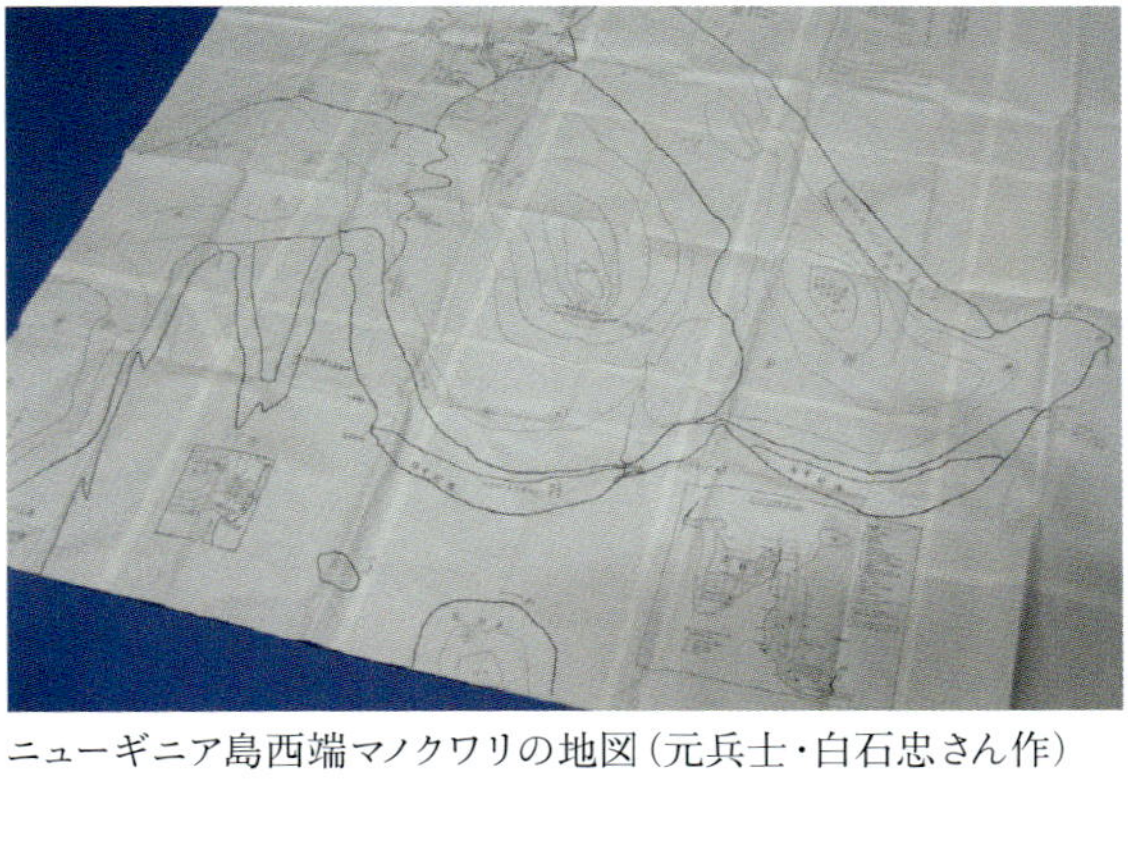

ニューギニア島西端マノクワリの地図（元兵士・白石忠さん作）

福岡県・久留米陸軍第一八師団

北部ビルマ　密林に倒れた最強部隊

昭和17年のビルマ占領。第18師団も参加した

「菊兵団」と呼ばれた第18師団の慰霊碑。菊の紋章が輝く

第18師団が送り込まれた「死の谷」、フーコン

パラオに沈む日本海軍機の残骸。マリアナ沖海戦で戦った一機かもしれない

三重県・鈴鹿海軍航空隊

マリアナ沖海戦　破綻した必勝戦法

「偵察員」を養成した鈴鹿海軍航空隊の艦上爆撃機。後ろが「偵察員」

福井県・敦賀
歩兵第一一九連隊

ビルマ　退却戦の悲闘

第119連隊が遭遇した第18師団の兵士たち。負傷し戦線を離脱する者が多くいた（元兵士・中野珪三さん画）

日本軍の退却支援のためにビルマに送り込まれた第119連隊の兵士たち

昭和18年、第119連隊は補充部隊として召集された

中国大陸を行軍し続ける日本軍の兵士たち

静岡県・歩兵第三四連隊

中国大陸打通　苦しみの行軍一五〇〇キロ

昭和19年、中国に駐留する第34連隊。大陸を1500キロ以上横断し、戦い続けた

ルソン島に送り込まれた第10連隊。3000人のうち生還者はわずか220人だった

岡山県・歩兵第一〇連隊

フィリピン最後の攻防　極限の持久戦

魚雷を受け沈められた日本軍の船（元兵士・小野一臣さん画。上陸直前の光景）

青森県・陸軍第一〇七師団

満蒙国境　知らされなかった終戦

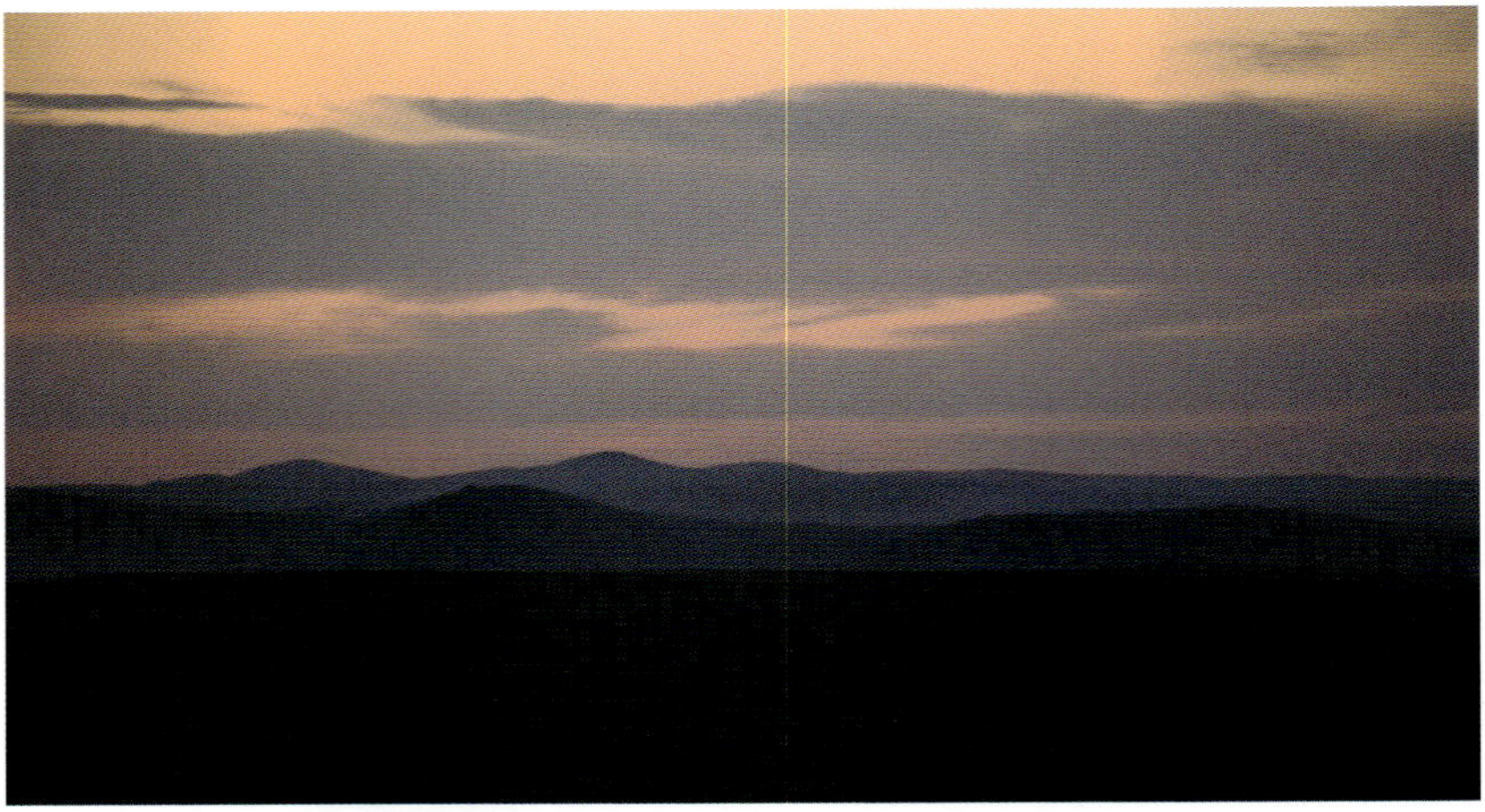

ソ連軍との激しい戦闘が繰り広げられた中国東北部の大平原

第107師団。戦後のシベリア抑留でも多くの命が失われた

昭和20年8月9日、侵攻していくソ連軍の戦車

証言記録　兵士たちの戦争①

はじめに

日本人の戦争体験の全貌を、証言記録として残したい——この企画を思い立ったのは、二〇〇六年のことでした。

その夏、私たちはＮＨＫスペシャル「日中戦争　なぜ戦争は拡大したのか」の制作を進めていました。一九三七年、北京郊外盧溝橋で放たれた一発の銃声から始まった日中戦争。当初、不拡大方針が出されたにもかかわらず、なぜ戦線は広がり、なし崩し的に全面戦争に突入してしまったのか。この番組は、戦闘の推移や日中双方の意思決定のプロセスを、新資料に基づき明らかにしようというものでした。

制作の過程で特に困難だったのは、実際に戦場に身をおいた元兵士たちの取材でした。戦争の開始からすでに七〇年が過ぎようとしており、元兵士たちの多くが亡くなっています。また、戦場の体験の中にはいまだ口にできないことも多く、共に戦った戦友の名誉を貶めることになりかねないという懸念から、取材に応じていただけない方がいました。

そうした中で、ごく少数の方々が、葛藤を乗り越えある種の覚悟を持って証言してくださったわけです。長い沈黙を破り、カメラを前に初めて語られる戦場の現実——言葉の重みに打たれるとともに、私が感じたのは、こうした証言をしてくださる方が、この国に誰一人いなくなってしまう日がやがては来る、ということでした。

その時、私たち日本人は、戦争というものについてどんな認識やイメージを持ちうるのだろうか、記録映像や書物だけに基づく戦争観は、現実に向き合ったものと言えるのだろうか——。私は、もう遅すぎるかもしれないけれど、戦争体験者の証言を体系的に収集すべきだと考えました。こうして「証言記録　兵士たちの戦争」のシリーズが始まったのです。

元兵士たちの証言は、酸鼻をきわめる戦場の現実だけでなく、それをもたらした日本軍の構造や体質をも浮き彫りにしました。場当たり的な作戦指導、情報収集と分析のお粗末さ、兵站（兵器・食料の補給）の軽視、まさに「敵を知らず、己を知らず」という状況の中で、多くの兵士たちが理不尽な死に追い込まれていきました。中国大陸、東南アジア、太平洋の島々と、時と場所をかえながら、なぜ、同質同根の悲劇が繰り返されなければならなかったのか、元兵士たちは、確かな答えが見えない問いかけを今も抱え続けています。

戦時中の日本の歴史には、解明されていない部分がまだ残されています。政策決定や作戦指導の中枢にいた政治家や軍人の中には、その内実を語らないまま世を去った人が少なくありません。また日本政府は、一九四五年ポツダム宣言を受諾した直後、閣議決定に基づいて、戦時中の公式文書を大量に焼却しています。その一方で、重要な記録文書が、存在が確認されているにもかかわらず、公開されていないケースもあります。「証言記録　兵士たちの戦争」は、こうした歴史の空白を埋めるための試みでもあります。

二〇〇七年から始まったシリーズはすでに一八回を数え、幸い、多くの皆さんから好意的な反響をいただきました。私たちは昨年から「戦争証言」プロジェクトを立ち上げ、「兵士たちの戦争」に加えて、空襲、引き揚げ、動員、徴用など、戦争が銃後の市民に何をもたらしたのかを描く「市民たちの戦争」のシリーズに取り組んでいます。

こうして記録された証言は、番組として放送されるだけでなく「戦争証言アーカイブス」として保存され、インターネットを通じて誰もが視聴できるようにしたいと考えています。このため、プロジェクトでは、戦場や戦時下の暮らしについての体験談を皆さんから募集しています。詳細についてはＮＨＫ「戦争証言」プロジェクトのサイトhttp://www.nhk.or.jp/bs/heishi/をご覧ください。

番組を取材し、この本を執筆しているのは、元兵士の方々からすると孫にあたる世代のディレクターたちです。その一人が、元兵士の方々について「『生きていて下さってどうもありがとうございます』とお礼を言いたくなるくらい、体験者が生きておられるということがありがたかった」と言っていました。戦争について語れる方が確実に少なくなっていく中で、私たちが今、聞き逃したら、その言葉は永久に失われてしまう——そんな危機感と使命感を持って、この「戦争証言」プロジェクトに取り組んで行きたいと思います。未来に伝えるために。

ＮＨＫ制作局　制作主幹　伊藤　純

証言記録　兵士たちの戦争①　目次

兵士たちが語り始めたアジア・太平洋戦争の記憶

一橋大学大学院社会学研究科教授　吉田　裕

兵士たちの今

現在、日本社会には、かつてのアジア・太平洋戦争を戦った兵士たちが、どれだけ生き残っているのだろうか。正確な数字はわからないが、推定の手がかりとなるのは、軍人恩給である。軍人恩給の受給者（本人対象のもの）は正確なデータが得られるので、これに、所定の在職期間を満たせないため、軍人恩給を受給できない恩給欠格者の数を加算するというやり方である。この方法の場合、受給申請をしない人々の存在が無視されるという問題があるが、未申請者の数は少数であると考えられるので、この方法によって推定してみたい。

二〇〇八年八月一五日付の『毎日新聞』は、二〇〇六年末の軍人恩給受給者が二六万三〇七五人、平和祈念事業特別基金が恩給欠格者に対して実施している特別記念事業に申請し、給付を受けた元兵士の数が、二〇〇八年七月現在で一三万七八九四人に上ることから、両者を合算して、「兵士体験者は少なくとも約四〇万人が生存している」と推定している。特別記念事業とは、恩給欠格者の慰労のため、軍歴に応じて記念品や金券を贈る事業だが、すべての恩給欠格者が申請をしているわけではない。したがって、約四〇万人という数値は、生存者数の下限を示していると考えられる。

一方、総務省特別基金事業推進室「平和祈念事業の経緯」（二〇〇八年四月八日）は、恩給欠格者の「推定現存者」数を約七〇万人（平均約八二歳）としている。この推定値を採用すると、元兵士の生存者数は、約九六万人ということになる。この数値を一応の上限とみなすことができるだろう。敗戦時の陸海軍の総兵力が約七八九万人だから、いずれにせよ、大幅な減少である。そして、軍人恩給受給者よりは、より若い世代に属していると考えられる恩給欠格者の推定平均年齢が、すでに八二歳に達していることを考えると、生存者の減少が、ここ数年の間で、さらに加速されることは間違いない。

こうした中、各地で、元兵士たちが重い口をようやく開き、戦場の生々しい現実を語り始めている。この「証言記録　兵士たちの戦争」に登場する人々が、その典型であるが、このことは戦争体験者全体に共通する傾向のようである。「九条の会」の事務局長である小森陽一氏も、最近の状況について、次のように指摘している（小森監修『戦争への想像力』新日本出版社、二〇〇八年）。

毎週末、私は全国のどこかの「九条の会」に呼ばれて、話をさせていただいています が、〔中略〕多くの地域で、「今まで沈黙を守っていた方が、自ら名乗り出て、戦争体験を語って下さるんです」という声を聴きました。

被害体験か加害体験か、体験の場所はどこだったかなど、様々な違いはありますが、一点だけは共通しています。それは「今、自分の記憶を語っておかなければ、それは無かったことになってしまう」という、自らの死を強く意識した切迫した気持ちです。

確かに、「証言記録　兵士たちの戦争」に登場する兵士たちのどの証言からも、自らの人生の終末点に立って、このことだけは、どうしても語り残しておきたいという執念のようなものが、ひしひしと伝わってくる。

同時に「語り」を可能にした背景にも注目する必要があるだろう。一つには、戦友会が全国的に解散もしくは休会に追い込まれているという事情である。二〇〇七年八月一四日付『朝日新聞』の記事「戦友会、消えゆく　高齢化、解散相次ぐ　『慰霊、命ある限りは』」は、「戦後、元兵士らが各地につくった戦友会が、消滅しつつある。〔中略〕最盛期は五千～一万数千あったとされるが、平均年齢は八〇歳を超え、解散や休止が相次ぐ。いまでも実質的に活動しているのは『一割程度ではないか』（戦友会関係者）という」と報じている。

事実、戦友会研究会（代表=高橋由典）が最近実施した調査によれば、戦友会の成立期は、一九七一～七五年が一番多く、最盛期は一九七六～八〇年であり、二〇〇一～二〇〇五年に入ると、解散が急増してくる（戦友会研究会編『戦友会に関する統計調査資料』非売品、二〇〇八年）。

戦友会には、多様な性格があり決して単純化できないが、保阪正康『昭和陸軍の研究（下）』

（朝日新聞社、一九九九年）は、その社会的機能の一つに、「戦史の多様化への統制」を挙げている。つまり、戦友会の構成員が、戦場の悲惨な現実や残虐行為、上官に対する批判などについて、語り、書くことを統制し、管理する機能である。この点については、高橋三郎「戦友会研究の中から」（『世界』一九八四年二月号）も、戦友会では「現在の結合のきずな」を弱める要素は、注意深くとり除かれるため、決して語られない話題があるとした上で、次のように続けている。

戦争中の体験にしてもあまりに悲惨なこと忌まわしいことは語られないのが普通である。そうした話は死んだ戦友やその遺族を、あるいは生き残った戦友をいたずらに傷つけることになると考えられているからである。悲惨なこと忌まわしいことは自分たちの胸だけにおさめておこう、それが自分たちが生き残ったことに対する負い目をはらすひとつの方法なのだという考えは、戦闘体験者にかなり共通したものといえる。

戦友会の消滅は、兵士たちの「語り」を抑止してきた要因の一つが、除去されたことを意味していたといえるだろう。

もう一つの抑止要因は、遺族の存在である。「証言記録　兵士たちの戦争」を見ていても、こんなにも悲惨で無残な死に方をしたという事実をとても遺族には伝えられない、という強い思いを兵士たちが抱いていたことがわかる。それが、高橋も指摘しているように、自分だけが生き残ったという自責の念や負い目と結びつくことによって、兵士たちの口を重くしていたのである。

しかし、遺族の側にも大きな変化が現れている。戦死者の遺族、特に両親や妻の人数をみる際に、一つの目安になるのは、公務扶助料や遺族年金などの受給者数である。その人数は、一九六〇年前後の一八〇数万人から、二〇〇五年の約二〇万人にまで、この間、大きく減少している。その一方で、戦死者の遺児や兄弟姉妹などを対象にした特別弔慰金の受給者は、一九七〇年前後の六〇数万人が、二〇〇五年には約一六〇万人に増大している。遺族の世代交代の進行である（朝日新聞取材班『戦争責任と追悼』朝日新聞社、二〇〇六年）。このような遺族の側の変化も、兵士たちが証言を始めたことの、もう一つの背景として指摘できるだろう。

アジア・太平洋戦争の戦局

一九四一年一二月八日、日本軍のマレー半島と真珠湾への奇襲攻撃によって開始されたアジア・太平洋戦争の戦局は、次のような推移をたどった。

第一期は、開戦から一九四二年五月までの時期である。この時期、日本軍は戦略的な攻勢をかけ、東南アジアの広大な地域を短期間のうちに支配下におさめた。日中戦争以降、軍備の急速な充実に努めてきた日本軍が、戦争準備の立ち遅れた米英軍、オランダ軍などを圧倒したのである。

第二期は、四二年六月から四三年二月まで、米軍を中心にした連合軍の反撃が始まった時期である。四二年六月のミッドウエー海戦に勝利した米軍は、八月には、ガダルカナル島への上陸を開始する。以後、同島の争奪をめぐって激しい攻防戦が展開されたが、結局、戦闘は米軍の勝利に終わり、翌四三年二月には、戦いに敗れた日本軍がガダルカナル島から撤退する。この激しい攻防戦で日本軍は、多数の航空機と熟練した搭乗員を失った。艦艇の喪失も深刻であり、特に、多数の新鋭輸送船の喪失は、日本の戦争経済に深刻なダメージを与えた。陸上戦においても、日本軍は、優秀な装備の米軍に完敗した。ガダルカナル島をめぐる攻防戦における日本陸海軍の敗北は、戦局の決定的な転換点となったのである。

第三期は、四三年三月から、四四年六、七月ごろまでの時期である。米軍の戦略的攻勢、日本軍の戦略的守勢の時期として位置づけられる。この時期、戦争経済が本格的に稼働し始めたアメリカは、多数の正規空母の就役や航空機の大増産などによって、戦力を充実させた。その結果、日米の戦力比は完全に逆転し、戦力の格差は急速に拡大してゆく。そして、戦力の充実によって、太平洋の制空・制海権を握った米軍は、各地で本格的攻勢を開始した。これに対して、日本側は、戦線の縮小によって後方の防備を固めつつ、連合軍との本格的決戦に備えるため、四三年九月の御前会議で「絶対国防圏」を設定する。

しかし、「絶対国防圏」の防備の強化が進まないうちに、四四年六月、米軍はマリアナ諸島のサイパン島への上陸を開始した。この時、日本海軍は、機動部隊を出撃させて、米機動部隊に決戦を挑んだが、反撃にあって完敗した。このマリアナ沖海戦によって、日本の機動部隊は事実上壊滅する。また、サイパン島の日本軍守備隊も七月には全滅し、米軍はマリアナ諸島を完全に制圧した。

第四期は、四四年八月から、敗戦までの時期である。この時期は、日本による絶望的抗戦期として特徴づけられる。マリアナ諸島の陥落によって、日本本土の大部分は、新鋭大型爆撃機

Ｂ29の行動圏内に入り、一一月からは、マリアナ諸島を基地とするＢ29による日本本土爆撃が開始された。一方、米潜水艦部隊の攻撃によって、多数の船舶が失われ、日本本土と東南アジアの占領地を結ぶ海上輸送路は、随所で切断された。このことは、占領地からの資源の移入によって成り立っていた日本の戦争経済にとって、致命的な打撃となった。日本の戦争経済の崩壊が始まったのである。

こうして、敗戦はもはや避けられない事態となったにもかかわらず、日本政府は、戦争終結を決断できなかった。いずれかの戦場で米軍と決戦を行い、決定的な打撃を与えてから、少しでも有利な条件で講和に持ち込むというシナリオに固執し続けたからである。結局、四五年八月の広島・長崎への原爆投下とソ連の参戦によって、日本政府が戦争終結を決意するまで、見通しの全くない絶望的な抗戦が続けられた。

重要なことは、アジア・太平洋戦争期の戦死者の大部分がこの時期に生じていることである。全国的な年次別・月別統計が見当たらないので、岩手県の事例で見てみると、四四年一月以降の戦死者数（敗戦後の戦死者を含む）は、全体の八七・六％に達している（岩手県『援護の記録』非売品、一九七二年）。また、厚生省援護局が一九六四年にまとめた地域別戦死者数からも、戦死者の過半数が絶望的抗戦期のものと推定できる（吉田裕・森茂樹『アジア・太平洋戦争』吉川弘文館、二〇〇七年）。

この時期に、これだけ多数の戦死者が生じた原因としては、連合軍との圧倒的な戦力格差、大本営や現地軍の無謀な作戦指導に加えて、「戦陣訓」の存在を指摘しなければならない。四一年一月に東条英機陸相の名で全軍に示達された「戦陣訓」は、「生きて虜囚の辱《はずかし》めを受けず」という形で捕虜となることを事実上、禁じる「戦陣道徳」を確立した。これによって兵士たちは、戦闘の帰趨《きすう》が完全に決した後にもなお、全滅するまで戦い続けることを余儀なくされたのである。

ちなみに、アジア・太平洋戦争における米軍の戦死者数は一〇万九九七名、そのうち五万三三四九名が、一九四四年七月以降に戦死しており、全戦死者の中に占める割合は、五三％に達している（ジョン・W・ダワー『容赦なき戦争』平凡社、二〇〇一年）。

各章の概要

最後に、各章の概要をごく簡単に説明しておこう。

第一章は、「千葉県・佐倉歩兵第二二一連隊～西部ニューギニア　見捨てられた戦場」である。ニューギニアは世界第二位の大島だが、中央には大きな山脈が東西に連なり、内陸部はジャングルである。海岸線部分は湿地帯によって分断され、海岸線沿いの陸上交通路は未整備である。つまり、補給は海上輸送によるしかなく、そのためには、制海権・制空権の確保が不可欠だった。それにもかかわらず、大本営が、連合軍に制海権・制空権を完全に奪われ、補給が途絶した後も、同島の確保に固執したため、現地の日本軍からは、多数の餓死者を出すことになったのである。

第二章は、「福岡県・久留米陸軍第一八師団～北部ビルマ　密林に倒れた最強部隊」である。

四三年一〇月、連合軍は、インド東部のレドから、ビルマ北部フーコンへの進撃を開始した。この地域の防衛にあたっていたのが、第一八師団である。ところが、翌四四年三月、第一五軍がインパール作戦を開始したため、フーコン方面は、少数の兵力による持久作戦が任務となった。その結果、兵力の増援や補給もほとんどないまま、第一八師団は、苦しい戦闘を強いられることになったのである。

第三章は、「三重県・鈴鹿海軍航空隊〜マリアナ沖海戦　破綻した必勝戦法」である。航続距離が長いという日本海軍機の特性を生かして、米軍機の行動圏外から、アメリカの機動部隊に先制攻撃を加え撃滅する戦法が「アウトレンジ」戦法である。四四年六月のマリアナ沖海戦では、この戦法が実行に移されたが、日本軍機の攻撃は、米軍によって阻止され、海戦は日本側の完敗に終わった。その原因に迫ったのが第三章である。

第四章は、「福井県・敦賀歩兵第一一九連隊〜ビルマ　退却戦の悲劇」である。この部隊は、インパール作戦の失敗によって崩壊が始まったビルマ戦線に派遣され、多数の戦病死者や餓死者を出した悲惨な退却戦の現実を、身をもって体験することになる。

第五章は、「静岡県・歩兵第三四連隊〜中国大陸打通　苦しみの行軍一五〇〇キロ」である。四四年四月から四五年二月まで、中国戦線では大規模な一号作戦（大陸打通作戦）が実施されたが、その中心となった湘桂作戦に、歩兵第三四連隊は参加した。しかし、この段階では、人的資源の枯渇のため、日本軍の中には、老兵や体位の劣る兵が急速に増大していた。彼らにとって、在中米空軍に制空権を奪われた下での、長期間にわたる行軍は、地獄以外の何ものでもなかった。

第六章は、「岡山県・歩兵第一〇連隊~フィリピン最後の攻防　極限の持久戦」である。歩兵第一〇連隊は、四四年一〇月に米軍がレイテ島への上陸を開始してから、ルソン島防衛のため派遣された部隊である。ルソン島防衛のための要衝、バレテ峠の死守を命じられ、米軍との間に激戦を展開し、壊滅した。

第七章は、「青森県・陸軍第一〇七師団~満蒙国境　知らされなかった終戦」である。第一〇七師団は、停戦命令が届かなかったため、戦争終結後、二週間にわたってソ連軍と戦い続け、大きな損害を蒙った部隊である。そして、ソ連軍の捕虜となった後には、シベリア抑留というもう一つの悲劇が彼らを待ち受けていた。

証言をした一人一人の元兵士が、戦場の生々しい現実について、きわめて具体的に語っており、その内容に圧倒される。また、戦死した戦友やその家族への彼らの切実な思いが、私たちの胸に迫ってくる。

吉田 裕（よしだ・ゆたか）

一橋大学大学院社会学研究科教授。日本近現代政治史、日本近現代軍事史を専攻。一九五四年埼玉県生まれ。一九七七年東京教育大学文学部卒業。一九八三年一橋大学社会学研究科博士課程単位取得退学。著書に『アジア・太平洋戦争 シリーズ日本近現代史⑥』『日本の軍隊』（ともに岩波新書）『現代歴史学と戦争責任』（青木書店）『岩波 天皇・皇室辞典』（共編著 岩波書店）などがある。

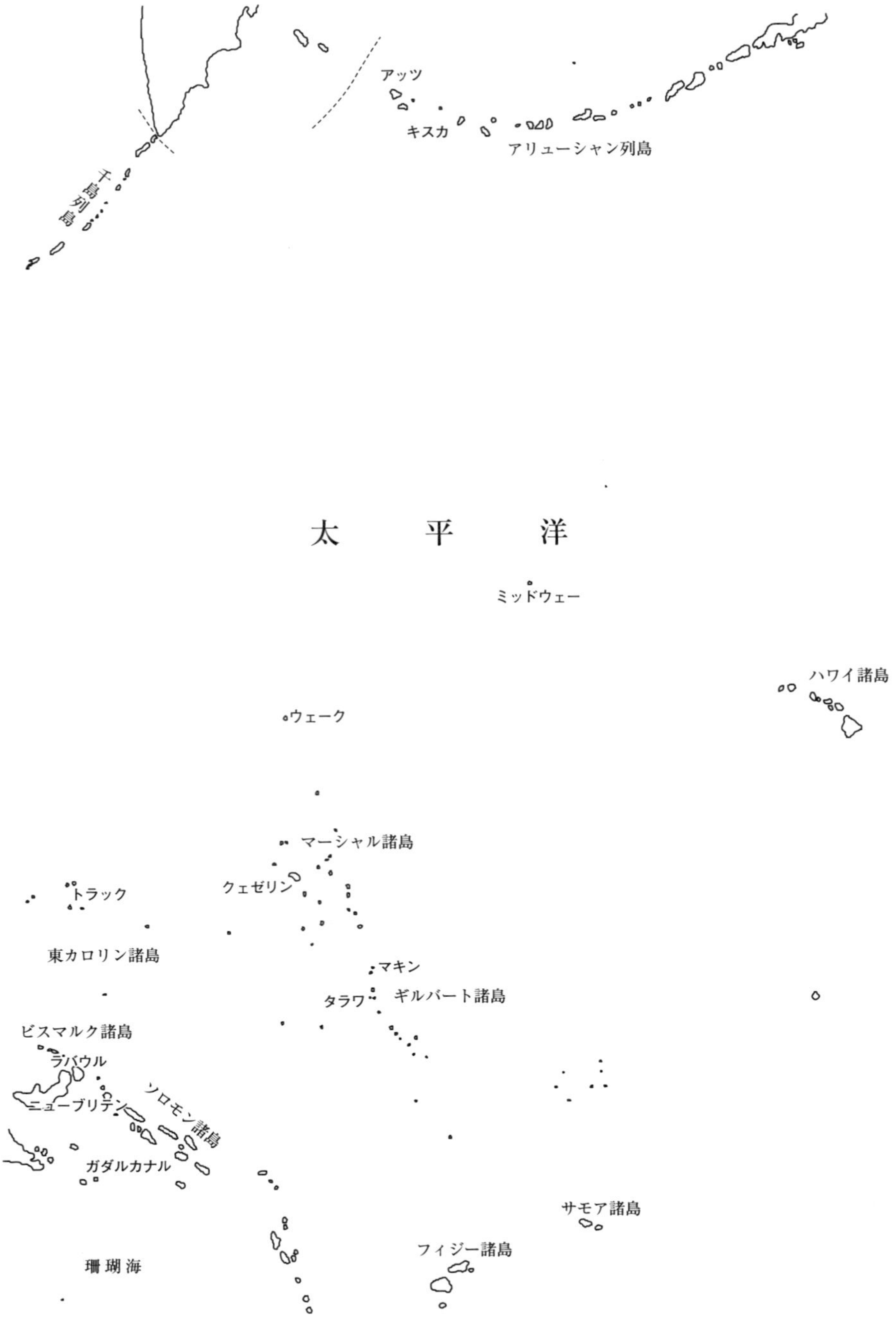
アッツ
キスカ
アリューシャン列島
千島列島
太　平　洋
ミッドウェー
ハワイ諸島
ウェーク
マーシャル諸島
トラック
クェゼリン
東カロリン諸島
マキン
タラワ
ギルバート諸島
ビスマルク諸島
ラバウル
ニューブリテン
ソロモン諸島
ガダルカナル
サモア諸島
フィジー諸島
珊瑚海

戦争関係地図（江口圭一『十五年戦争小史（新版）』をもとに作成）

凡　例

○本文中の年月日、年齢等の表記は、各章の番組放送当時のものです。
○略歴中の証言者の年齢は平成二〇年（二〇〇八年）一二月当時のものです。
○本文中の証言者の表現に関しては、今日の時点からみて不適切と考えられるものもあるかもしれませんが、記録性を重視し、太平洋戦争当時の軍隊内での表現を最優先といたしました。そのため、修正は最低限にとどめさせていただきました。

第一章

千葉県・佐倉歩兵第二二一連隊

～西部ニューギニア　見捨てられた戦場

面積七七万平方キロ。日本の二倍以上の広さを持つ南太平洋の島、ニューギニア。戦況の悪化に伴い、昭和一九年、二〇代の若者たちは、この島に派遣された。そして、太平洋戦争中、およそ一三万人の日本兵が亡くなった。

日本軍の防衛ライン、西部ニューギニアへ

昭和一八年、日本軍は、連合軍の進攻を食い止める防衛ラインを西部ニューギニアに定める。そこに派遣された第三五師団歩兵第二二一連隊の兵士たちを待ち受けていたのは、想像をはるかに超えた苛酷な戦場だった。

内田平八郎さん

マニラに寄ったときね、女の人がね、「あんた方どこ行くの」って言うから、「わかんないけどね、たぶんニューギニアらしいよ」って言ったの。そしたら、「お気の毒に」って

言われたんで、「なぜ」って聞いたよ。だって、南方行くって言って、「お気の毒に」って言われたら変でしょう。そしたらね、行った船は一隻も帰ってきてないんだって。うん。じゃあ、お気の毒って言われるわけだよね。

宮寄喜重さん

上陸した日がね、大空襲だったんですよねえ。そのときに、途中で魚雷艇に乗せてもらったんだけど、飛行機に爆撃されて積んであるボートが飛ばされてね。駆け足でニューギニアのジャングルのほうへね、行った覚えがあるんですよね。

板垣正雄さん

もう空襲はすごいですよね。一日五〜六回から、多いときは一〇回ぐらい来るんですよね。最初、戦闘機が来て、もうめちゃくちゃに機銃掃射やって、で、その次は爆撃機が来て、さんざん爆撃をやって、で、その後また戦闘機やら来て、また機銃掃射をやる。それで引き揚げて、また今度は、何時間か間があって来るんですよ。一日、朝やって、八時ごろ来て、一〇時ごろ来て、お昼ちょっと過ぎに来て、夕方四時ごろ来て、それから夕方暗くなるころっちゅう、だいたい五、六回は毎日なんですよ。

小川昌康さん

（空襲が）ウワァーッて来た。もうそれこそ雨あられと同じですよ。そんなんだから背中なんかぶち抜かれてね、ずいぶんそこで死んだんですよ。私は幸いに、そんなに太かない木が、えぐられて半分腐れていたところへね、逃れて、ね。先客が一人いたんだけど、押し込んで、それでまあね、なんとか、かんとかね。

歩兵第二二一連隊、総員三三〇〇人。その多くは、埼玉、東京、千葉など、関東の出身だった。入隊した兵士は、千葉県佐倉の兵営に集められ、訓練を受けた。二二一連隊は、中国大陸で数々の戦果を上げた後、西部ニューギニアに派遣された。

二二一連隊の最大の使命は、西部ニューギニアにあるビアク島を防衛することだった。

内田平八郎（うちだ・へいはちろう）

一九二〇年（大正九年）生まれ。

埼玉県鴻巣市出身。

一九三三年（昭和八年）吹上尋常高等小学校卒業。

一九四〇年（昭和一五年）現役兵として歩兵第二二一連隊に入隊。

一九四四年（昭和一九年）西部ニューギニアの作戦に参加。当時、二四歳、伍長（歩兵）。

一九四五年（昭和二〇年）西部ニューギニアのソロンで終戦を迎える。復員後は吹上青果市場を設立。青果・鮮魚店を営む。

二〇〇八年（平成二〇年）現在、八八歳。

宮嵜喜重（みやざき・きじゅう）

一九二〇年（大正九年）生まれ。

埼玉県入間郡名細村（現・川越市）出身。

一九三五年（昭和一〇年）名細村北尋常高等小学校卒業。農業を営む。

一九四〇年（昭和一五年）現役兵として歩兵第二二一連隊に入隊。

一九四四年（昭和一九年）西部ニューギニアの作戦に参加。当時、二四歳。伍長（歩兵）。

一九四五年（昭和二〇年）西部ニューギニアのマノクワリで終戦を迎える。終戦当時、軍曹。

一九四六年（昭和二一年）名古屋にて復員。

復員後は自動車部品卸業を営む。

二〇〇八年（平成二〇年）現在、八八歳。

飛行場建設に適したこの島は、西部ニューギニア方面の制空権を握るための要の地。しかし、昭和一九年五月二七日、連合軍は先んじてビアク島に上陸し、戦いの主導権を握る。二二二連隊のうちビアク島に上陸できたのは、一大隊に満たない兵力にすぎず、本隊を含む大半は上陸を諦めざるを得なかった。

二二一連隊は、やむなく、ニューギニア本島のマノクワリとソロンの二つの町に分かれて上陸する。物量に勝る連合軍の激しい攻撃にさらされ、武器弾薬・食料を積んだ多くの艦船が沈められた。

上陸と同時に孤立した部隊

二二一連隊の本隊が上陸したのは、マノクワリの町だった。この地域は、一九世紀からオランダが植民地として支配していた。太平

板垣正雄（いたがき・まさお）

一九二二年（大正一一年）生まれ。埼玉県所沢市出身。

一九四二年（昭和一七年）青年学校卒業。

一九四三年（昭和一八年）現役兵として歩兵第二二一連隊に入隊（経理部、経理勤務班）

一九四四年（昭和一九年）西部ニューギニアの作戦に参加。当時、二二歳、上等兵（輜重兵）。

一九四五年（昭和二〇年）西部ニューギニアのマノクワリで終戦を迎える。

一九四六年（昭和二一年）名古屋にて復員。復員後は理容師として暮らす。

二〇〇八年（平成二〇年）現在、八六歳。

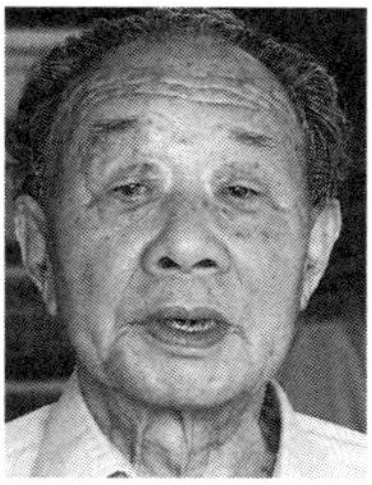

小川昌康（おがわ・まさやす）

一九二〇年（大正九年）生まれ。埼玉県久喜市出身。

一九三二年（昭和七年）桜田尋常高等小学校卒業。

一九四〇年（昭和一五年）現役兵として歩兵第二二一連隊に入隊。

一九四四年（昭和一九年）西部ニューギニアの作戦に参加。当時、二四歳、伍長（歩兵）。

一九四五年（昭和二〇年）西部ニューギニアのマノクワリで終戦を迎える。

復員後は青果商を営む。

二〇〇八年（平成二〇年）五月逝去。享年八八。

洋戦争の開始とともに南方に進攻した日本軍が占領し、拠点の一つとしていたのだ。

宮嵜喜重さん

飛行機に爆撃されて、辛うじてマノクワリに着いたっていうような状態ですよね。それで背嚢なんかはね、上陸した地点に置いといてね、で、一個分隊ですか、監視に残して、あとの者はねえ、もう銃と、背嚢なしですからね、それで山へ隠れたっていうか。

そして山へ着いて、時間はたたないうちにね、飛行機が、こう、来たのよ。だからね、友軍の飛行機も来るっていう話があったからね、友軍の飛行機かなあと思っていたら、なんかねえ、胴体が二つで、「違う、違う!」って言う。それで高射砲部隊が一斉に撃ったんだけど、なんか次の日の会報では(敵機は)何機大破したとかって言ったけど、見てたところでは、大破したっていうのはね、なかったよね。

(味方の飛行機なんか)見なかったですよ、もうマノクワリに行ったらね、全然。それで、行ったばっかり、まもなくねえ、飛行場が穴だらけなんですよ。爆弾落とされて。それを平らにするって、友軍の飛行機が来るっていうんでね、それで出かけて行って、それを舗装っていうか、平らにしてね。そしてものの一時間とたたないうちに(敵の)飛行機にまた爆撃されてさ、もう穴がさあ。だから向こうへ行っちゃ、日本、友軍の飛行機なんていうのは見たことがない。本当に。

第221連隊が送り込まれた西部ニューギニア

白石 忠さん

制空権・制海権、（連合軍が）全部抑えているもんですから、こっちから行くにも行きようがない。船がない。もうこっちじゃとにかく何一つできない。明治三八年の三八《さんぱち》の歩兵銃（明治三八年採用の三八式歩兵銃）くらいじゃ太刀打ちできませんよ。それこそ水鉄砲と大砲の違いがあるんだから。一発撃つと一〇〇発くるんだからね。だからもう、こっちに日本兵がいるんだよと、わざわざ知らせるようなもの、こっちから撃ったら。

村田 登さん

今になって考えたら、どうして日本はこんなところにまで、食べ物はないし、不便なところにやったのかなと。寝るところにしても、湿地帯ばかりでしょう。

陣地は造るけど、道路も造る余裕はないですね。体が弱って。

それは（私のような）将校にしたって計り知れないところですけれども、大本営は何を考えているの、井戸の中で、しかも机の上だけで作戦を立てているようだと思いました。（現地を）見てないから、とにかく将棋盤、碁盤の上の駒をポンと置く、投げるぐらいなような格好で作戦やったんでないですかね。

それは概念はわかっていると思います、作戦の概要は。だけど実際現地に来てみたらなんもないというような状態が、これは誰でも、いちいち参謀が見たわけでないからわかんないんでないでしょうか。われわれも行って初めてわかったようなもんでね。

白石 忠（しらいし・まこと）

一九二五年（大正一四年）生まれ。埼玉県北足立郡加納村倉田（現・桶川市倉田）出身。

一九四二年（昭和一七年）埼玉県立重工業指導所技術工訓練所卒業。中島製作所に就職。

一九四三年（昭和一八年）現役（志願）兵として歩兵第二二一連隊に入隊。

一九四四年（昭和一九年）西部ニューギニアの作戦に参加。当時、一九歳、伍長（歩兵）。

一九四五年（昭和二〇年）西部ニューギニアのマノクワリで終戦を迎える。

復員後は警視庁警察官を務める。

二〇〇八年（平成二〇年）現在、八三歳。

村田 登（むらた・のぼる）
一九一七年（大正六年）生まれ。北海道旭川市出身。
一九三五年（昭和一〇年）庁立永山農業学校林科卒業。
一九三七年（昭和一二年）現役兵として旭川歩兵第二八連隊に入隊。
その後、歩兵第二二一連隊が所属した第三五師団にて師団副官を務める。
一九四四年（昭和一九年）西部ニューギニアの作戦に参加。当時、二七歳、大尉。
一九四五年（昭和二〇年）西部ニューギニアのソロンで終戦を迎える。
復員後は会社設立、代表取締役社長を務める。
二〇〇八年（平成二〇年）現在、九一歳。

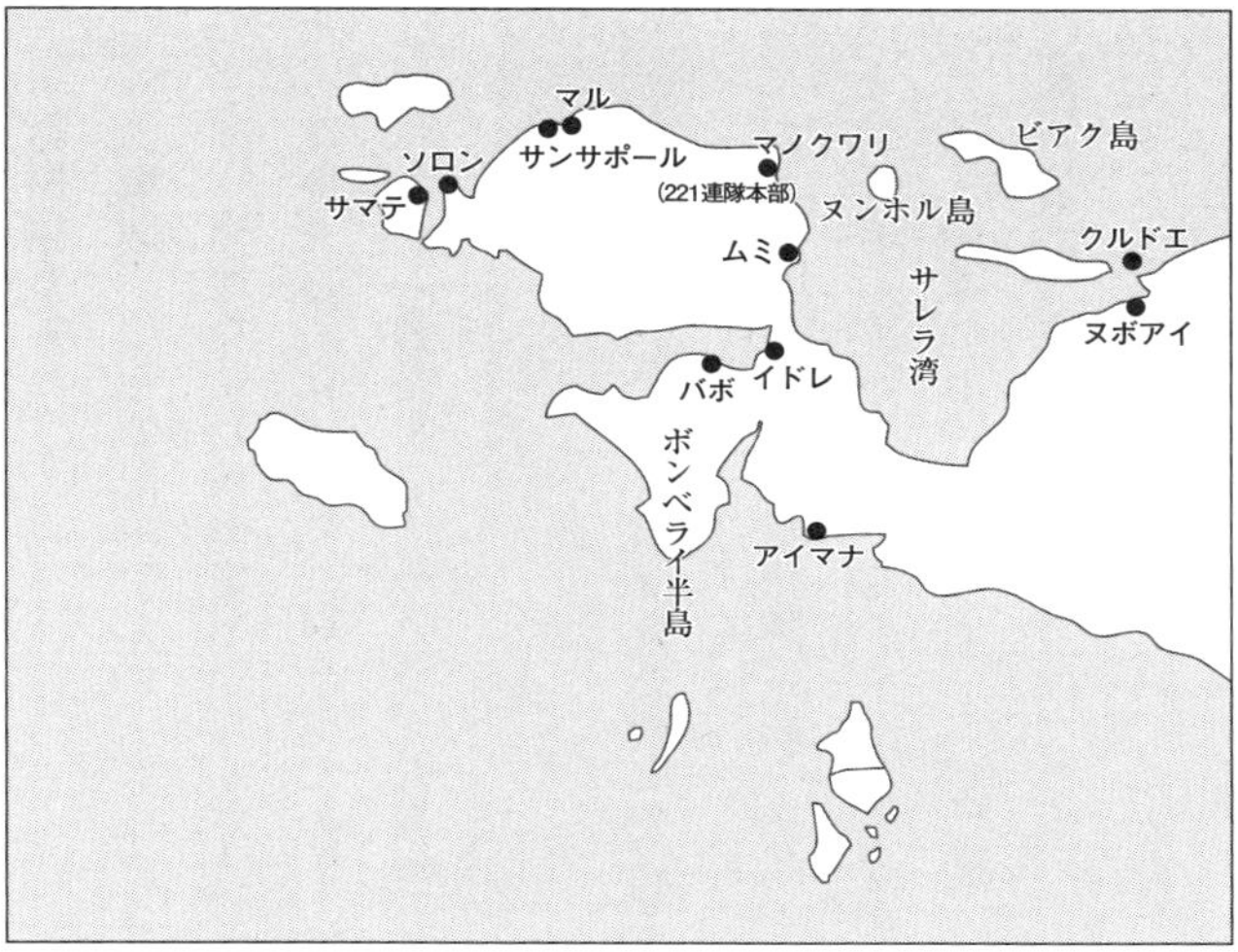

西部ニューギニア要図

連合軍の司令官・マッカーサーは、マノクワリとソロンへの上陸作戦を行わなかった。代わりに、空襲や艦砲射撃で、日本軍の船や飛行機を徹底的に破壊する。補給と輸送の手段を断てば、孤立した日本軍はやがて自滅すると考えたのだ。

マッカーサーの目はすでにフィリピンでの決戦に向いていた。兵力を温存するため、ニューギニアでの上陸を避けたのである。

小川昌康さん

上陸はしないんです。向こう(連合軍)は。上から(空襲を)バカバカバカね。(日本軍の)上陸を見てて。そのときはね、(われわれの)上陸のときはね。上陸はしないんですからね。そいで(連合軍が)上陸する、上陸するって、デマが毎日入っていたんだけど、上陸はしなかった。

われわれはマノクワリもソロンも、戦いはやってませんよ。一日もね。

宮崎喜重さん

（戦闘）やってないですよ。もうマノクワリでは、ほら敵さんが上がってくるっていうんで、陣地なんかの構築をしたんだけど、それがなくなると、もう自分たちの食料を確保しなきゃならないから、畑仕事ですよね。みんな銃はあったけど、たまに掃除するぐらいでね、手入れをするぐらいで、もうだんだん錆《さび》もくるしね。

困難なる「自活」〜兵士を殺した軍命令

マッカーサーによって密林に閉じ込められた二二一連隊。彼らは味方からの支援を期待することはできなかった。西部ニューギニアの作戦は補給を著しく軽視したものだったのだ。

二二一連隊の上陸の半年前、この地域の司令官・阿南惟幾《あなみこれちか》により出されていた「訓示」には、「兵器、食料など現地で『自活』せよ」と記されている。補給が困難なジャングルで生き延びるために、工夫・努力せよと命じたのだ。

白石 忠さん

一番最初やったことは、ジャングルを切り開くことから始まった。ジャングルを切り開いて木を切って、根を取って、畑を作って、それからサツマイモを一番最初に植えてね、それで食べたんだ。だけど、四か月たたないと、少なくとも三か月半たたないとサツマイモはできないんですよ。

宮嵜喜重さん

サツマイモを植えて、一一月ごろにはね、食べられる予定だったんですよね。まだ少し早いけどね。ところが、周りに豚除けの垣を作ったんだけど、太いこんな木を、切って、組み合わせて垣根を作るんだけど、豚のほうが利口でね、垣根を作ればね、下はスースー通られるからさあ、鼻で、こう、掘ってね、中へ入って、サツマだけ食べちゃって、葉っぱは残ってるでしょ。でも、それは兵隊にはわかんないんで、さぞかしあるだろうと思って掘り返してみたら、一反か二反のうちで、三〇キロかそこいらしか採れなかったんじゃないですか？　それでやり直しっていうことになって。

小川昌康さん

山ん中なんか行けば、バナナの腐りかかったんでも何でも最初はあったですよ。それも一か月もね、もたないですよ。みんな同じようにあれしちゃって（採ってしまって）ね。

パパイアなんていうのはね、木までね、ぶっ倒して、それをぶっ切ってね。かじったり茹でたりしてね、それが生き残りの第一歩だったですよ。
（採り尽くしてしまって）もうどこ行ったって何一つない。うん。まずひどいもんですね。うん。実一つないですよ。餓死をするなんて考えていなかったですね。それこそヘビもネズミもね、いくら捕ったって捕り切れないほどいるんだ、と当時思っていた。ジャングルの中はね。で、イモなんかでもね、どこでもいっぱいで、いくら食ったって食い切れないほどね（あると思ってた）。とにかく広いんですからね、あのとおり。それだけは思っていた。とんでもない！　ヘビもネズミもいない、柿一つね、バナナ一本ないからね。あれは本当の密林ですけどね。

連合軍は、すでにフィリピン攻略に向けて動き出していた。マノクワリでは、上陸するはずのない敵に備えて、防御施設の構築が、飢えに苦しむ兵士たちに命令された。

宮嵜喜重さん
そこへ爆雷を仕掛けたとか、それから塹壕《ざんごう》を造ったとかね、そういうことが多かったですよね。それでそれを過ぎると、今度は作戦道っていうんですか、自動車でぐっと行けるような広い道路をね、造ったのが、またこれが一番うちの連隊が死んだ原因の一つですよね。

小川昌康さん

もうやっと足を引きずってだから、仕事なんて進みませんよ。もうすべてを手作業だからね。それこそ掘るったってこうして（手で掘る仕草をして）掘ったりしたり、今度は道路造るっていったって、道路なんかきれいにすると、今度は細かい石を持ってきてね。石を並べてね。それでもうピシーッと造った。大して進みもせんけどね。命令だから。もう司令部のまったく相当なあれ（階級の高い人）が、それこそ棒を持って、たまには馬から下りて、そういう叱咤《しった》してるんだから。「何をしているか」なんてね、まったく馬鹿みたいな、それこそ馬からぶち下ろしてぶっ殺してやるかなと思ったこともありますよ、正直。上の人をね。

死の転進〜兵士を殺した矛盾した命令

マノクワリから西に四〇〇キロのソロン。ここにも二二一連隊の部隊が上陸していた。ソロンにいた部隊は、一貫性のない命令に翻弄され、多くの犠牲者を出すことになる。前線から遠く離れたインドネシア・メナドから指揮をとっていた第二方面軍司令官・阿南惟幾陸軍大将は、ビアク島の防衛が絶望的になってからも、その奪還にこだわり続けていた。

阿南の命を受け、ソロンの部隊は連隊主力に合流するためマノクワリを目指した。しかし、調達した漁船などはほとんどが途中で沈められ、生き残った兵士たちはジャングルを切り開きながら数百キロ歩くことになった。

白石 忠さん

ソロンからマノクワリへ行くのにどういうふうに行けばいい? 海岸伝いに行けば必ずマノクワリに行くってことはわかってる。それ以外の情報は何もない。ですからね、直線距離にすると、およそ二〇〇キロぐらいだろうと思うんですけどね、本当に歩いた距離はどれほどだか計り知れないです。こうやって海岸伝いに行くんですから。

もうみんなね、食い物持たずにね、一〇日も二〇日も歩けって、それもね、鉄砲持って背嚢背負ってですよ、物も食わずに歩けって言ったって歩けないでしょう? 何やったかっていうと、みんなそれこそ、カエルでもヘビでもね、とにかく動くものはみんなとっ捕まえて食べたですよね。

彦久保基正さん

もう食料もなく、ほとんど弱っていたような人ですね。途中に川がいくつもあってね。一本急流の川があったんですよ。それを渡るときにもう五、六人流されたのをこの目で見てね、「ああ、困った」と思ったけど助けようもないしね、どうしようもなくて、まあ見逃して(見て見ぬ振りをして)、そのまま前進したわけだけど。

彦久保さんは途中、マノクワリから撤退してきた部隊に出会う。それは二二一連隊を指揮する立場にあるはずの第三五師団の司令部だった。自分たちにマノクワリ行きを命じたはずの司令部が、なぜかソロンに移動しようとしていたのだ。

彦久保基正さん

その途中、マノクワリから引き揚げてきた三五師団の人たちに、八月の初めに行き会った。で、その様子を聞いたところ、「もうマノクワリも容易じゃないし、とても行けないから引き返したほうがいい」つうんでね、で、ソロンに引き返したわけなんですね。

同じ日本軍同士が、なぜ、矛盾する行動を命じられることになったのだろうか。実は東京の大本営からの指示をもとに作成された五月一〇日の電文では、西部ニューギニアの防衛ラインを、ビアク島から、後方のソロンに下げるよう指導している。阿南はこの大本営の指示に背いて、ソロンからマノクワリに兵を送り続けた。ビアク島こそ、連合軍の北上を食い止める要の地だと考えていたからである。奪還するために必要な兵員をビアク島に近いマノクワリに集めようとしたのだ。

しかし、その後、阿南は、戦局の悪化の中で、ビアク島奪還を断念する。そして、大本営の意向に少しでも沿うように、三五師団の司令部要員四〇〇人にソロンへの移動を命じたのである。

当時、マノクワリにいた二二一連隊の兵士は、次のように語っている。

宮嵜喜重さん

師団本部が行ったっていうことは、まぁ、われわれにとっては本当に寂しいかぎりでね、「何でわれわれが来たらすぐに帰っちゃうんだろう」とね。だけどあれも師団本部の失敗で、師団がソロンに辿り着いたのは、たぶん四分の一か五分の一しか着いてないですよね。途中でみんな死んじゃったということですよね。

小川昌康さん

師団司令部がどうの、連隊本部がどうのなんて、やることなすことがもうわれわれ兵隊だってわかる、めちゃくちゃだ、うん。めちゃくちゃ、めちゃくちゃ。とてもじゃないがね。結局、だから自分一人がなんとか粥《かゆ》食っても、それこそ木の葉食ってでも生きて、まあ生きて、生き残ったから現在いるんだけど、それしかなかったんだよね。

村田登さんは当時、三五師団司令部で副官を務めていた。村田さんは、師団長ら数名ととも

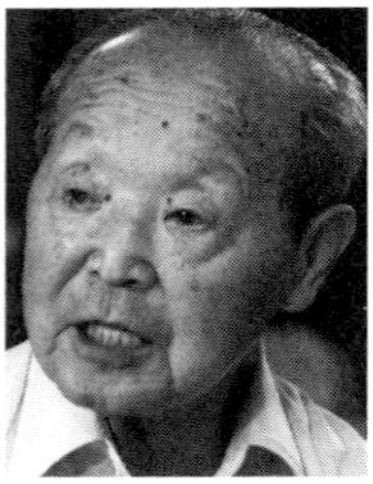

彦久保基正（ひこくぼ・もとまさ）

一九二二年（大正一一年）生まれ。埼玉県秩父郡吉田町（現・秩父市）出身。

一九三八年（昭和一三年）埼玉県立蚕業試験場卒業。蚕業技術員として吉田町役場勤務。

一九四二年（昭和一七年）現役兵として東部第八部隊（近衛歩兵第五～七連隊）に入隊。歩兵第二二一連隊に配属、無線通信手、暗号手などを務める。

一九四四年（昭和一九年）西部ニューギニアの作戦に参加。当時、二二歳、兵長（歩兵）。

一九四五年（昭和二〇年）西部ニューギニアのソロンで終戦を迎える。

一九四六年（昭和二一年）和歌山県田辺港にて復員。

復員後は吉田町役場勤務を経て、町議会議員などを務める。

二〇〇八年（平成二〇年）現在、八六歳。

に、わずかに残っていた飛行機でマノクワリからソロンへ移動した。ほかの隊員たちおよそ四〇〇人は、徒歩でソロンを目指した。

村田 登さん

（ほかの）師団司令部は徒歩で行ったんだけど、その中には工兵やらいろんな人たちが混ざって行ったんです。軍医部、騎兵、兵器勤務隊、野戦病院など入れてですね。だいたいあれですね、一割か二割じゃないでしょうか、辿り着けたのは。それも二か月か三か月後ですよ、ようやく着いたの。

（私がソロンで彼らを迎えたときは）地下足袋はもうボロボロになっていましたし、巻脚《まききゃ》絆《はん》（動きやすくするため足に巻きつける布、ゲートル）なんかは、片っぽは巻脚絆してるけど片っぽは巻脚絆してない。そういった状況から見てよくわかりました、どんなに苦労したのかなと思って。海岸歩けば艦砲射撃で来る、山へ登って歩けば、パプア人に毒矢でやられてしまう、ほんとにかわいそうだね。死にに行ったみたいでないですか。

二二一連隊の本隊と合流すべく、ソロンからマノクワリを目指し、ジャングルを歩いてきた二二一連隊の兵士たちは、その多くが途中で鉢合わせになった三五師団の司令部の命令により、再びソロンに引き返すことになる。この転進命令が、さらに兵士たちを追い詰めていった。

板垣正雄さん

本部が、師団本部が移るんで、それでまたソロンへ引き返せっていうわけなんで、それで行軍したわけですね。四〇〇キロです。軍装を全部持って、鉄砲を持って、弾持ってですから、かなりの重装備ですよね。それで雨が降るでしょ、スコールみたいな。もう毎日毎日ねえ。それで、その雨ん中を、師団の、司令部の偉い方やなんかと一緒だったですけどね、行くときには。ところが、だんだんだんだん、日がたつにつれて、二、三日するうちには、みんな欠けていっちゃうんですよね、もう歩けなくなったりなんかしちゃって。みんな、もうマラリアかなんかで熱が出ちゃったりして、で、食べる物はないしね、歩けなくなっちゃうんですね。もうどうしようもないんで、置いて行くよりしょうがないんでね。

だから最初のうちはそうやってみんなバタバタ倒れていった。まあ「しょうがない、後から頑張って来いよな」っていう話で行ったけども、全然後から来た人間はいないしね。それで、その行く先行く先でも、本当に屍累々《しかばねるいるい》じゃないけど、もう死んでんのがいっぱいいるんですよねえ。もうとにかく道を歩くたびに臭いのがわかるんですよね。人間の死体の臭いっていうのはまた特別ですからね、うん。「あ、また死んでんなあ」と思って。本当、やっぱりゴロゴロしてんですよねえ。

内田平八郎さん

（ソロンへ）戻るったって命令だから戻りますけどね、個人じゃないから。なんたって、上官の命令はもう陛下の命令だからね。うん。まあ、よくて戻ったわけでもなんでもないよね。うん。命令どおり動いただけだから、兵隊だから。

せっかくここまで来たのにっていう気持ちはありましたよ。でも、あったってしょうがないじゃない。そんなもの、反対したって同じだから、上官に。上官の命令っていったら、陛下の命令だからね。

（途中で）補充兵なんだけどね。朝のときに、ジャングルの中、入っていったわけ。だから、私などね、小便か大便かと思ってたの。その後で、ドカンッて。（手榴弾《しゅりゅうだん》で）自爆しちゃったんだね。それぐらい、その、辛い行軍ですよ。

彦久保基正さん

白骨死体はずいぶんあったですね。だから途中、栄養失調とか空腹、疲労とマラリアでね、動けない人はもう置き去りにしてね。まず、ひでえもんだったです。

（白骨死体は）岩陰とか木の根っことかね。ほとんどもう海岸は、山（のような地形）だからね。岬のところはまあ少し砂浜でね。通信隊は私以下五名でね。で、ソロンに帰ったのは三人きりな。で、（帰れた）ほかの二人もソロンで亡くなってね。

ジャングルで次々と命を落としていった兵士たち。ソロンに辿り着けたのはわずか一割にすぎなかった。

復讐戦の果てに生まれた禍根

上陸から五か月後、疲弊したソロンの兵士たちに、ある攻撃作戦が命じられる。連合軍が建設した飛行場。その攻撃が目的だった。

連合軍は、日本軍の大部隊が駐留していたマノクワリとソロンへの上陸は行わず、防備が手薄な中間地点に上陸し、フィリピン方面への進行を支援するための飛行場を建設していた。制空・制海権を抑えられていた日本軍にとって、反撃するのは至難の業だった。

しかし、三五師団は、ソロンに残存していた二二一連隊の兵士たちに、連合軍への攻撃作戦を命じる。「北岸作戦」と名付けられたこの作戦に投入できた兵力はおよそ二〇〇人。ニューギニア本島で二二一連隊が行った、唯一の戦闘行動であった。

野口大吉さん

その北岸作戦をやるというときには、もうマラリアとか食料難とかに襲われてですね、まあ、作戦に参加するのも地獄、残るのも地獄っていうようなそんな感じだったと思うんです。ジャングルを切り開いて、シダや何かを切って進むような、海岸線は進むのはできるけど、飛行機に見つかるともう行けない、制空権は敵にありましたからね。日本の飛行機なんかほとんどないんですから。だからその道を何百キロも進んで行ったわけですから、ちょっとむちゃくちゃな作戦だったと思うんですけどね。

この時期、兵士たちは現地住民の攻撃にも苦しめられていた。食料や土地を奪われ日本軍に敵意を募らせていた現地の住民たちは連合軍から武器を与えられ、ゲリラとなっていた。

また、ソロンからマノクワリへ、あるいはマノクワリからソロンへと二二一連隊の兵士たちや師団司令部がジャングルをさまよう中、現地住民のゲリラに殺される者も多数にのぼった。兵士たちの間に現地住民に対する敵意が広がっていく。

板垣正雄さん

歩いて一週間目ぐらいになったら、途中で敵が待ち構えてたんですよね、パプア人、パプア人って言うんですけどねえ。

そうそう、原住民。それがみんなもうあれ（銃）を持ってんですよ。アメリカともうツーツーになってたですからね。それに襲われちゃったんですよ。バババババーッ！　すごいんですよね、射撃が、うん。それでみんなワーワーつって倒れちゃって、私はこれはダメだなと思って、それでジャングルに入り込んじゃったんですけどね。

野口大吉さん

早く言えば仇討ちですか。われわれの戦友が転進中にやられたと。その彼らを少しやっつけなければいけないというような、そんな気持ちがあったと思うんです。それによってその重要な拠点を維持するという、そういう作戦じゃなかったんですね。転進してくる私たちの仲間がですね、そこで切り殺されたり、騙されたりしてみんな悲惨な最期を遂げたわけですけども、そういう人たちの無念な思いを私たちが晴らしてやろうと、そういうふうな気持ちだったと思うんです。

野口大吉（のぐち・だいきち）

一九二三年（大正一二年）生まれ。埼玉県東松山市出身。

一九四一年（昭和一六年）埼玉県立農蚕学校（現・川越総合高校）卒業。

一九四三年（昭和一八年）現役兵として歩兵第二二一連隊に入隊。

一九四四年（昭和一九）乗船中の「亜丁丸」がフィリッピン沖セレベス海にて轟沈。西部ニューギアニの作戦に参加。当時、二一歳、兵長（歩兵）。

一九四五年（昭和二〇）西部ニューギニアのソロンで終戦を迎える。復員後は農業を営んだ後、薬局を開業。

二〇〇八年（平成二〇）現在、八五歳。


この作戦中に起きた一つの事件が、二二一連隊の連隊史に記されている。七人の現地住民が捕らえられ、部隊本部に連行された。女性四人、子供一人の非戦闘員が含まれていたにもかかわらず、最終的に全員が処刑された。

この事件に関わった飯田進さんは、日本軍の統治のために西部ニューギニアの地理や資源の調査を行っていた。現地の言葉にも堪能だったため、作戦に参加する。

飯田 進さん

私は北岸作戦に参加したが、師団司令部におったわけではないのでね、これは私の推測です。一つは師団の百数十キロ近くに敵が上陸して基地を設けたわけですからね。全然、戦闘しないということは、軍隊の論理としては、考えられない。戦局の帰趨にはまったく影響なかったと思うけれども、師団としてはね、戦わざるを得なかったんだろうという理由が一つ。もう一つはね、師団の司令部の将兵が、上は参謀からね、高級副官まで含めて、四〇〇キロ離れた地点から転進させられたのだけど、途中で敵が上陸し、それから付近の住民が全部、敵性化してしまったのでね、ほとんど殺されたんですね。自分たちの仲間がね、殺害されたその北岸一帯の敵性住民を放っておくわけにはいかないと、まあ平たく言えば怒り狂って、嫌でも作戦をね、強行せざるを得なかったというのが本当の理由じゃないかと思う。

ちょうど、師団司令部の人たちが殺された地域に行ったときに、敵のゲリラがしょっちゅう出てきていますからね。そこの根拠地を捜索するために私が単身で部下の原住民の警官四名を連れて、捜索に向かった。

偶然、丘の上にオランダの国旗を掲げた小屋を発見して、そこを襲撃して、中におった住民を逮捕した。それを取り調べるために本部まで連れて行こうと思ったんですが、考えてみるとね、作戦部隊の食料がまったくないんです。捕虜を連れて行っても食わせるわけにいかない。私は殺すつもりはなかったので、食料を担がせるために残りの婦女子の中から四名ばかり食料を担がせて連れて行ったんです。そのときに「あなた方は、用が済んだら釈放するから、生命の安全は保障する」と言って連れてきた。

飯田さんは食料を運ばせた女性や子供は釈放するつもりだった。彼らに「命の保障」をした上で、連行したのだ。

飯田 進（いいだ・すすむ）

一九二三年（大正一二年）生まれ。京都府出身。

一九四三年（昭和一八年）海軍民政府（占領地域の統治機関）の一員として西部ニューギニアに派遣される。

一九四四年（昭和一九年）陸軍歩兵第二二一連隊とともに西部ニューギニアでの作戦に参加。

一九四五年（昭和二〇年）西部ニューギニアのソロンで終戦を迎える。BC級戦犯として重労働二〇年の判決を受ける。インドネシア、その後日本のスガモ・プリズンで服役。

一九五六年（昭和三一年）仮釈放される。社会福祉法人「新生会」と同「青い鳥」の理事長。著書に『魂鎮への道』『地獄の日本兵―ニューギニア戦線の真相』がある。

二〇〇八年（平成二〇年）現在、八五歳。

飯田 進さん

ところが作戦部隊長は、こいつらを釈放したらね、部隊のありかが敵に通報されると。それから師団の高級参謀、高級副官以下、友軍がこいつらのためにみんな虐殺されておると。師団からもこの付近一帯の敵性住民は、一人残らず殺戮、殲滅《せんめつ》すべし。こういう命令が来てるので、貴官の、私のことだな、貴官の功績は多とするが、生かして帰すわけにはいかないと。何回か談判したけど、部隊長は「うん」と言わないんです。

作戦中の指揮命令権は、その部隊長にあるわけですからね。異義の申し立てをすることはできないです。だから私はうかつであったと言わざるを得ない。

私は若かったからね、ある意味では単純にアジア民族の解放に私の生涯を捧げたいと思ったわけだね。そのロマンは今、話したような軍隊の論理、戦場の論理の前にね、こっぱ微塵に吹き飛んだ。そこで、初めて戦場の実態と私が抱いておったね、アジア解放のロマンとの乖離《かいり》をね、いやでも考えざるを得なかったですね。

結局、作戦は、飛行場の制圧という本来の目的を達することなく、一三〇人以上の死者を出して終わる。そしてこの捕虜処刑事件が、戦後、飯田さんに苛酷な運命をもたらすこととなるのである。

飢餓、極まる

二二一連隊が上陸して半年余りたった昭和二〇年一月。主戦場はフィリピンに移っていった。ニューギニアは、戦略的に忘れられた戦場となっていた。

白石 忠さん

向こうはとにかくフィリピンのほうにどんどん、どんどん行くわけですよ。山の上から見ていると、日本はなんて言いますか、電気消せって、まあそのころは電気はないけれど、要するに光るものは出すなって言われているわけ。ところが向こうは、船団を組んで、どんどん西のほうに向かって、東から西のほうへ行くわけですよ、船団が。明かりを堂々とつけてね。こっちはどこへ行くかわからないけどね、行くのを見たときに、「マノクワリは天然の捕虜収容所だな」ってみんなで言ったくらいですからね。

ジャングルに閉じ込められた二二一連隊。ほぼ全員がマラリアに冒され、栄養不足からくる脚気《かっけ》も併発していた。

宮嵜喜重さん

本当にもう骸骨ですよね。骸骨にちょっと皮がついているような、みんな格好ですよ。少年兵が、「班長殿、携帯食料、食べていいですか?」って言うからね、「いや、携帯食料は、万が一のときに命令があれば食べられるけどね、食べられないんだ。ダメだよ」って言ったんだけど、「はい」って言って、食べずにねえ、それで死んじゃったでしょ。だから考えてみればねえ、どうして食べさせてやれなかったのかなあと思うとね、ほんとに(嗚咽)かわいそうですよ。ほんとに。自分の教えた兵隊がねえ、今日も、明日を待てずに死んでいく(嗚咽)。かわいそうで。本当にねえ、食料がないってのは、つくづくね、こんなもんかと思いましたよ(嗚咽)。

白石 忠さん

兵舎から離れたところにトイレがあるわけですよね。そうすると、ああいうジャングルの中ですから、よく倒木があるんですよ。それでわずかこんな一〇センチ、一五センチから二〇センチぐらいの丸太株が横たわっていると、そこを通らないと向こうへ行けないわけですよ。そうするとこうして（足を上げて）ね、こうして自分でこうやってまたげない。これ（足）が二〇センチこう上がらないわけだ、この足が。もう越せないんだから。こんくらいなのに。そうすると、こういうふうに足を押さえて、こっちの足をくっとこういうふうにして、（足を抱えるように両手で持ち上げて）今度はこっちの足をこう押さえて、よいしょってこっちへ来て、それで向こうへ行って。

板垣正雄さん

毎日毎日二〇人、三〇人と死んでいくんですよね。それで死ぬ間際になるとね、どういうわけか知らないけど、何万匹、何十万匹っていうぐらいね、小さいアリがね、いーっぱい来るんですよね、寝てるとこに。そうすると鼻の穴だとか目だとかね、指のこういう間にね、真っ黒になるぐらいね、アリが、ええ。だからアリがチョロチョロ来始まったらもうダメだなっていうふうになったんですよね。まず惨めだったんですよねえ。どうすることもできないんだからねえ。

白石 忠さん

アリが来て、アリをこうやってね、食われたところをこうやって払えるうちは、なんとか生きてるんです。そのうちね、口とか鼻とから、もうウジがわいてくるわけ。そのウジがわいてきたのから、払っているうちは、まだ生きているの。

でも、アリもウジも払えなくなると、体は少しは動かすんだけど、もうダメ。もう周りの戦友は助けようがない、そうなったら。もうそうなったらば、もう一日、二日でもうあの世行きですけんね。だからそういうのを、もう何人も見ているわけですよね。そういうことはあんまり言いたくないんだけどもね。だけども、みんな死んでいったのは、言わなければならんし。そうして、戦争で亡くなったんじゃなくて、そういうふうにひもじい思いをして、そういうふうに亡くなっていった人が、たくさんおるわけですよね。気の毒だけれども、戦友として助けることはできない。薬もなければ、何もない。そういうふうにして、まあ一人、二人、三人、五人、一〇人、二〇人って、そうして亡くなっていったんです。

小川昌康さん

水が喉へ通らないんですよね。最後に水が通りませんからね。だからわかるんですけどね。水がどうしてもね、飲み込めないんですよね。なんとしても、もう飲み込む力が、飲み込もうと思っても、ウワーッと逆上しちゃうの。あっこれはもう今晩あたりしかもたないなって、あくる朝死んでますよ。これは悲惨なもんですよ、今ではこんな言い方してるけどね。とてもじゃないがね、地獄っていうのはこれかなと思ってね。（兵隊の一人は）もう気が狂っちゃったんだから。船が迎えに来たって。それで、やたらに起こして歩いてね。班長、船が来たんでもう早く起きて行かないと船が出ちゃいますよって言う。何言ってんだねって言ってね。結局、無理して最後の力絞って、心臓マヒ。もうくたびれちゃってね。もう息が止まっている、心臓が停止してるんだ。

白石 忠さん

だいたいね、野戦病院とは名ばかり。私も野戦病院に入ったんだけれども、野戦病院に入ったらまあ帰れないよって言われたんですよ。野戦病院は、直径そうね、三、四〇センチの丸太を揃えるんですよ。それで敷き詰めるわけ、ざーっとね。それでその上に毛布を敷いて、それだけで寝かすわけですよ。だから上がこう山になってこうでこぼこ、でこぼこ。寝られたもんじゃないけど、それももう板にするところもないんですから。それで私が入って、野戦病院でもらった薬っていうのは何かって言うと、馬の飼料として持って行った米ぬかっていうか、あれが野戦病院におそらく来たんだろうと思うんですよね。その米ぬか以外は、薬として飲んだ記憶がないですよ。米ぬか以外はないような野戦病院ですから、毎日三人、四人入院するんだけど、毎日三、四人死んでいっちゃうんですよ。だから病院がいっぱいにならない。朝になって目が覚めたら、両側が冷たくなっていたって、何回もあった。「おい」って言ったら返事がない。見たら、触ったら冷たいの、両側がね、死んでいて。

村田 登さん

兵舎のベッドは、ヤシの木を並べて、そして間には葉っぱを置いて平らにして寝てましたけどね。いやぁ兵隊はみんなかわいそうでしたね。ヤシの葉っぱの中でね、痛いでしょ、熱は四〇度、三日も続く。それでね、毎日ほんと、ウソでない、なんか本に書いてあるように、ウソじゃありません、毎日何人もドヤドヤと死んでいくんですね。みんな「お母さん」「おっかあ」ってね、声だけ出して死んでいくのを見たですね、かわいそうだったです、兵舎回ってみてもね。

奪い合う食料

餓死する者が相次ぐ中、同じ日本軍の中で食料を奪い合う事件が頻発する。争いはほかの連隊や、海軍との間でも起こった。二二一連隊の白石さんによれば、日本軍がまだ優勢なころに到着した海軍の部隊は、食料倉庫を備え、畑を開いていたという。

白石 忠さん

マノクワリに着いたときには、体は行っても、弾薬、糧秣《りょうまつ》（軍の食料のこと）が来なかった。よその部隊、早く行っている部隊は、糧秣倉庫なんて、倉庫の中にいっぱい山と積んであった、と思う。こっちは見たわけじゃないから、中はわかんないけど、とにかく糧秣倉庫はあった。

宮嵜喜重さん

海軍さんの農場もね、周りに鉄条網を敷いてね、有刺鉄線っていうの、電流は流れないんだけど、立札でね、「やたらに農場内に入れば、豚とみなして撃ち殺すことがあるから気をつけてください」と書いてあるのよね。だからやたらに中へ入るわけにもいかないしね。

飯田 進さん

海軍部隊は数が少なかった。それから何年も前から行っていますから、当然食料を備蓄しておるんです。それと特に民政府は、前から原住民と接触しておりますから、食料調達の手段は結構あった。それは陸軍部隊とまったく大違いだね。

海軍の食料を陸軍に融通するっていうことはないんです。日本の省庁だってそうですよ。財務省とね、厚労省の間でだな、予算のね、譲り合いをするか、そんなことしないよ。みんな省益が大事だ。だから陸軍は陸軍、海軍は海軍。

内田平八郎さん

やつら、たらふく食って、サツマイモなんか半分食って捨ててる。わしたちはひもじく

――てひもじくて。

飢餓はすでに半年余りに及んでいた。味方同士の食料の奪い合いが原因で、自決するものまで現れる。

白石 忠さん

サツマイモは、音なく盗まれちゃうんですよ。ところがトウモロコシは音なく取ってくること、一〇〇パーセント無理なんです。最初、私、行ったんですよね。別の隊のトウモロコシ畑。それで取ろうと思って、（トウモロコシを）曲げて、すわーって曲げて一番下げて、どうやってもそれからパキンと音がするんです。音がすると撃ってくる。ダダダーンッていって。ですからトウモロコシ一つで殺されたんじゃ合わないからね。それで慌てて、周りの壕へ飛び込んだっていうのを記憶してますけどね。サツマイモ、うちの中隊はいつも取られっぱなし。

小川昌康さん

海軍じゃそれこそあり余るほどあってね、食べ物がね。それで、それこそみんな太りすぎてね。うちの兵隊が、海軍の糧秣をね、かっぱらってきて、それを見つかっちゃって、私は実行犯でも計画犯でもなかったんだけど、（彼らの上官だったため）責任とって（一緒に）軍法会議にかかっちゃったんですけどね。結局、責任者（盗難の首謀者）は、連隊長とうちの中隊長に自殺を命ぜられて（拳銃で）自殺したんでね。

宮嵜喜重さん

幕舎の中にね、食料を囲っておくものだから、その不寝番がいるわけですよね。それで不寝番をね、毛布か何かで被せて縛っちゃってね、どこかへ吊るして連れて行って置いたんだろうね。それで中の米とか乾パンとかをかっぱらってきたものだから、その晩に白米を食べて、それできれいに飯ごうでも洗っておけば足がつかなかったんだけど、次の日さっそく、ほら憲兵隊が、おかしいなっていうところを探したんですって。そうしたらご飯の、白米のね、あれが飯ごうに食べた跡があるっていうんで、われわれの同年兵のやっぱり優秀な伍長だったんだけど、そいつと、その次の兵長と二人が引っ張られて、調べられていて、片方が調べられるときに、「ああ、わかっちゃったな」って言うんで、（一人は）帯剣（腰に吊るした銃剣）で自決しちゃったんですよね。

病死、餓死、食料を巡る日本人同士の争い。敵と戦うことなく次々と兵士たちが死んでいった。

村田 登さん

それで、われわれももう、死んだ人でも今度は、そこに置かれないからヤシの中に埋めなきゃなんない。でも、運べないんですよ、毎日多いから。一中隊に五人か一〇人しかいないのに、それ何人も、何人も死んでいくから、引っ張っていかれないですね。そいでね、どんどんその辺に埋めちゃう、埋めざるを得ないんですよ、もう関係ないんだ、自分もマラリアだから。それでお互いに、かわいそうだけど見て見ぬ振りの状態でした。

宮嵜喜重さん

中隊で死んだ人はね、中隊でどっか埋葬しなきゃなんないでしょう。そうするとね、穴を掘りにね（行っても）せいぜい三〇センチか四〇センチだけど、サンゴ礁ですから、下はね。掘れないのよ。で、やっと一日がかりで掘って、一人埋《い》けて二人埋けてっていうと大変だから、掘れるだけ掘ってね、順番に、こう、ね、毛布に包んで埋葬したんですよ。

それで初めのうちは誰々の墓と書いてね、木を削って書いて、塔婆を立ててたんだけど、しまいはそんなことしちゃいけないっていうんでね。

初めのうちに亡くなった者はみんな火葬しましたよ。そのうち火葬ができなくなったから、腕をねえ、肩から取ってね、それで、こう、包帯でこう巻いてね、これだけ焼いたんです。それが今度はできなくなったから、ここ（肘）から外して焼いて、それもできなくなったんで、小指だけね、焼くようになったんで、だから初めのうちのお骨はたくさんありましたけど、しまいは小指一本ですからね。小指一本ならねえ、その辺の枯れた枝を取ってきてもね、すぐ焼けますからね。

それで初めのうちはねえ、大きい遺骨の箱を、こう、作ったんだけど、だんだんだんだん小っちゃくなってね。で、遺骨の箱を作ると、どういうわけだかねえ、そいつが死んじゃうのよね。だから遺骨の箱を作るのは、嫌なね、仕事だったですよ。

終戦、そして〜兵士たちの戦後

昭和二〇年八月一五日、終戦。二二一連隊はその後一〇か月、連合軍の監視の下に置かれた。昭和二一年になると、アジア各地の戦場から多くの復員兵が日本の港に降り立つようになる。二二一連隊が復員したのは、五月末。三三〇〇人のうち生きて帰れたのはわずか一割ほどだった。ようやく辿り着いた日本。しかし、彼らに向けられたのは、必ずしも温かい眼差しではなかった。

小川昌康さん

半年ぐらいはね、外にも出られなかった。なんて言うか、恥ずかしくて、恥ずかしくて、帰ってきたのが。何か悪いことをして帰ってきたみたいでね、外に出るのがおっくうで。たまにね、「帰ってきたね」なんてね、来てくれる人いっぱいいましたよ。ところがね、しまいには、「なんだ帰ってきたんか」ぐらいでね、「あんたが羨《うらや》ましい」っていうかね、そんな態度でね。日本中のね、せがれなり弟なりが皆死んでいるでしょ。そういう態度が多かったですね。

宮嵜喜重さん

うちのほうに帰ってきてね、そしたらちょうど村の、今は八〇〇戸か九〇〇戸ぐらいの戸数があるんだけど、当時は九〇戸か一〇〇戸だったと思うんですよ。それで、「総会だからお前、行って挨拶してこい」って言って、「帰ってきました。長い間いろいろ留守中お世話になりました」って言って、「これから一生懸命やりますから、仲間に入れてください」って言ったけど、ねえ、顔見て、「なんだい、自分（だけ）帰ってきて」っていうようなね。なんて言うのかな、まあ、戦争のことを反対した人たち、反対って言うか、なんかねえ。

飯田進さんは捕虜処刑事件との関わりを問われ、BC級戦犯の容疑者としてオランダ軍に逮捕された。処刑を命じた指揮官はすでに死亡。住民に名前を知られていた飯田さんが懲役二〇年の判決を受ける。当時オランダ軍は、現地の独立運動を弾圧していた。そのオランダ軍に裁かれることに飯田さんは理不尽さを覚える。

飯田 進さん

オランダ軍の軍事裁判に対して、私が納得できるわけがない。しかし、それとは別に、じゃ私が逮捕、連行したね、住民の処刑の責任は誰が負うのかと言った場合に、明らかに私は日本軍の一員ですから。しかも連行したね、直接の責任者ですから、その責めは負わざるを得ないですよ。だからオランダの軍事法廷の是非論とは別に、まあ、強いて言えば、自分の良心に照らして、やはり責任があったということを認めざるを得ないです。そうでないと、じゃあ、殺害された住民のことは、誰も責任が問われなくていいのかということになっちゃうでしょう？

戦後六二年たった今でも、元兵士たちの心には、深い悲しみや憤りが刻まれている。戦うことなく次々と命を落としていった戦友たち。彼らはなぜ、死ななければならなかったのか。自分たちがニューギニアに行ったのは、いったい何のためだったのか。

内田平八郎さん

悲しいね。悲しい。「バカなことをする！」って言うだけですね。まあ戦争だけはしちゃダメだよ。いや、絶対にしちゃダメだ。いい悪いに……悪くてもダメ、良くてもダメ。戦争しちゃダメだ。

宮嵜喜重さん

今で思えば本当にかわいそうだよね。二〇歳、二一、二二くらいの子供がみんな死んじゃったんだからね。私は涙っぽいからよけい涙が出るのかしんないけど、自分が一緒になってね、教育して、立派な兵隊になって、それで戦死したっていうんならまだね、私は喜べるけど、食い物がなくなってね、のたれ死にしたんだって言ったんじゃね、そこの家へ行って言えないもん。

村田 登さん

机上の作戦ばかりで、こんな大軍を動かして、コマネズミのように将棋の駒を投げるように兵隊、人間を使ったっていうことに対しては、非常に戦争というものはほんと罪なもんだなあと思いますね。

だけどももう一つは、今、考えてみりゃ、靖国神社に奉られることを本当に光栄と思って死んでいった兵隊がかわいそうでならないです。靖国神社へ行ける、桜の下で死ねる、これはいいなって、熱の四〇度のところから唸《うな》って死んでいく兵隊を見ればね、今なお、脳裏に浮かんできます。かわいそうだったなと思いますね。それだけです、寝ても覚めても。何か心の鼓動が生きている人に言っておきたいなと思いますな。小さい子供にも、「戦争ってこういうもんだ」と、こんな無残なことするんだと。人間を人間として扱っていないんだからと。扱ったらこんなことないでしょう。ね?

飯田 進さん

「名誉の戦死をした英霊」という言葉はね、一見もっともなように聞こえるけども、その言葉からはね、飢え死にした兵隊たちの責任は誰がとったらいいのかという問題は一切浮かび上がってこない。私が我慢できないのは、戦後、そういうことに対してすべて蓋《ふた》をしてきたんだ。戦後六二年の歴史というものはそうだと思う。過去のそういう醜い歴史にしっかり目を据えた上で、日本が今後、どうあるべきなのかということをね、真剣になって考えてみないとまた将来、別の形で似たようなね、問題が起きる可能性が十分あると私は思う。

有代真澄（ＮＨＫ制作局衛星放送制作センター ディレクター）

証言記録　兵士たちの戦争

第二章

福岡県・久留米陸軍第一八師団

～北部ビルマ　密林に倒れた最強部隊

世界最強の軍隊、「菊兵団」

福岡県久留米《くるめ》市。休日ともなると少年野球の子供たちの声が響く市民公園の片隅に、ひときわ目を引く白い塔が立っている。頂に輝くのは、金色の菊の紋章。塔はこの地で編成された陸軍第一八師団の慰霊碑である（次ページ写真）。塔の高さは一八メートル。土台も、菊の花弁の形になっていて、その数も一八枚である。

第一八師団は、「菊兵団」と呼ばれていた。昭和一五年、陸軍は当時二〇〇近くあった師団それぞれに秘匿名《ひとくめい》をつけることにした。たとえば、北海道のある師団は熊、広島は鯉、姫路は鷺、大阪は淀、弘前は雪などと地域と関連のある称号がつけられることも多かったが、第一八師団は唯一、皇室の紋章「菊」の称号が与えられていた。

なぜ「菊」なのか？　そこには特別な理由、「陸軍最強の証」が込められていたとされる。将兵たちは、自らを「菊兵団」と名乗り、その誇りを胸に激戦地を転戦していくことになる。

古瀬正行さん

「世界最強の軍隊なり。軍隊菊兵団なり」と言ったもんですよ。どんなことがあっても負けない。ほかの部隊がいても「菊兵団が通るんだから、みんなどきなさい」っていうくらい権限を持っていて、その強さは知れ渡っていたもんですよ。

ところが「菊」と名付けられたことは、重い呪縛《じゅばく》にもつながった。「絶対に負けは、許されない」その訓練も、並大抵の厳しさではなかった。

菊兵団の慰霊碑。頂は菊の紋章、土台も菊の花弁の形

坂口 睦さん

われわれが初年兵で入ったときには、古い兵隊から毎晩言われたものですよ。「お前は菊兵団の兵隊だぞ。ちゃんとしないとつまらんぞ（ダメだぞ）」と。私なんか何回叩かれたか。ちょっとしたことでも気合いを入れられる。顔が赤くなったりしないと、また叩かれる。みんな鍛えられていましたよ。

われわれは、戦場に行っても「逃げるな」って言われたら、最後までおりましたもんね。よその部隊は、さーって逃げて帰りますもんな。「菊兵団の人間は、そういうことはできんぞ」っていうことですよね。菊兵団の兵隊は、みんなそう。菊兵団に入ったっていうことだけで、だいたいもう覚悟は決めとったんじゃないですか。「俺は当然、生きて帰れん」くらいのことは、思っておったと思いますよ。

実際に菊兵団は強く、連戦連勝の歴史を重ねてきていた。

陸軍第一八師団は、明治四二年に編成され、第一次世界大戦では青島攻略に武勲を立てた。昭和六年、満州事変が勃発。昭和一二年、第一八師団に所属していた将兵の数は二万五〇〇〇を数え、厳しい訓練を積んだ兵士たちは、

古瀬正行（ふるせ・まさゆき）

一九二〇年（大正九年）生まれ。

長崎県島原出身。

一九三四年（昭和九年）有家第一尋常高等小学校卒業。

一九三九年（昭和一四年）現役兵として久留米西部第五一部隊（野砲兵第五六連隊補充隊）に入隊。砲兵の訓練を受ける。

一九四三年（昭和一八年）ビルマ・フーコンでの戦闘に参加。

一九四五年（昭和二〇年）終戦当時、二五歳、兵長。

一九四六年（昭和二一年）復員。

復員後は家業の大工職人となる。

二〇〇九年（平成二一年）一月逝去。享年八八。

坂口睦（さかぐち・むつみ）

一九一九年（大正八年）生まれ。

福岡県飯塚出身。

一九四二年（昭和一七年）早稲田大学卒業。

一九四三年（昭和一八年）現役兵として久留米西部第五一部隊（野砲兵第五六連隊補充隊）に入隊。中国にて砲兵の訓練を受けビルマへ。

一九四五年（昭和二〇年）終戦当時、二五歳、中尉。

一九四六年（昭和二一年）復員。

復員後は炭鉱労働者として全国を転々とし、後に長崎で炭鉱所を経営。

二〇〇八年（平成二〇年）現在、八九歳。

再び中国戦線へと派遣された。

師団はまず、華中の杭州湾上陸作戦の成功を皮切りに、首都南京や広東の攻略に貢献した。特に有効な最大の武器は、大砲。射程距離一〇キロを超える正確な砲撃は、広大な中国の平原で威力を発揮した。「中国の兵隊は、戦いが始まればすぐ逃げる」負けなしの戦に菊兵団は優越感に浸っていた。

集められた男たちは、福岡や長崎を中心に、九州各地の若者たち。漁師や炭鉱で働く人も多く、気が荒く屈強な九州男児たちが最後まで粘り強く戦うのが、強さの秘密だった。

「死の谷」、フーコン

中国戦線で戦果を収めた菊兵団は、昭和一六年一二月八日に太平洋戦争突入とともに日本には戻らず、そのまま南下し、マレー半島に上陸。そして翌年二月に、イギリス領だったシンガポールを陥落させた。

その破竹の勢いをもって、昭和一七年春、ビルマ攻略に参加。日本軍は猛進撃により、イギリスの植民地だったビルマ全土をわずか二か月で制圧した。

ビルマは現在のミャンマー。太平洋戦争当時、この地は連合軍にとって、中国に援助物資を送るための重要な戦略拠点だった。もともと連合軍は、ビルマ南部に位置するラングーンに、戦争に関わる物資を水揚げし、それを陸路、中国まで運んでいたからである。ビルマを失ったイギリスは、一九四三年（昭和一八年）一月モロッコのカサブランカでアメリカと合同会議を開催し、アメリカがビルマ戦線に加わることが決定。国力に勝るアメリカが戦局を大きく変えていくことになる。

連合軍は、新たな支援ルートを切り開くことを決定した。インドからビルマ北部のフーコン地区を経て中国雲南省昆明まで、蔣介石率いる国民党軍に支援物資を送る、いわゆる「援蔣ルート」である。その目的は物資をもとに国民党軍を米式装備に改編し、さらに中国に日本本土を攻撃する空軍基地を造ることだったといわれる。全長一七〇〇キロに及ぶ壮大な計画の完成を、一九四四年（昭和一九年）二月と米英は決めていた。

その進行を阻止するためインドとの国境線、フーコンに送り込まれたのが、最強を誇る菊兵団の第一線、四〇〇〇の将兵だった。

フーコンは、現地語で「死の谷」を意味すると言われる。一度入り込むと、逃れられないと思わせる一〇〇キロにもわたる深く広大なジャングルで、昔から犯罪者の流刑の地として恐れられていたとされる。高温とむせ返るような湿気で、わずか二、三〇メートル先も見えなくなる牛乳を溶かしたような霧が発生し、密林には虎やコブラ、吸血ヒルが潜み、昼夜問わず襲ってくる。これまでまったく経験したことのない戦場だった。

中村敏美さん

ひどいところでした。山道を歩いて「休憩」と言いますとね、もう上から「さー」って音がして、山ヒルが落ちてくる。それが耳に入ったり、脇の下に、そして股間に吸い付いたりするんですよね。人間の吐く息を感知して、その葉っぱから雨が降るようにさーっと落ちてくるわけですよ。もうひどかったですね。みんなやられましたよ。

井上咸さん

草の中を五〇メートル走ると、山ヒル五〇匹に咬まれると言われたものですよ。なんとなくむずがゆいと気づいたときは、もうヒルが血を吸って樽のようにまるまるとした体を、ぐったりと、ぶら下げている。無理をして引きちぎると、その咬んだ跡には三角形の大きな傷口が開き、流血がほとばしる、そんな感じでしたよね。

本当に、昼でも薄暗くて、夜みたいですよ。虎の声を聞いたり、すごい密林ですよね。ビルマ人の間でも、もうそこに入ったら出てこれんっていわれるような人跡未踏のところだったですね。斥候に

北部ビルマ

行って、磁石でもって南だとか北だとか設定していって、木の下をこっちへ潜り、あっちへと潜りすると、いつのまにか方向が全然違うところに行ってしまう。

とにかく人間の住むところじゃないですね。

永松一夫さん

夜は真っ暗で何も見えないんです。移動するときは、地面に落ちている葉を前の者の背負い袋や馬の尻に貼り付けて目印にしていましたね。そうすると葉が白く見えるんです。目印がなかったら、次々、蛇行して移動するから見失うと迷って大変なことになる。前の人がどこに行くのか、いい目印になりましたよ。

中村敏美（なかむら・としみ）

一九二一年（大正一〇年）生まれ。長崎県島原市出身。

一九三九年（昭和一四年）島原中学校卒業。上海の紡績会社に就職。

一九四二年（昭和一七年）現役兵として長崎大村第一四六連隊に入隊。歩兵の訓練を受ける。

一九四二年（昭和一七年）ビルマへ移動。

一九四五年（昭和二〇年）終戦当時、二三歳、少尉。

一九四六年（昭和二一年）復員。

復員後は、映画会社の社員として映画館の支配人となる。

二〇〇八年（平成二〇年）現在、八六歳。

井上咸（いのうえ・はやし）

一九一五年（大正四年）生まれ。京城（現・ソウル）出身。

一九三八年（昭和一三年）京城帝国大学卒業。現役兵として長崎大村第四六連隊に入隊。満州に派遣。以後、中国、マレー半島、シンガポール、ビルマを転戦。

一九四五年（昭和二〇年）終戦当時、三〇歳、大尉。

一九四六年（昭和二一年）復員。

復員後は損害保険会社に勤める。

二〇〇八年（平成二〇年）現在、九三歳。

空と地上からの一斉攻撃

昭和一八年一〇月下旬。フーコンの菊兵団に対し、連合軍の攻撃が始まった。菊兵団の数十倍を超える兵士、膨大な量の兵器と弾薬。執拗に繰り返される空からの爆撃。それは菊兵団の想像をはるかに超えた猛攻だった。

これまで連戦連勝だった菊兵団は、防御と退却の経験はあまりなかった。ところがフーコンでは初戦から防戦一方となってしまい、玉砕する部隊が相次ぐことになる。

永松一夫（ながまつ・かずお）

一九一九年（大正八年）生まれ。福岡県福岡市出身。

一九四一年（昭和一六年）秋田大学在学中に徴兵検査を受け、現役兵として久留米西部第五一部隊に入隊。

一九四二年（昭和一七年）中国にて砲兵の訓練を受ける。

一九四三年（昭和一八年）ビルマへ移動。

一九四五年（昭和二〇年）終戦当時、二六歳、中尉。

一九四六年（昭和二一年）復員。

復員後は石炭産業の技術者として働く。

二〇〇八年（平成二〇年）現在、八九歳。

永松一夫さん

爆撃を見てね、こりゃすごいなと思ったんです。爆撃の量、それから爆撃の順序。もう、それは見事な爆撃やるから。われわれが飯ごう炊飯でもしていたら、すぐ飛行機がやって来てバン、バンとやられてしまうから、昼でも煙を出したら、それで終わりですよ。すぐ爆撃される。待ち構えておるから。もうとにかく想像つきませんよ。制空権でやられたと思う。何もできん。

古瀬正行さん

すごいですよ、それはもう。もうそれは、目も口も開かん。それくらい弾が来る。開けている暇がないの。もうどこも豆煎るような状態でバンバンバンバン来るんだから。

連合軍は、ジャングルでの戦い方を研究し、それに適した武器を準備していた。その一つが、小型の迫撃砲である。生い茂る巨木を越えて上空高く弾を打ち上げ、目標を正確に攻撃することができた。その迫撃砲の発射音は、まるで機関銃のようであったという。何門もの迫撃砲から一気に撃ってきたのだった。それに対し、菊兵団は壕の中で、じっと耐えるしかなかった。

中村敏美さん

どのくらい撃ってくるのかを壕の中で数えていたんです。そうしたら二〇分ほどで八五〇発までになって、別の者に数えさせて攻撃が終わったときには、一二〇〇発でした。二七〜二八名で守っている陣地ですよ。そこにですね、一二〇〇発撃ってくるわけです。陣地が、畑みたいになる。大木が倒れ、ジャングルがだんだん開けてくる。

初年兵は、その凄まじさに震えが止まらない。それくらいすごかったですね。

永松一夫さん

私たち砲兵が第一線で一番撃ったときが、最大一五〇発くらいでした。ただそのうち制限されて一日、六発とか三発。それも、敵を欺くために「まだ弾があるぞ」というためにね、パラパラ撃てというわけ。相手はそうは思っていないでしょうけど、こっちなりに考えたんですね。

使えない武器、続出する戦死者

菊兵団は、数、質とも圧倒的に装備面で劣っていた。しかも武器の多くは、中国戦線で使っていたもの。中国戦線で無敵だった大砲は、二〇メートルを超える樹木が生い茂るジャングルの中では、据えること自体が難しく、さらに砲身の角度が上がらないため、砲弾は密林に遮《さえぎ》られ、なかなか敵陣には届かなかった。

しかも馬が暑さで倒れ、兵士たちは、重さ一トンを超える大砲を人力で運ぶことになった。

永松一夫さん

どうもこうもない。もう、使える範囲で大砲を使えということですよ。現場砲手なんかはね、これはあまり使いものにならんと。敵も見えないところだしね。これしか相手を叩く兵器がないということ。理屈は通らないです。もうそれしか、ないんですから。それだけ戦争準備ができていなかったということでしょうね。迫撃砲に対抗するような兵器は持っていなかった。

歩兵に与えられた銃も、ジャングルでは、大きな足かせとなった。銃は、明治時代に開発された「三八《さんぱち》式歩兵銃」だった。銃剣を付けると長さは一メートル六〇センチ余り、重量は四キロ。「押し入れの中で槍を使うようなものだった」という。一度に込められる弾はわずか五発で、連合軍の持つ自動小銃とは比較にならなかった。

井上咸さん

だいたい行動ができないですよね。重いし長いし、つかえて。ジャングルの中じゃ。野戦のとき、敵が遠くにおるときはいいけど。ジャングルの中で行動するのにあんな長いもの使うことないですよ、向こうは自動小銃ですから。自動小銃はオモチャみたいな銃ね。小っちゃな。弾を撒《ま》くんですよね。その方向にバババババッて（連続射撃する）。日本は、一発一発確実に撃てっていうのが、基本ですよ。一発一発狙って撃つって。

中村敏美さん

壕のそばで、仲間の兵隊が倒れておるわけですね。助けようと思って私が足を握って、パッと引いたら、根本からポッと。片足ですよ、根本から切れて。私もビックリしましたね。助け起こそうとして引き抜いたんですよ。そうしたら、ここからスポッととれて。それともう一人は同年兵の軍曹が斥候の遭遇戦で、腹をやられて。小腸が出ておるんです。

小腸っていうのは、小指くらいの大きさですね、それが腹から吹き出ておるわけです。それを私の両方の人差し指でですね、弾の入ったところに入れるわけですね。入った弾は抜き取って縫合して。そうしたらその軍曹が「お腹に力が入らん」って言うんですね。そして煙草が欲しいっちゅうて、で、中隊長が煙草を一本、火をつけてやったら、一、二服ちょっと吸って、そのまま亡くなりましたよ。

空から物資が落ちてくる

さらに菊兵団を驚かせたのは、連合軍の輸送機による空中補給部隊だった。弾薬や食料、水までも落下傘で次々に投下された。当時の日本軍では考えられなかった補給作戦。歩兵の井上さんは、その光景を記録していた。

井上 咸さん

毎日のように輸送機が来るんですよね。低空でバーッと。そして落下傘を落とす。その色が違うんですよ。赤とか黄色とか、おそらくね、武器だとかね、弾薬とか食料とか医薬とか、そういう区分けだと思いますよ。それをね、しょっちゅう落とすんですよ。そして、カンカンカン、缶を開ける音がするんですよ。そうすると翌日はバーッと派手に撃ってくる。弾薬の補給をしたんでしょうね。まったく戦争にならないですよ。あれじゃ。

大西 清さん

　われわれが勉強してきた戦術は、敵を包囲すれば敵の戦力は時間の経過とともに消耗し、ついにはわれわれが勝利を手中に収めるという筋書き。なので空中からの補給は、ものが言えませんな、ビックリして。すごいなあという感じ。それからパラシュートですから、ときどきこっちに、こぼれるんですよ。それを、みんな兵隊たちが急いで取りに行ったんです。

「チャーチル給与」って、名前つけておりましたけどね。見たらね、幕の内弁当みたいにぴしっと入っているんですよ。コーヒーやなんか、みな入っているんです（パッケージに入った一人用の野戦食のこと）。

　素晴らしいもんだなと思いました。こっちはね、米を炊いてね、二週間分持って、それが三週間もすると減ってくるでしょう。で、飯を炊くのも夜じゃないと、昼に煙が出たら爆撃されますから、こっそりやって。腹が減ってたまらんようになる。

大西 清（おおにし・きよし）
一九一九年（大正八年）生まれ。岡山県岡山市出身。
一九四〇年（昭和一五年）陸軍士官学校卒業後、小倉歩兵第一一四連隊に入隊。
一九四二年（昭和一七年）シンガポール、ビルマ攻略作戦に参加。
一九四五年（昭和二〇年）終戦当時、二六歳、少佐。
一九四六年（昭和二一年）復員。
　復員後は建設会社に勤める。
二〇〇八年（平成二〇年）現在、八九歳。

中村敏美さん

米粒がだんだんなくなり、一か月食べ物がなくて。そんなとき、ジャングルでよく食べたのは、バナナの芯ですね。バナナの茎を切り倒して、周りの皮をはぐと芯が残る。それを輪切りにして食べる。それから木の実が落ちて見たら、猿がかじった跡があって「猿が食べとるから大丈夫だろう」と、拾って食べてしのいだんです。そんな空腹の最中のあるとき、夢の中に杖をついた仙人が現れて、私を起こすんです。そうしたら、茶碗一杯の白いご飯と、どんぶり一杯のぜんざいを、「お前食べろ、元気になるぞ」と言われて食べたんです。そうして朝、目を覚ますと本当に元気になったんです。不思議なものでした。

菊兵団は補給路を空爆で断たれたこともあり、援軍はおろか、武器や食料の補給もなされなかった。

続く孤立無援の戦い

「援蒋ルート」の進行を阻止するためにフーコンに送り込まれた菊兵団。しかし、もう一つ別の任務があった。日本軍は、菊兵団をビルマ北部に送ったのと同じころ、インドに侵攻する「インパール作戦」を企てていた。ビルマ方面軍の総力をかけ、一〇万の兵力と武器を投入。インド北東部インパールにあった連合軍の拠点を、わずか二か月で攻め落とすという作戦だった。

「インパールを攻略したら、援軍を菊兵団に回すので、それまでは辛抱してフーコンを守り抜いてほしい」菊兵団の上層部は、そう聞いていた。敵の兵力をフーコンに引きつけ、できる限り敵を足止めする持久戦。それが菊兵団のもう一つの任務であった。陣地を死守寸前まで持ちこたえ、敵に打撃を与えて徐々に後退して次の抵抗線でまた敵を迎え撃つ。突撃して玉砕すれば、それだけ敵の進出を早めることになるため、突撃して時間を失うよりも仮に一人になっても敵に抗戦を続け、一分でも一秒でも長く陣地を守り抜くことが、菊兵団の責任であり、また難しさであった。

ところが昭和一九年三月から始まったインパール作戦は、ほぼ四か月後に歴史的な大敗を喫することになる。この戦いのため、菊兵団はさらに追い込まれることになる。

坂口 睦さん

武器をちゃんと持っておればですね、まだやりようがありますよ。何もない、手ぶらと一緒でしょうが。菊兵団の兵隊はですね、ある程度のことはやりますよ。ただし武器を持っておればですよ。それがないのだからどうしようもないでしょう。大事なもんはインパールのほうへみんな持っていったから。「インパール落とせば、インパール落とせば」で。われわれは本当の犠牲者ですよ。

粉々にされた優越感

さらに菊兵団は、思いがけない光景に衝撃を受ける。かつて中国戦線で圧倒したはずの国民党軍の兵士が、連合軍の一翼を担って猛攻撃してきたのだ。

井上咸さん

国民党軍と戦えばね、もう楽ちんだ楽ちんだという頭を皆が持っている。ところが、ものすごく強い。兵器も強いし、ものすごくたくさん持っている。だから強いんだよ。これは何だろうかということになった。動揺したね。何回か追っかけて戦ったけどね、やっぱり強い。今までの国民党軍ではないんだよ。国民党軍に対する優越感、「負けるはずがない」という過信が、この作戦の大きな敗因ではないかなと思う。

実はアメリカ軍は、この戦いに備えて、若くて優秀な中国兵をインドに飛行機で移動させ、徹底的にジャングル戦の訓練をして鍛え上げていた。若い中国兵は、アメリカ軍の最新の武器を手にし、中国戦線とは見違えるような強さで菊兵団を攻め続けた。

これに対し菊兵団は、ゲリラ戦で対抗するしかなかった。ジャングルに掘った壕に身を潜め、近づいてきた敵を狙い撃つ肉弾戦に持ち込もうとしたのだ。

しかし、そうした兵士にも容赦なく迫撃砲弾が襲いかかる。壕に潜んでいた古瀬さんの部隊も被弾した。

古瀬正行さん

壕の中に四人いて、迫撃砲が落ちて、三人とも即死状態だった。僕は、あまり血が出るんで、死んだ奴の血を被ったと思った。ところが、フンドシまで血で濡れて寒くなって「おぉ、寒い」と言ったときはもう遅い。肩に二か所、弾が貫通していて、バタンキュウで倒れちゃった。

仲間たちは古瀬さんを懸命に探し、大木の下でぐったりしている古瀬さんを発見。強心剤を何本も打って、やっと意識を取り戻すほどの重傷だったという。当時、古瀬さんは身長一七三センチ、体重八〇キロ。仲間も体力を失っていたが大柄な古瀬さんを担架で運び続けた。その後、古瀬さんは、前線から四〇〇キロ離れた野戦病院に運ばれ、九死に一生を得た。ところが古瀬さんは、まだ銃も握れない状態にもかかわらず、自ら志願して退院。再び戦場に戻って行った。

古瀬正行さん

まだ治ってないですよ。だけど下半身が丈夫だから、「歩いて帰れる、大丈夫だ」と言って。師団が玉砕をするということだったから、死ぬなら皆一緒じゃないかということになった。自分だけ生きて帰ろう、それはいかん。もう、入隊する前から「死ぬときゃ、一人じゃないよ」っていうのは、肝に銘じていましたからね。

退院した翌月、古瀬さんは敵の攻撃を命がけで避けながら部隊に合流した。しかし、大砲の配備を仲間としている途中に、敵が仕掛けた地雷によって吹き飛ばされ、古瀬さんの隣にいた戦友は即死。古瀬さんも足に大怪我を負い、再び野戦病院送りとなってしまった。

「マラリアは病気じゃない」

フーコンでの戦いが始まって半年、兵士たちを思わぬもう一つの敵が襲ってきた。フーコンでは、五月中旬から一〇月中旬まで雨季に入る。土砂降りの雨が一気に毎日降り続く。しかし菊兵団には雨具の準備もなかった。転進するたびに木の葉で小屋を作るものの、それは荷物置き場になるくらいで、雨が止まない限り二四時間濡れ続け、止んでも衣服はすべて体温で乾かさないとならなかった。そして疲労と熱帯特有の気候もあって、伝染病のマラリアが蔓延し始めることになった。

歩兵だった中村さんも、マラリアにかかり、激しい寒気と高熱に苦しんだ。そのとき、上官から信じられない命令が下されたことを今もはっきりと記憶している。

中村敏美さん

「マラリアは病気じゃない」というですね、そういう命令が出たんですよ。「マラリアで入院はさせない、それは病気じゃない、みんなかかるんだから」と。それくらい、兵力がないから。病人も病人じゃないから第一線で戦えというような戦闘でしたよね。自分も、苦しい思いして病気しながら、ずっと戦ってきたということで。当時は仕方がないかな、という気持ちでしたね。

そうした中でも、菊兵団の兵士たちに伝えられた命令は、「敵の南下を死守阻止すべし」「もはや転進はない。この陣地がわれわれの墓場である」。

兵士の交代や増援も期待できない。弾薬、食料の補給もない。だからといって一兵も後退することも許さない。まさに陸の孤島。苛酷な命令が続く中、連合軍は地面が白くなるほど宣伝ビラを撒いてきた。インドに送られ優遇されている捕虜の楽しそうな写真、老婆が糸車を巻く写真に「いくつ巻いたら帰るやら」と郷愁を誘うものなどがあった。

雨中の無謀な命令

病人も借り出されるほど逼迫《ひっぱく》した兵力。そして頼りの大砲も雨の中で、ぬかるみにはまって次々と動かなくなった。

砲兵たちが使っていた大砲は、大きく山砲と野砲の二つに分かれる。その違いは機動力である。山砲は分解して馬に積むことや、人力で搬送することもできる。それに対し、重さ一トンにもなる野砲は分解することができない。

野砲は、明治三八年に制定された三八式野砲である。明治時代、広大な満州で使うために造られた兵器であった。六頭立ての馬車で平地を駆けるときは速度が出る。しかし難路にさしかかると、そうはいかなかった。ぬかるんだ山道では、車輪をくわえ込んでしまって、なかなか動くことができなかったのである。

永松一夫さん

道路は雨季になると、水が貯まって川のようになるし、泥でどろどろになるし、動きがとれないんですね。大砲は人力で運べるところまで運んだ。ただ、一つが滑って落ちると、後は次々と同じことですよね。全部滑って落ちるだけ。敵に包囲されているから、のろのろしていたら全部やられてしまう。そうしたら後の抵抗ができんでしょ。だから大砲を残して移動するしかなかった。その後、火砲がなくなったので、私ら全員、歩兵になったの。かわいそうなもんですよ、砲兵が歩兵になるというのは。歩兵は歩兵の戦争というものに慣れているけど、われわれは、そうはいかないから。

「もし大砲が敵の手に渡るような場合が生じたら、砲兵部隊は、その場で玉砕せよ」と砲兵は学ぶという。しかし、菊兵団の砲兵たちは、敵の手に渡るよりはと、大砲を自ら破壊する苦渋の選択をすることもあった。砲兵の小隊長だった坂口さんも、その選択をした一人だった。

坂口 睦さん

大砲と一緒に死ぬつもり、そう腹決めていた。陣地に戻り、隊長に報告したところ「坂口、そういうことはするもんじゃないぞ」とおっしゃったですよ。もう、こういう状況になったんだから、兵隊は一人でも無駄死にさせることはできないとこんこんと注意されたですよ。

大砲を失った坂口さんも、その直後に砲兵から歩兵になり、一三人の部下を率い最前線に送り込まれた。ところが渡された銃は、たった六丁しかなかった。

坂口 睦さん

お前は捨て石のような格好で頑張れということでしたね。だから逃げようにも、逃げられんとですよ。兵隊が一三人、小銃は六丁しかなかったですもんな。結局ね、死ねっていうことですよ。私は、そう解釈したですね。小銃はたった六丁。撃つ弾は一日何発でしょう。結局、次から次に死んでしまいましたけどね。一三人、みんな。一人も帰ってきておらん。そりゃ、ちょっと口に出して言えんですよ。どんな死に方したか、全部この目で見ておりますからね。やっぱり、もう忘れられんですね。

戦況は、もはや明白だったにもかかわらず、菊兵団の司令部はフーコン撤退の決断をしなかった。「菊の名を背負った部隊に敗北は許されない」という思いがあったのだ。

そしてついに部隊は、壊滅の危機を迎えることになった。昭和一九年六月、菊兵団はフーコンのある谷間に追い詰められ、連合軍に包囲される。しかし、菊兵団の司令部は、頑として撤退命令を出そうとはしなかった。

井上咸さん

参謀本部とかね本当に作戦している参謀の頭にはもうわかっていたと思うね。これで勝負あったと。ただ彼らも職業軍人ですから、そんな簡単にカブトを脱がないですよね。意地ですよ。そうすると、われわれが犠牲になるんですよ。

井上さんは、昭和一三年に大学を卒業後、その年の一二月に入隊。以来、中国、マレー半島、シンガポール、ビルマと戦い続けてきていた。その間、日本に戻ったのは短期間の一回だけだった。

戦い続けて五年たった昭和一九年六月、とうとう井上さんはフーコンの地で連合軍に四方を囲まれて絶体絶命の窮地に追い込まれた。井上さんは三七名の部下を率いて敵のわずかな間隙《かんげき》をぬって、逃げることになった。各自、手榴弾《しゅりゅうだん》は持っているものの、武器を持っているのは四、五人。雨季の最中、一か八かの逃走が始まった。当時のことを井上さんは自著『敵・戦友・人間』（昭和出版、一九七九年）に、次のように綴っている。

「けむるような雨。ジャングルの中で蒸せる熱気が滞留している。その朝また一人の上等兵が枯葉の上に埋もれた。体を引き起こしてみると、既に硬直していた胸の下には一枚の色褪《あ》せた写真が水を含んで置かれてあった。おそらくは彼の両親であろうか、その写真の中の二人の眼は、私を恨んでいるかのように、私には感じられた。上等兵は昨夜、両親の写真を抱きながら、誰も知らぬ間に息絶えたのであろう。

彼の亡骸を草で覆いながら、誰も言葉を発しなかった。私は手足が麻痺し、唇がふるえ体全体が熱ぽっく、細い首で支えている自分の頭の重さを初めて知った。ジャングルそれ自体が、毒草が、山ヒルが、雨が、山が、川が、そして野獣が、私たちを苦しめ脅かしている。月までが、私たちの弱くなった心を感傷の淵に追い込んでいるではないか。

その翌日。（連合軍の）人影は見えないが、かなりの人数の気配。人の声と銃器の触れ合う音がする。もはや、後を振り向いて戻る余裕がないと判断した私は、後に続いている者に、手で合図して横の斜面を滑り降り、深い笹藪の中に身を沈め、地面にはりついた。

Y伍長が口で手榴弾の安全栓を抜くと、皆もこれにならった。私は軍刀を抜いて鼻先に置いた。しばらく、ガヤガヤと人の声が聞こえていたが、何か号令がかかると、物音が静まり、変わってひとしきり、猿の騒ぐ声がしてきた。敵はこちらに向かうのではなく、前の方へ去ったのであった。

その晩、私はさすがに、破れかぶれの気分に駆られた。これ以上は体が続くまい。私は内ポケットから、家族と婚約者からの手紙を取り出した。今度という今度は、敵弾よりも体力の消耗が先に私の生命を確実に奪うであろう。翌朝、私の体の下から発見されるであろうこの手紙のことを想像すると、私はたまらなくなってきた。

私は思い切ってそれを破り、埋めようとした。しかし、それを思いとどまった。『最後まで、なぜ頑張らないのか』と私を叱る、父の声を聞いたような気がしたからだった」

六月二〇日、井上さんは、今にも消え去りそうな意識のまま、木の枝から木の枝へとすがりつきながら、ある谷底を登っていた。濃い霧が立ちこめたかと思うと、激しい大粒の雨に変わる……。そして歩き続けた夕方、井上さんたちが辿り着いたのは、菊兵団の陣地であった。逃走を始めて二週間。そこは「筑紫《ちくし》峠」と皆で呼んでいた場所だった。

生き地獄、「筑紫峠」

連合軍の集中攻撃に散り散りとなった将兵たちは、フーコンの南にあった日本軍の支配地域を目指した。残されたルートは一本だけ。標高六〇〇メートルの山のジャングルに切り開かれた避難路である。その険しい山の頂上付近は、いつしか故郷にちなみ「筑紫峠」と名付けられた。

「筑紫峠に行けば食べ物がある。そこを越えれば故郷に帰れる」

兵士たちは、最後の力を振り絞って峠を登ったという。しかし雨季の最中、山道は雨でぬかるんだ田んぼのようになり、膝まで沈みながら這うように登っていくことになった。

井上咸さん

「助かった」と思ったら、そのとき、一人が崖を登るときにバーッと落ちていった。かわいそうにね。やっぱりもう力がないんだな。皆、体力の限界。本当に寝たら、そのままずっと寝てしまうような状態。その証拠にね、上がってきたところでほとんど倒れた。それで友軍が、乾パンをくれたんだけど、みんな吐き出す、食べても。胃がもう受けつけないんだよ。

それで三〇人全員、熱発で倒れ込んでしまった。もう力を使い果たしたんだね、安心して。ところが、われわれの姿を見て、誰かがどこかに連絡したんだな、すぐに、どこかの陣地につけという連絡があったよ。それだけ兵士が足りなかったということ。そのとき、ちょうど、軍医が「それは無理だ。全員、入院だ」と言ってくれたので、助かったんだ。

坂口さんは、戦後二六回にわたり、ビルマに慰霊の旅に出続けている。四年前には、初めて念願の筑紫峠を訪れることができた。急峻な山道を象に乗って、坂口さんは、峠に向かった。

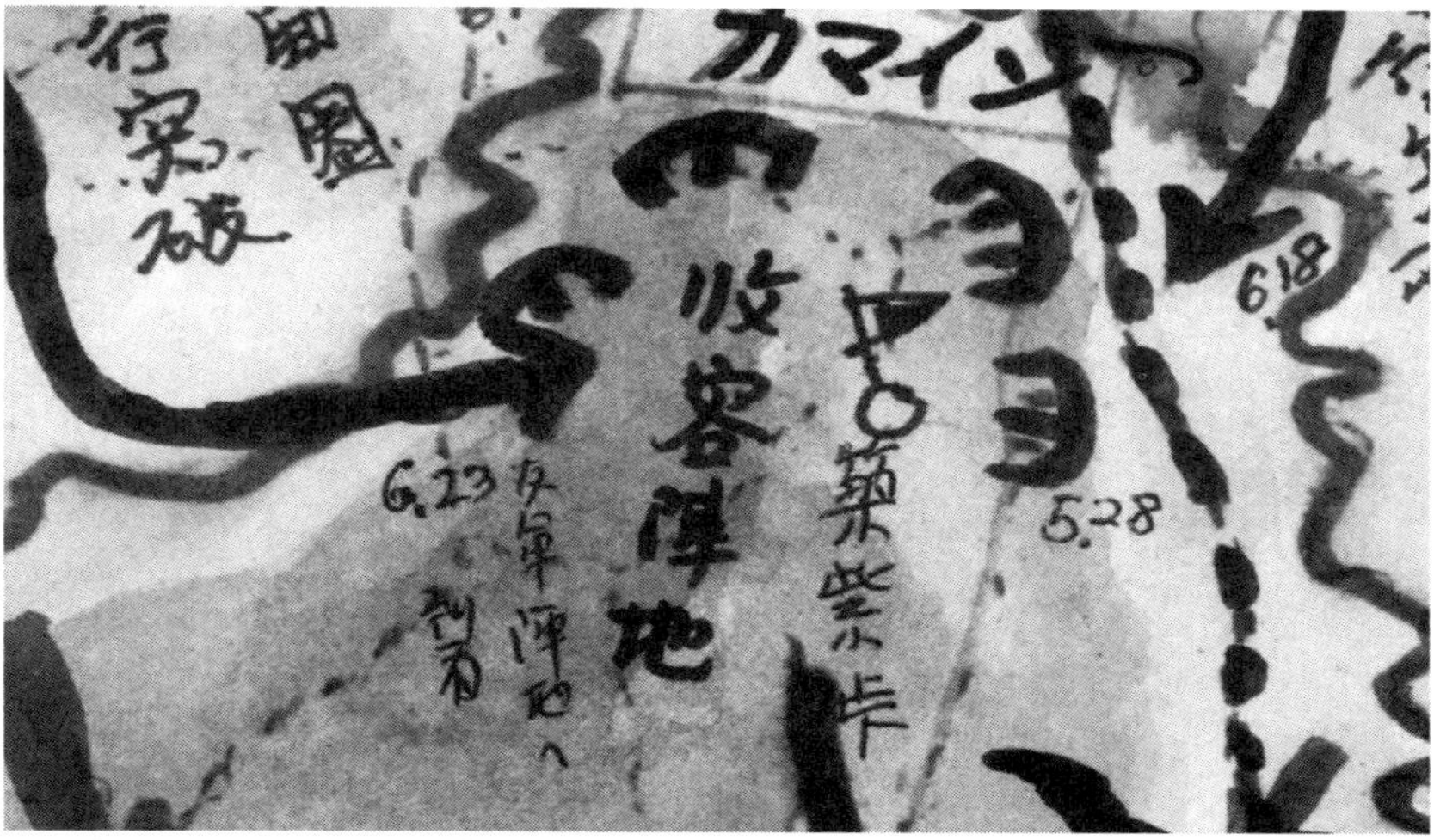

井上 咸さんが描いた敗走地図（部分）。菊兵団は「筑紫峠」を目指した

坂口 睦さん

当時の峠には、まだ虫の息の兵隊がゴロゴロ転がっておったんです。彼らを置いてきたということが、もう悔やまれてならんです。死ぬまでその思いは、残っていると思いますよ。

それは、助けるっちゅうてもですね、自分自身が歩くのがどえらいでしょうが。たとえ薬なんかあってもですね、倒れてウジがわいているような状態では助からんとですよ。今でも目に浮かぶのは、大きな木を背に、兵士が一人で、あぐらかいておった。その人の目の真下に、私がひょっとこう覗いてみたらですね。家族の写真が置いちょったですよ。四、五人写った写真をですな、古ぼけた写真だった。で、その人は涙ボロボロこぼしながら写真を見ていましたよ。もう口からも目からも耳からも、ウジがわいておるからですね、もう助からんことはわかっておりましたけどね。かわいそうだなと思ったただけのことで、手の施しようがないですな、もう。それでも、良心がやっぱりとがめるわけですね。息があるのにね、なんとかしてあげたかった、そういう思いが残っておりますよ。

古野市郎（ふるの・いちろう）

一九二一年（大正一〇年）生まれ。福岡県宗像出身。

一九三七年（昭和一二年）鎮西高等簿記学校卒業。

一九四二年（昭和一七年）現役兵として久留米西部第五一部隊に入隊。砲兵の訓練を受ける。中国を経てビルマへ。

一九四五年（昭和二〇年）終戦当時、二四歳、伍長。

一九四六年（昭和二一年）復員。復員後は製鉄会社に勤める。

二〇〇八年（平成二〇年）現在、八七歳。


砲兵だった古野さんも、筑紫峠を越える道中で、こんな光景を目にしている。

古野市郎さん

向こうのほうに大きな一メートルくらいのハゲタカがずーっと止まっておるんですよ。もう、元気のない者をザーっと寄ってきて、バタバタ取ってしまいますよ。むしり取ってしまう。今まで、寝ておったのが皮膚からなんか全部取られて。もう想像もつかんことばっかり。もう、生き地獄。とにかく。

戦後、菊兵団の兵士が記した著書（『ビルマの花吹雪』非売品、一九六三年）には、筑紫峠の惨状が次のように綴られている。

「山砲第三中隊のT伍長は、マラリアと脚気で動けなくなった中隊長を助けてこの峠に登った。初めは仲間と二人で押したり引いたりしていたが、中隊長がいよいよ高熱のため動けなくなると、電話線で自分の背中にがんじがらめに縛りつけて歩いた。

峠道は、既に膝も没する泥沼に変わっていた。道ばたには負担に耐えきれず捨てられた兵器や装具が散乱し、敵が追いかけてくるのに、あちこちの藪陰に落伍者が横たわっていた。

『おい、急がんと危ないぞ』と声をかけてみると、兵隊たちは、既に息絶えていた。

いよいよ、次の峠にさしかかると、えもいわれぬ屍臭が漂ってきた。あえぎながら登り詰めるとそこは、見るに絶えない地獄図絵だった。泥の池も、路傍の木陰も、散乱した戦友の屍で一杯であり、死体の顔はまったく皮膚が見えないまでのハエが群がり、泥水の中には、おびただしいウジがうごめいていた。そばを通ると、ウウーンとハエが飛び去り、そのあとに眼を見開いたまま死んだ兵士の顔が現れた。時々、泥の中でふわりとするものを踏まえた。気付いてみると、それも泥の底に踏み込まれた戦友たちの死体であった。

T伍長は、狂人のようになってこの地獄の泥水から脱けだした。やっと斜面にはい上がって落葉の上に膝を着いたとき、彼は背中の体温の異常に気がついた。『しまった』と思って負い綱を解いてみると、中隊長の体は既に冷たくなっていた。呆然、しばし我を忘れていた伍長は、『中隊長殿、すみません』と、横に張った樹の根に隊長の掌をのせて押し広げて『指を一本頂きます』と言って、銃剣で小指を打ち落とし、そのまま胸のポケットに入れて、部隊の後を追った」

中村敏美さん

戦争を長くしてますとね、涙が出ないんですよ。最初はね、戦死者が出たら、涙が出る。だんだん、だんだん戦争を積み重ねていくと、まあ戦死者が出ても涙が出ない、出てこない。ただお祈りするだけ。そういうような状況ですね。人間っていうのは、そんなになるんかなと思うけど。涙が枯れるんじゃなくて、出なくなるんですよね。

昭和一九年七月、最強を誇った菊兵団は、フーコンから撤退。その戦いで四〇〇〇人の将兵の八割にのぼる三〇〇〇人以上が戦死した。

米英が一九四四年（昭和一九年）二月に完成を目指した「援蒋ルート」。その完成は菊兵団の粘り強い抵抗に遭い大幅に遅れ、開通したのは翌年の一月であった。

昭和二〇年のそのころ、フーコンの戦いで筑紫峠に辿り着き命拾いをした井上さんは、ベトナムの陸軍病院に入院していた。過度の栄養失調で、脚はむくみ、杖にすがれば動けるが、脚がなかなか前に出なくなり、タイ、ベトナムと陸軍病院を転々としていたのである。そのベトナムの病院で入院患者が集められ、病院長が語った。

「われわれ、医者の立場からすると、諸君らを今、退院させることはまだできない。しかしすでに戦局悪化は、それを許さない。軍の厳命でビルマ方面軍所属の患者は、直ちに母隊に帰せとのことだ。戦局は今、重大な危機を迎えている。どうせ、玉砕するならそれぞれの母隊において最期を飾らしてやりたいと軍司令官は言われる。戦闘に耐えられない者、それは両手、両脚のない者、両眼なき者、強度の精神病者、それに重い結核患者。それ以外に動ける患者は、病院を出て、それぞれの部隊に急きょ、帰隊してほしい」いわゆる強制退院であった。

井上さんは、再びビルマに戻ることになった。玉砕するために。

陸の特攻作戦「斬り込み」

昭和二〇年八月。菊兵団は、じりじりと後退を続け、ビルマ南部シッタン河のほとりにいた。雨季の最中、河幅は五〇〇メートルを超え、水深は三メートル近く。満潮時にはごうごうと、すごい音とともに、うねりを打って潮が押し寄せる感じだったという。その河を挟んで、菊兵団は連合軍との睨み合いを続けていた。

このシッタン河で菊兵団が行ったのは、「斬り込み」であった。深夜、河を渡り、敵の寝込みを襲う攻撃である。しかし、武器はわずかな大砲と銃と手榴弾しかない。いわば陸上の特攻作戦である。

その作戦のためには、まず急流の河を渡るのが一仕事だった。丸木船で河を渡り、茂みに辿り着くと、腰まで水につかりながら移動する。そのときに襲ってくるのは、またしても吸血ヒルだった。水面を悠々と泳ぎ寄って、軍服の上から、腰や股ぐらに吸い付いてくる。大きいものので二〇センチはあり、その吸引力は手で引っ張っても、ずるずる延びるだけで容易に離れなかったという。

仲間と合流した井上さん。命令されたのは、この「斬り込み」だった。

井上咸さん

上陸すると、ほどなくして、赤い信号弾がパッと光って、その瞬間、一斉に掃射の銃声が湧き上がる。赤や黄に光る曳光弾《えいこうだん》は湿地を遠くまで滑って流れ、目をこらすと仲間が点々と転がり、またある者は手足をバタつかせている。その中を無惨にも銃弾の水煙が、これでもか、これでもかというように彼らの周辺に集中している。その光景が目に焼き付いていますよ。

一三人の部下を失った坂口さんは、歩兵から再び、砲兵部隊に異動していた。残された大砲は山砲が二門だけ。坂口さんは上官の命令で一門の山砲を分解し、夜、対岸の敵陣地に渡った。

坂口睦さん

水の中に入ったきり。じっとしていると、足が水ぶくれで腫れて、靴を履くことができなくなる。食べ物は竹の筒に生米を入れて。それをかじるだけ。あとは何もないですよ。それで大砲を組み立てて、撃ったところ、筒の中で弾が爆発して、仲間が一人死んだですね。もちろん大砲はバラバラですよ。ただ、その細かい残骸を全部持って帰らないといけない。全部持って帰ったですよ。天皇陛下の品物だから、持って帰らないといけないんですよ。

大砲の破片を拾い集め、坂口さんは再び河を渡り陣地に運んだ。そのときの上官は、帰ってきた坂口さんに対し、「なぜ生きて帰ってきたのか」というそぶりで、慰労の言葉はまったくなかったという。

昭和二〇年八月、井上さんは、シッタン河で斬り込みを続けていた。その日の晩も、斬り込みのため河沿いの路を歩いていたところ渡河の寸前に、至急電報で「行動中止」の命令が下った。仲間たちは、今来た路を引き返すことの馬鹿らしさを思い、ブツブツ言いながら降りしきる豪雨をついて、闇の中を陣地に帰った。泥んこになり、マンゴー林の中でそのまま地面にうずくまっていたときに井上さんが聞いたのは「とうとう終わりましたよ。天皇が放送されたそうです。日本の無条件降伏です」。

その日は、八月一七日の晩のことであった。

三年四か月に及ぶ、ビルマでの戦いの終わりであった。井上さんは、その翌朝の光景を、前出の自著に綴っている。

「私は一人で、白いパコダのある丘の上に登った。見える、見える、乳色の朝霧に煙る対岸の佇まい、一望の泥濘湿地帯に点々と黒くうずくまる森と部落。突入していったままその遺体を収容し切れなかった多くの戦友が眠っているあの森。

爆撃に崩れた峠の路を下っていくと、ある集落に出た。あの猛爆と砲撃でおそらくは一物も形を止めていないと想像していたその集落には、意外にも、椰子の木が一本ポツンと聳え、真っ赤な花が、倒れかかった家屋の陰に群れていた。その廃墟に生き続けている椰子の木や、可憐な花こそ私たちの姿ではないのか」

「まるで何事もなかったように、黄色く濁った水が集落の前端を洗い、流れに誘われた水草が群れていく。シーンと静まりかえった爽やかな朝の空気を胸深く吸い、時折、飛び立つ鳥の可愛い鳴き声を聞いていると、生きることへの強い意欲と喜びが、体の隅々まで、みなぎってくるのがわかる。遙か向こうの破壊された鉄橋の橋脚のところに数人の敵（いや、彼らはもはや敵ではない）が動いている。

私は、その方に向かって大きく手を振ってみた。すると、それに応えて、彼らも両手を高々と上げているではないか。もし、あの鉄橋が通じているならば、私はそのまま、どんどん歩いて彼らのところに行って、肩を叩き合いたい衝動を感じた。それはお互いに第一線で撃ち合った者同士のみが知る感慨であろう」

井上 咸さん

そりゃ、助かったと思ったね、まず。もう正直言ってやれやれと思ったね。これで助かったと。もう弾では死なんと。うわー助かったと言うだけ。そういうことは、言えないですよ、当時の立場上は。それは誰も言わない。建前は残念、残念って言いますよ。後から知ったら、後ろにいる者ほど残念がってるわけだな。実行部隊から遠ざかった、死ぬことから遠い人ほど残念がるわけだ。前線の人はみんなね、本当はやれやれ助かったと思ったのが、正直なところだと思うよ。僕もそう思ったね。

古瀬正行さん

これで戦争終わったんだっていうことで、目いっぱいだったですよね。もう明日から、どこで飯炊こうとも構わん、煙上げても構わん、大きい声出してもいいよ。こんなね、自由がどこにありますか。本当に、有り難い。それに尽きるんじゃないかな。それはもう、怖いものなしですよ、本当に。

その後、兵士たちはビルマでの収容所生活に入る。砕石作業などを日中行いながら、自由な時間は将棋や麻雀、音楽、演劇などをして過ごしていたという。

しかし歩兵だった高平さんは、その間を利用して、戦友二四〇人分の記録を詳細に藁半紙《わらばんし》に綴っていた。戦場でどのような最期を遂げたのか。自分が目の当たりにしたその死の記録である。日本に戻ったとき、遺族に渡すつもりだったのだ。

高平さんは帰国後、その紙を遺骨箱に入れたり、遺族のもとを一軒一軒訪ね、手渡した。しかし、渡し切れなかったその記録紙が、高平さんのもとに今、八〇枚ほど残されている。

高平三郎さん

今、生きておってごらんなさい。今、生きておったらね、旨《うま》いもの食べて、結婚もし、子供もでき、孫に囲まれたり、立派な楽しい生活しておると思いますよ。しかし、その当時のね、若くして戦死した人は、女も知らんで戦死しておるんですよ。この世の中の、この地球上に、二四、二五まで生きて、そしてバタバタバタバタ死んでいく、この姿。本当に何のための人生かと、私はいつも思うね。

高平三郎（たかひら・さぶろう）

一九一九年（大正八年）生まれ。長崎県長崎市出身。

一九三九年（昭和一四年）名古屋電気学校予科在学中、徴兵検査を受け長崎大村歩兵第四六連隊に入隊。歩兵となる。

以後、中国、マレー半島、シンガポール、ビルマと転戦。

一九四五年（昭和二〇年）終戦当時、二六歳、曹長。

一九四六年（昭和二一年）復員。

復員後は電機メーカーに勤める。

二〇〇八年（平成二〇年）現在、八九歳。

問い続ける戦友の「死の意味」

福岡県久留米で編成され、最強を謳われた陸軍第一八師団、菊兵団。圧倒的な戦力の連合軍に対して最後まで戦い抜いた誇り。補給のない戦場で、あまりにも多くの戦友が命を落とした憤り。生還者たちの胸の内には、今も終わることのない問いかけが続いている。

井上さんは、二四歳で入隊以来、三二歳でビルマから復員するまで、九年間戦場で過ごした。

井上 咸さん

菊兵団としてはね、敗れてないと思うよ。とことんやっただろうね、おそらく。終戦の命がなければ、おそらく僕らも玉砕しただろうね。菊兵団が自分から後退したのではないんだ。天皇の命令で始めた戦争を天皇の命令で止めろという、これはどうしようもないですよ。そういう点ではね、菊兵団はさすがに立派だと最後まで立派だったということを僕は誇りに思っているよ。今でも。

ビルマから帰国後、北海道から九州まで全国の炭鉱を渡り歩いた坂口さん。今年九〇歳になる今も、ビルマの慰霊の旅は行き続けなければならないと語る。

坂口 睦さん

死にに行ったんですよ。死にに行っちょる。勝つ戦争ではないもん。どこから見ても勝つ戦争じゃあらへん。食いもんもない、撃つ弾もない、完全な武器も持たんのやから、戦争の内に入らんですよ。死にに行ったんですよ。私はそう思います。死にに行ったと。

中村さんは、毎朝欠かさず仏壇に手を合わせて、戦場で亡くなった戦友の名前を一人ずつ声を出して唱えている。一人ひとりの仲間の顔は今も、ありありと思い浮かぶという。

中村敏美さん

亡くなった戦友のことがまず頭にありますから。自分も戦死していたんじゃなかろうかと。それがこうやって生き残ってきたんだというような気持ちですね。運がよかったということよりも、何者かに自分は生かされてきたんだという気持ちです。だから亡くなった戦友の御霊を思い知り、ご冥福を祈る。もう戦争のないような日本にしたい。そうなるように、英霊の魂が、迷わず天国にといいますか、平安な形で魂がおさまればという思いですね。

錦織直人（ＮＨＫ制作局文化・福祉番組部 ディレクター／番組制作当時はＮＨＫ福岡放送局 ディレクター）

第三章

三重県・鈴鹿海軍航空隊

~マリアナ沖海戦　破綻した必勝戦法

南太平洋・パラオに沈む日本海軍機の残骸。半世紀以上経過しているにもかかわらず、透明度の高いラグーンでほぼ原型を保っていた。太平洋戦争を戦った兵士たちの墓標である。

マリアナ沖海戦は、基地航空隊も交えて膨大な未帰還機を数えた。パラオの海底に眠る攻撃機も、その一機である可能性は低くない。操縦桿《かん》を握っていたのは、ほとんどが二〇歳前後の若者たちだった。

今から六三年前。昭和一九年六月一九日は、彼らの命日である。この飛行機の主の名はわからない。だから命日に手を合わす人はいない。たぶん名前だけが靖国神社に祀られているはずだが、こうした海の墓標は南太平洋に無数に存在する。具体的な戦跡を辿り得ない空の兵士たちの戦争の取材は、瞑目《めいもく》から始まった。

青春の舞台、鈴鹿《すずか》海軍航空隊

三重県鈴鹿市の鈴鹿海軍航空隊跡に、三棟の格納庫が当時のままの姿で残されている。

昭和一三年、鈴鹿海軍航空隊は、搭乗員を育成する教育専門の航空隊として設立された。このころの航空機の進歩はめざましく、海軍はゼロ戦の試作機や渡洋爆撃機の開発に成功していた。その新鋭機を操縦する人員の養成が急務だった。甲種、あるいは乙種飛行予科練習生は、その要求に応える制度で、高等小学校卒業生や中学四年程度の学力を有する少年（満一五〜一七歳）が志願した。技術の粋を集めた飛行機を操る要員とあって、身体強健はもとより運動能力に優れ、頭脳の優秀さも要求された。

合格すると茨城県の土浦や霞《かすみ》ヶ浦航空隊で二年間みっちり基礎訓練を受ける。卒業すると飛行練習生となり、適性に応じて操縦、偵察、通信など理論と実技の専門教育を受けた。そのころ搭乗員が消耗品という概念はなかった。

甲種飛行予科練習生三期（昭和一三年）の前田武さんが鈴鹿で学んだのは、昭和一五年。翌年の真珠湾攻撃に参加、ミッドウェー海戦で負傷している。マリアナ沖海戦には、基地航空隊として硫黄《いおう》島まで進出したが、戦果をあげるチャンスには恵まれていない。

昭和一五年、高等小学校卒業で乙種飛行予科練習生に合格した黒田好美さんは、昭和一八年五月から一二月までここで学んだ。卒業半年後の初陣がマリアナ沖海戦であった。

少年で入隊した前田さんと黒田さんは、ここで人格形成され、大人として軍人として、航空兵として徹底的に鍛えられた。

そして昭和二〇年八月、学んだすべてを返上して、ここから復員している。戦争という縁で結ばれた青春の舞台。航空隊跡地を訪れた前田さんと黒田さん。前田さんは、「俺たちの故郷だからな」と話の口火を切った。

前田 武さん

私が赤とんぼ（練習機）に乗って訓練を受けていた練習生のころ、年中この滑走路をゼロ戦が飛んだり降りたりしていました。スタントとか宙返りとかやってましたからね。三菱航空機の工場が近くにあって。毎日のように生まれたてのゼロ戦の試験飛行をしていたんですよ。

格納庫は当時とまったく一緒だね。ここから練習機を引っ張り出して、すぐ前の滑走路から飛んだんだ。……何度目かな、ここを訪ねるのは……。

前田 武（まえだ・たけし）

一九二一年（大正一〇年）生まれ。福井県大野市出身。

一九三八年（昭和一三年）大野中学校卒業、海軍甲種飛行予科練習生に合格。横須賀海軍航空隊に入隊、霞ヶ浦海軍航空隊で訓練を受ける。

一九四〇年（昭和一五年）飛行練習生として鈴鹿海軍航空隊で、偵察員の教育を受ける。

一九四一年（昭和一六年）空母「加賀」に乗り組み、艦上攻撃機偵察員として真珠湾攻撃に参加。

一九四二年（昭和一七年）ミッドウェー海戦で負傷。当時、二四歳、海軍一等飛行兵曹。

一九四四年（昭和一九年）「あ」号作戦には、中型陸上攻撃機で硫黄島に出動する。

一九四五年（昭和二〇年）千葉県香取航空隊で特攻要員教育、終戦を迎える。鈴鹿海軍航空隊から復員。終戦当時、海軍少尉。

一九四六年（昭和二一年）早稲田大学専門部建築科入学。

一九五一年（昭和二六年）早稲田大学卒業。海軍の仲間たちと工務店を設立。

二〇〇八年（平成二〇年）現在も建設会社を経営。八七歳。


最後は、戦争が終わって八月の何日だったかな。ここから復員しているんだ。二三日だったか……、この日から日本の飛行機は日本の空を飛ぶことは相成らんということで、確か二日前だった。千葉の香取航空隊から「天山」艦上攻撃機一五機を指揮して鈴鹿へ飛んだんですよ。こちらに故郷のある連中をみんな集めて、何しろ最後だもの……。着くとすぐタイヤの空気を抜いてプロペラを外した。心の中で涙を呑み込んでいたよ。

軍人をお役御免になって、ここから福井に復員したんですよ。少尉以上は当時のお金で五〇〇〇円もらった。退職金の一部だと。黒田、お前もここから帰ったんだったな。

黒田好美さん

そうです。終戦からすぐでしたよ。前田さんと同じ千葉県の香取航空隊から「天山」艦攻に三人で乗ってきたんですよ。私は柳川《やながわ》、九州でしたから故郷に近い陸軍の基地に飛びました。平和な空を飛んで、もう死ぬことはないと思いました。

航空戦を支えていた「偵察員」

鈴鹿海軍航空隊は、「偵察員」と呼ばれる搭乗員を養成する日本に二か所しかない組織の一つだった。

（一〇五ページ）写真の後ろ側に立っているのが「偵察員」である。偵察員は、三人乗りの艦上攻撃機の場合は真ん中の座席に座り、二人乗りの艦上爆撃機では後ろの座席に乗る。天候や、海面を観測、飛行コースをチャートに記入し、確実に目的地に誘導するナビゲーターだ。敵機動艦隊を探す「索敵」、魚雷、爆弾の投下などが任務で、機銃の射撃を担当することもあった。空母を主戦力とした航空戦が中心となった太平洋戦争では、この「偵察員」が重要な役割を果たしたのである。

何の目印もない海で、目標を設定し、時々刻々の太陽の位置から緯度・経度を確認し、ポイント・ポイントで記録、進路を修正しながら飛ぶ。迷わず遠い目的地に到達するには、相当の訓練を積まないといけない。特に航続距離の長い日本の艦載機の優位性を発揮するためには、練度が運命を分けることになる。

鈴鹿では一度に八〇人が学び、半年間の訓練を受けた後、各地に配置された。ＧＰＳ（全地球測位システム）がなかった当時、飛行時間と風向風速を勘案、計算して位置を割り出した。「偵察員」には専門知識だけでなく、経験によって勘を養うことが必要だった。

鈴鹿海軍航空隊から東に一キロほどで伊勢湾の白子海岸に出る。名前のとおり真っ白な砂浜が広がる。その海岸も海も空も、前田さん黒田さんらを育んだ舞台であった。基地から毎日のように走って、基礎体力をつけた。遠泳もやった。伊勢湾での訓練が彼らの生死を分けたといえなくもない。飛行兵といえば、操縦士がスターのように扱われるが、偵察員がいないと海の上

黒田好美（くろだ・よしみ）

一九二四年（大正一三年）生まれ。福岡県山門郡西宮永村（現・柳川市）出身。

一九四一年（昭和一六年）弥富小学校卒業。海軍乙種飛行予科練習生に合格、土浦海軍航空隊入隊。

一九四三年（昭和一八年）飛行練習生として鈴鹿海軍航空隊で偵察員の教育を受ける。

一九四四年（昭和一九年）改装空母「千歳」に乗り組む。「天山」艦上攻撃機の偵察員としてマリアナ海戦に参加。当時、二〇歳、海軍上等飛行兵曹。フィリピン海戦（捷一号作戦）に参加、空母「瑞鶴」が沈没、泳いで助かる。

一九四五年（昭和二〇年）千葉県香取航空隊で特攻隊員として待機、教育も担当。鈴鹿海軍航空隊から復員。終戦当時、海軍飛行兵曹長。

一九五一年（昭和二六年）航空自衛隊に入隊、レーダーの教育に当たる。

一九七一年（昭和四六年）一等空尉で航空自衛隊を退官、三菱電機に入社、自衛隊担当。

二〇〇八年（平成二〇年）現在、八四歳。

「彗星」艦上爆撃機。後ろに立っているのが偵察員

の遠距離飛行はできないと、前田さんは言う。

前田 武さん

海は障害物がないから飛ぶのは楽だと思うだろう。操縦士に飛んでもらって後ろに座っているのだからさ。とんでもない間違いだ。何の目印もない海を飛んで、無事元に戻ってくるのが大変なんだ。離陸した地点と、戻ってくる地点をチャートに描いて、途中の目標を立て、そこに到着したら何度右に旋回というふうに、操縦士に教えるんだ。飛行機の速度と時間で距離を計算して……。鈴鹿の滑走路を飛び上がって伊勢湾を横断、知多半島の先端まで行くコースで訓練したもんだ。

航法の説明になると、二人ともきわめて饒《じょう》舌《ぜっ》になる。日本の機動艦隊が長距離飛んで作

戦ができるのは、われわれ偵察員の練度が支えていたからだ、と若き日のプライドが蘇《よみがえ》る。
黒田さんは、その昔習ったとおりに私たちに説明してくれた。

黒田好美さん
風がですね、向こうからこう吹いて波ができている。そうすると、波はこういう形になる。（指さして）すると形から風向きがわかるんです。で、波の高さで、風の強さ風力がわかります。飛行機は、その風によって流されますから、その分（飛んだ時間と方向）を一生懸命計算するわけです。それを修正しながら尺取虫のように、飛んでいく。それくらい原始的な航法ですから。

鈴鹿海軍航空隊で磨かれた「偵察」や「索敵」の技能。しかし、実戦では、その技能が十分発揮されるとは限らなかった。

真珠湾攻撃で失われた命

開戦の日、二等飛行兵曹になっていた前田さんの戦歴は輝かしい舞台で幕を開けた。
アメリカ時間昭和一六年一二月七日、真珠湾攻撃の第一陣として参加した彼は、訓練に訓練を重ねた戦法に従って、アメリカ太平洋艦隊の主力艦、戦艦ウエストヴァージニアに魚雷を命中させた。黒煙を噴き上げる敵艦を確認して翼を左に翻した。左に舵《かじ》を切ったのは、反撃を始めた艦艇の対空砲火を避けるためだった。これが運命を決めた。

兵士の戦争の話で聞いてほしいのは、「上官の命令で兵士は簡単に生命を落とす」ということだと力説する。真珠湾攻撃でも、「命令を間違えた」と言う。指揮官は、打ち合わせどおり艦上攻撃機から「攻撃開始」する指令を出すべきところを、非常事態の「全機突入」を発信した。したがって艦上爆撃機も一緒に総攻撃を行ったため、炎上する陸上施設の黒煙が、低空で魚雷攻撃を終えた艦上攻撃機の行く手を真っ暗にしてしまった。煙を避けて右に舵を切った後続の編隊は、もろに対空射撃を浴びていた。同僚から五機の未帰還機を出した。

前田さんは、毎年一二月七日に行われるパールハーバーの記念式典に一〇年以上参加している。海原会（予科練出身者の会）のメンバーと一緒だったが、真珠湾攻撃に加わった搭乗員の生存者は、前田さんとこの取材が始まる直前に亡くなった阿部善治さん（当時海軍大尉）の二人だけだった。私たちと付き合いが始まったのは、二〇〇六年に二人が参加した最後のセレモニーだった。

「リメンバー・パールハーバー」の怨念の行事に日本代表を名乗って出席するのは……と尻込みする人が多い中で、「招待されて顔を出さないのも卑怯だ」と費用自弁で参加した。以来、タケシ、ゼンジとファーストネームで呼び合うアメリカの戦友との付き合いが続いている。ところが取材に同行して、実は、前田さんのハワイ行きの目的は、あの未帰還機の戦友たちの法要を別の寺で営むためとわかった。すでに一〇年以上続いていた。

鈴鹿航空隊を卒業した前田さんが航空母艦「加賀」乗り組みを命じられたのが、昭和一六年九月。御前会議が最初に日米開戦の意思を決めたときであった。時を移さず、鹿児島県の志布《しぶ》志《し》湾で猛然とした訓練が始まる。「月月火水木金金」だ。真珠湾が目標という声は聞かなかったが、その想定であることは明らかだった。

訓練は、真珠湾の狭さと水深の浅さへの戦術だった。一キロも幅がない水路、五〇メートルもない水深。急降下して敵戦艦のマストより低い海面すれすれに飛び、四〇〇メートル手前で魚雷を落とす。それを何度も繰り返した。日本海軍自慢の酸素魚雷だったが、一〇メートル以上深く沈むと敵戦艦の船底をくぐってしまう。防ぐため魚雷の後尾にベニヤ板をつけた。雨の日も、曇りの日も……。こうして絞り切った弓から矢は命中した。

それが、宣戦布告前の不意打ちであったことなど、兵士の前田は知る由もなかった。

敗北はミッドウェーから始まった

この一二月八日から半年たった昭和一七年の六月四日、日本連合艦隊はミッドウェーで、太平洋戦争で初めての敗北を喫する。勝ち戦をいくつも転戦してきた前田さんは、この戦を体験して、日本海軍の体質に疑念を抱くようになる。

この回のタイトルは「マリアナ沖海戦」だが、以下しばらくミッドウェー海戦にお付き合いいただきたい。ミッドウェーでの敗因を反省しなかったこと、この海戦で露わになった海軍の体質が、マリアナ沖での惨敗につながっていくからである。

ミッドウェー海戦に臨むに当たって、日本海軍の首脳は、アメリカ太平洋艦隊は真珠湾で多くの艦船を失っているため、反撃する戦力はあるまいと油断していた。そのため十分な索敵を行わず、しかも巡洋艦「利根」から発進した索敵機二機は、カタパルト（艦艇から水上飛行機を射出する機械）の故障で予定した午前四時半から三〇分遅れて発進した。巡洋艦「筑摩」からの索敵機の一機は、四時半に出発したが故障で引き返してしまった。そのまま飛び続けていたら、アメリカ空母の真上を飛んでいたはずだった。その海域にアメリカの機動部隊がいたのである。利根の索敵機は、午前八時三〇分、敵艦隊を発見、空母一隻を擁すると報告した。

しかし、実際に米空母は三隻いた。しかもほぼ同じ時間、アメリカ機動部隊は、日本艦隊を発見していないにもかかわらず一五二機を発進させた。敵がいると信じる南西三五浬《かいり》（六四・八キロ）の海域に、見当をつけて飛ばしたのである。そして五〇分後に日本空母を発見するのだ。

後で述べる大混乱を演じている日本艦隊の空母群は、急降下爆撃隊に不意打ちを食らう。日本機動艦隊は、空母四隻を失うという惨憺《さんたん》たる敗北を喫する。

ミッドウェー海戦は、日本連合艦隊では「ＭＩ」作戦と呼ばれた。海軍は絶対負けるはずがないと自信を持っていた。それには根拠があった。日本軍は圧倒的に戦力でアメリカに勝っていたのである。

連合艦隊は、五つの戦術集団で編成されていた。主力の機動部隊は、「赤城」「加賀」「蒼竜」「飛竜」の正式空母に、支援の戦艦・巡洋艦二二隻。ミッドウェー島上陸部隊と、後方に配置された山本五十六《いそろく》連合艦隊司令長官の乗る旗艦戦艦「大和」を含む主力部隊、潜水艦部隊、アリューシャン攻撃隊を合わせると一二三隻。まさに鎧袖《がいしゅう》一触の堂々たる陣容であった。

これに対するチェスター・ニミッツ大将率いるアメリカ太平洋艦隊は、空母「エンタープライズ」と「ホーネット」を擁する第一六機動部隊と、空母「ヨークタウン」を擁する第一七機動部隊で、護衛艦隊は二一隻しかなかった。しかも、珊瑚海海戦で損傷した「ヨークタウン」を、ハワイの海軍工廠がわずか二四時間で修理、送り出してきたのだった。この三隻の空母からの爆撃機隊が、日本空母を沈めたのである。

ミッドウェーで負傷した前田さんは、沈没する空母「加賀」から海に飛び込み九死に一生を得ている。真珠湾攻撃からの歴戦のつわものである前田さんは、ミッドウェーで生き残った数少ない歴史の証言者である。彼は、軍上層部の慢心（油断）と判断ミスが惨敗につながったと指摘する。

現地時間六月四日（日本時間五日）午前四時半、ミッドウェー基地攻撃の第一次攻撃隊の出発を見送った彼は、米機動艦隊と遭遇したときの攻撃要員として「雷装待機」していた。「雷装待機」とは、魚雷を装着しエンジンテストを終えた艦上攻撃機を後部甲板に揃え、五分で発艦できる態勢のことで、搭乗員は飛行服を着て艦橋の隣にある室で待機していた。

そこへ午前七時、ミッドウェー基地攻撃を終えた第一攻撃隊から「第二次攻撃の要あり」という電信が入る。よく知られる魚雷を爆弾に付け替えるという大混乱が始まる。

上甲板に整列していた艦上攻撃機を、リフトで格納甲板に降ろし、弾薬庫から八〇〇キロ爆弾を運び出し数人がかりで取り替える。

前田 武さん

爆弾とね、魚雷とでね。長さも違うし直径も違うわけですよ。投下器、投下ハブ、抑える器具も全部換えなければいかんのですよ。作業は兵器員がやる。整備兵も搭乗員も運ぶくらいしか手伝えない。二八機がぎっしり詰まっている狭い格納甲板の中ですよ。上甲板には帰ってきた戦闘機もいる、片方で油を積んで、弾積んで……。とやっているわけですよ。二時間半かかってもまだ終わらない……。ヤバイと思いましたよ。

上空にはミッドウェーの陸上基地から攻撃に来たアメリカ軍の大型爆撃機やグラマンF4F戦闘機、艦上爆撃機が乱舞していた。ゼロ戦は、その一機一機を追いかける。空母自体がジグザグの回避運動をしている。大揺れの状態なのだ。

そのころ、敵機動艦隊発見の知らせが入り、また爆弾から魚雷への転換命令が出る。待機室から司令官のいる艦橋はよく見える位置にある。前田さんはある光景を目撃した。

前田 武さん

士官連中は全部艦橋に集まってね。拍手喝采で見ていた。ゼロ戦が攻撃に来た米艦機を落としているのを、手を叩いて見ている。だから艦橋に上を向いている人間はいない。そこへ、アメリカのドントレス急降下爆撃機が逆落としに突っ込んできたんだ。米兵もなかなか勇敢なんだ。空母艦載機の連中は練度も高い。

「加賀」の場合は、もうちょっとそれると海の中に落ちる状態だったんですがね、運が悪く艦橋のちょっと左のほうに爆弾が落ちて爆発、艦長以下中枢の幹部が亡くなった。空母の士官と飛行科の士官で残ったのは三人か四人。あとは全員即死状態だった。

隠蔽された敗戦・ずさんな情報管理

この直後、前田さんは負傷する。

前田 武さん

で、爆発したんですね。たまたま運悪く、甲板から階段をちょうど下りる最中に、その左のね、そこに落ちたやつが弾いて破片が飛んできたんですね。関節の上に……これです。(傷を見せて) ここからV型に入って……。

前田さんの太腿《ふともも》には、半世紀以上たった今でも、傷跡がはっきりと残っている。その傷口から出血が続く状態で、前田さんは、駆逐艦に救助されるまで、数時間海に浮いていた。「よく生命が続いたもんだ」そんな言葉が何度も口をついて出る。

惨憺たる敗戦のすべてを体験した前田さん。負傷して戦艦「長門《ながと》」に収容され内地に帰った。その際に軍上層部がミッドウェーの敗戦を隠蔽《いんぺい》したことに気づかされた。

前田 武さん

「長門」から直接怪我《けが》人を降ろすというのはね。ちょっとまずい。周りから見えるからね。四国の沖で病院船「氷川丸」に、重傷患者を全部「長門」から移し、それで呉へ入った。夕方に入ったんだけれども、すぐに下ろさないわけですよ。それで、「何でや」って言ったらね。「人が通らなくなったら下ろすから」と言ってね。要するに秘密にしているんだね。それでね。呉の病院に入るのも裏口からね（笑）。で、もう敗残兵になっている。

もう、すぐ病室からね、全部ほかの患者を出してね。とにかくミッドウェーだけの患者にして外界と遮断しちゃった。で、看護婦も全部外出できねえ。それを知っている看護婦はね、出さない。

こう言うと前田さんは大切に保存してきた当時の新聞を取り出した。そこには大本営発表の記事が大きな見出しとともに掲載されていた。前田さんは語気を強めて続けた。

「こういう記事を書いておった。これがあくる日の新聞です。呆《あき》れるでしょう。『米空母二隻撃沈』なんてね」

日本側の損害は隠される一方、戦果は過大に発表された。惨敗にもかかわらず指揮官の責任が問われることはなかった。緒戦では優勢だった日本。ミッドウェーを機に敗退への坂道を転がり落ちていく。敗北をひた隠し指揮官の責任を問わないことは、その後繰り返され、ほとんどそれが日本軍の体質となっていく。

もっと重要な敗因は、最高機密の暗号が解読され、緩んだ軍規の中で、攻撃目標、作戦手順が筒抜けになっていたことである。こんな話がある。

ハワイにあるアメリカ太平洋艦隊総司令部戦闘情報班は、二週間前の五月二〇日、山本連合艦隊司令長官が全艦隊に出した、ミッドウェーとアリューシャン攻略に関する長文の作戦命令を入手していた。海軍最高機密の暗号電報だ。解読すると四隻の空母を擁する大艦隊による「AF」への上陸計画など大規模な内容が詳述されていた。その中で一点、戦闘情報班にとって、判断できないことがあった。「AF」という記号の場所だ。九〇パーセントミッドウェーと想像できたが、他のハワイ、アメリカ本土西部のどこかも視野に入れないと、太平洋艦隊の戦闘配備の資料にはならない。そこで戦闘情報班は策を巡らした。

ミッドウェー基地から、「真水蒸留装置が故障して、ミッドウェーは真水不足の危険にさらされている」というニセ電報を、ハワイ沿岸防備管区司令官に平文（暗号でない普通の文章）で打つよう命じた。この謀略に日本軍は見事に引っかかった。南太平洋の島々の水不足は、守備隊を持つ海軍の日常的関心事だった。ウエーク島の日本海軍の傍受班は、すぐ反応した。「ミッドウェーは水不足だ」と報告したのだ。

こうしたずさんな情報管理は、太平洋戦争のあらゆる作戦で起こっている。

翌昭和一八年四月の山本五十六連合艦隊司令長官の戦死にしても、五日前に山本の前線視察の予定がアメリカ軍により傍受されていた。それを受けて、山本の生命を奪う可否まで議論され詳細な作戦が立てられた。その結果、司令長官の搭乗機はアメリカ軍戦闘機P38の待ち伏せ攻撃に遭い、撃墜されている。

兵士たちは、鏡を背負って麻雀をしているに等しかった。

「あ」号作戦の〝切り札〟「アウトレンジ」戦法

昭和一八年が明け、南太平洋ガダルカナルのつばぜり合いに敗れた日本。ミッドウェーの教訓が生かされないまま、国力の消耗を重ねていく。逆に圧倒的な生産力を誇るアメリカは、新型空母と艦載機を充実、本格的な反撃を開始。太平洋の島々にいた日本の守備隊は次々と壊滅、見捨てられていった。明治から築き上げてきた日本海軍の艦船や航空機は失われ、搭乗員の生命は、消耗品の一つに変質する。

昭和一八年九月、日本は「絶対国防圏」を定める。国防圏の外側を見捨てても、戦争継続と最低限の国民生活に必要な資源と補給線を確保するためであった。

こうした戦況の中、連合艦隊は、昭和一九年五月三日、「あ」号作戦計画を発令する。劣勢を一挙に挽回するため、国を挙げて勝負に出たのだ。この計画をもとにマリアナ沖海戦が戦われることになる。島々にある基地航空隊と機動部隊が総力を挙げて、反撃してくるアメリカ機動部隊をまとめて撃滅するという壮大な作戦計画だ。「あ」号作戦の名称は、アメリカの「ア」をとったものと言われている。

絶対国防圏の死守は、南太平洋の防衛を分担する海軍にとって至上命令であった。陸軍に対してミッドウェーの敗戦をひた隠しにする海軍のメンツと意地でもあった。

昭和一八年暮から一九年春にかけて、次々と崩壊していく基地航空隊の増強は急務であった。しかし、飛行機の補給も搭乗員の補充も、百機単位の消耗に追いつかなかった。やむを得ず第一、第二航空艦隊六隻の空母から艦載機を降ろして、弱体化したトラック、パラオ、サイパンなどへ派遣した。ほぼ二〇〇機搭乗員は七〇〇人を超えた。真珠湾からの最強の航空兵力だった。空になった空母の何隻かは、内地との間を往来飛行機を運ぶ役目を担った。

厳しい状況はアメリカ軍にもあった。昭和一八年初頭には、空母は「エンタープライズ」一隻まで落ち込む。急きょイギリスから空母二隻を借りて、危機をしのぐ状態であった。

アメリカは、その状態からいち早く脱する。エセックス級の正規空母を完成させる一方、ゼロ戦に勝る新型戦闘機グラマンF6Fを前線に配備した。昭和一八年暮れには、一五隻の空母を擁する第五八機動部隊に変身させた。決定的な差は、レーダーや猛烈な弾幕を張る最新の対空戦闘装備を載せていたことである。

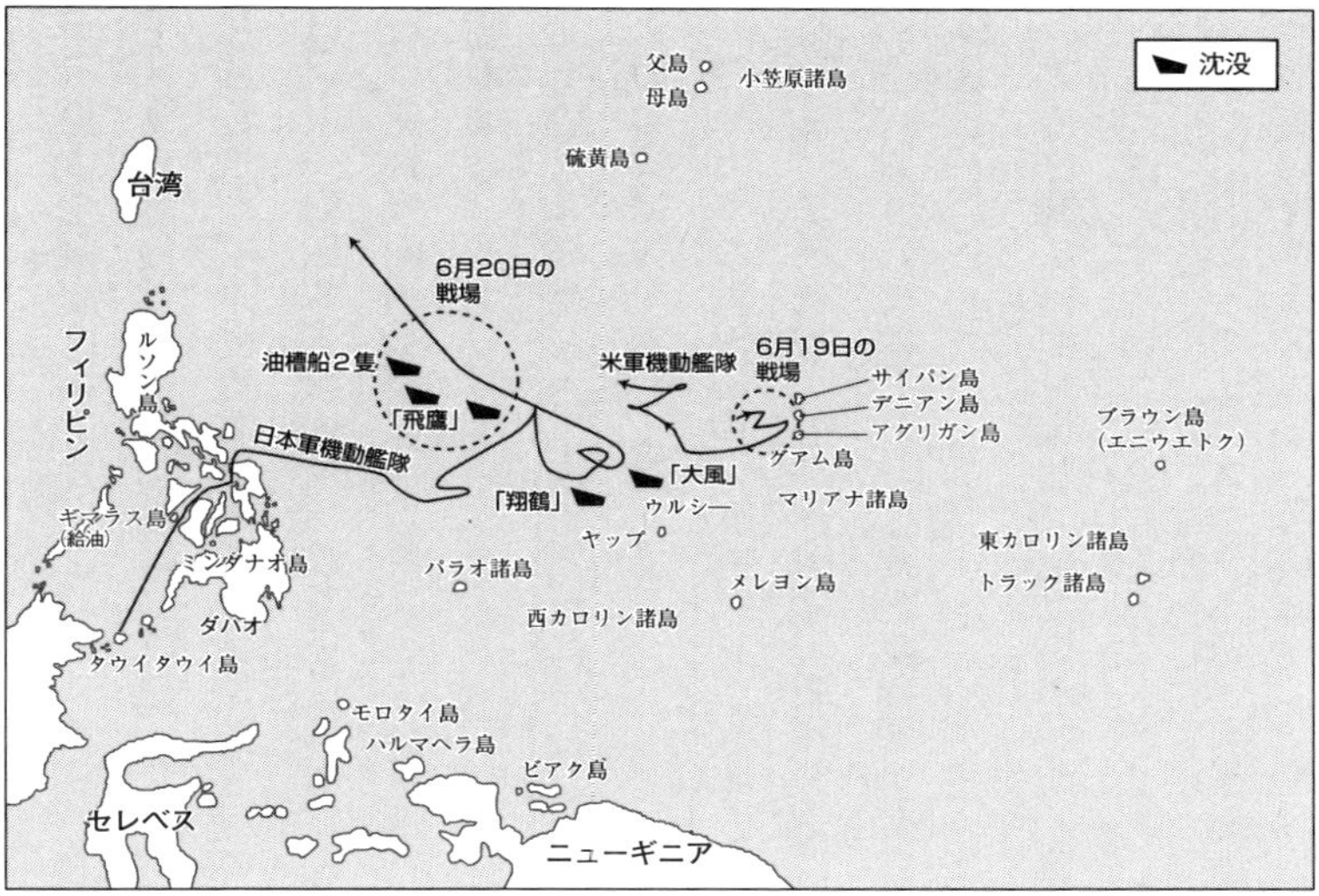

マリアナ沖海戦要図

新鋭機は日本でも開発された。「天山」艦上攻撃機、「彗星《すいせい》」艦上爆撃機は、格段の性能を持っていた。しかし生産は少なく国力の差はいかんともしがたかった。マリアナ沖海戦に間に合った正式空母は「大鳳《たいほう》」一隻。水上機母艦を改造した「千代田」「千歳」の特設空母で数を揃えた。

戦況の悪化を、新聞は「敵の物量作戦を大和魂で撃破」と報じた。一八年一一月中部太平洋タラワ、マキンでの全滅は「玉砕」と美化され、日常的なニュース用語となる。

飛び石伝いのアメリカ軍の侵攻に、玉砕した島に建設された滑走路がアメリカ軍の戦力として加わる。アメリカ機動部隊は、絶対国防圏を簡単に越えて日本軍基地の島々を次々と襲った。

なかでも海軍首脳に衝撃を与えたのが、連合艦隊の根拠地トラック島の空襲だった。昭和一九年二月一七、一八日、来襲した米軍機は五五〇機。艦船八九隻、航空機三〇〇機喪失という巨大な被害を出した。「大和」「武蔵」など主力はいち早くパラオへ移動していた。さらにアメリカ軍の五八機動部隊は二三日、サイパン、テニアンを急襲、基地航空隊一二三機を破壊してしまう。連合艦隊の拠点を執拗に追うアメリカ軍は、パラオにも狙いをつける。三一日には、一一回四六五機の反復攻撃を受けて、基地航空隊は百数十機を失い船舶は全滅した。その夜、連合艦隊司令長官・古賀《こが》峯一《みねはじめ》大将は飛行艇でミンダナオ島のダバオに脱出、低気圧に遭遇殉職する。

そのとき発生した「海軍乙事件」は、マリアナ沖海戦の運命を変えることになるのである。この事件は後で詳しく説明する。

このような戦況の中で五月三日、大本営は「あ」号作戦計画を実行に移すよう連合艦隊に指令する。この乾坤一擲《けんこんいってき》の作戦は、昭和天皇にも上奏裁可されている。古賀長官の死から一か月の空白を受けて同じ三日、連合艦隊司令長官に就任した豊田副武大将は、直ちに「あ」号作戦命令を下す。

この作戦に、腕を撫《ぶ》していた男がいた。第一機動艦隊司令長官・小沢治三郎中将である。彼の主張する切り札は、「アウトレンジ」戦法だ。日本の艦載機が優れている能力は、往復一〇〇〇浬(一八五二キロ)も飛べる航続距離だ。せいぜい六〇〇浬(一一一一キロ)が限度の米艦載機では届かない攻撃圏外に、機動部隊を進出させ、発見される前に出撃殲滅《せんめつ》しようというのだ。

飛行距離の長い航空機というハードを得て必殺必勝、究極の戦法となるはずの「アウトレンジ」戦法だが、その成功の鍵は、偵察員の技量というソフトにあった。

マリアナ沖海戦に参加した偵察員の多くは、黒田さんが学んだ鈴鹿海軍航空隊の出身だった。黒田さんは初陣二〇歳だった。飛行機は新鋭の艦上攻撃機「天山」。訓練はほとんどできていなかった。不安いっぱいであった。それでなくとも、「アウトレンジ」は大きな危険を伴う戦法だったと黒田さんはチャートを描きながら説明してくれた。

黒田好美さん

現在の自分がどこの位置にいて、母艦はどこの位置にいるはずという判定が、頼る人がいないですから、自分で判断し自分で進路を決めて、帰るよりほかないですからね。途中積乱雲はあるし、風も変わってくるし、そりゃもう帰ってくるのは神業《かみわざ》ですよ。

自分がここですね（示す）、ここが敵ですね（絵を描いて）、ここにいるということがわかる、こっちで（自分の位置を）勝手にこういうマスを作って、イ、ウの2というのが、相手、敵の位置ですね。太平洋上ですから（島も山もなく……紙に手を置いて）これ（記録）しかないんです。もし入道雲がいたらよける。だからこの雲が一番、曲者《くせもの》ですわ。

昭和一九年五月二五日から上映された日本ニュースでは、決戦を控えて連合艦隊はかく訓練を重ねていると国民に喧伝《けんでん》している。時期から見て、マリアナ沖海戦を前に、大本営海軍部は

少なくとも国民の前に、連合艦隊の健在を誇示したかったと思われる。空母勢力はともかく、この段階では戦艦「大和」「武蔵」をはじめ、「長門」「伊勢」「日向《ひゅうが》」などが健在で、艦隊決戦で一泡吹かせたいと考える幹部は少なくなかった。

だが実際の映像は、フィリピン西部のタウイタウイ島で撮影したものではなく、昭和一五年の「紀元二千六百年」に公式記録として撮影されたフィルムに、新任の豊田副武連合艦隊司令長官の姿を挿入再編集したものであった。詳しく見ればこの時点で存在してない軍艦も映っているはずだ。「太平洋の波頭をけって、我が水雷戦隊、続くは世界の建艦技術を圧倒した巡洋戦隊。……」国威発揚型のナレーションに具体性はない。

新米も負傷兵も重要な戦力

ところで、「あ」号作戦命令が下ったとき、日本海軍の主力はどこにいたのか。

五月三日、「あ」号作戦発令の一か月前には連合艦隊の精鋭を集め再編成された小沢艦隊の主要艦艇は、スマトラ島のリンガ泊地に集まり猛訓練を行っていた。リンガ泊地は、周囲を島に守られた天然の入り江で、十分な広さがあり敵の潜水艦が入れないという、大艦隊には理想的な投錨《とうびょう》地《ち》だった。何よりも安心なことは、石油の主産地パレンバンに近いところだったこと、それにアメリカ軍の空襲の圏外にあったことだ。空母の艦載機は出動まで当時昭南島と呼ばれたシンガポールの陸上基地で、搭乗員の訓練を行うことができた。

作戦命令から一週間が過ぎた五月一一日、第一陣がこのリンガ泊地を抜錨《ばつびょう》する。新鋭空母「大鳳」を旗艦とする正規空母「翔鶴《しょうかく》」「瑞鶴《ずいかく》」を擁する第一航空戦隊は、一五日、予定されていた中継地点のタウイタウイ島の湾に入る。

ここで艦載機の機体を整備し、十分に訓練を積んでから、給油し出陣しようという計画だった。しかし、まだ主戦場がどこになるかの見通しもなかった。

タウイタウイは片方が外海に開く規模の小さい入り江だった。大規模艦隊を収容するには手狭すぎた。訓練には、どうしても外海に出る必要があった。

ところが、五月一六日第二、第三航空戦隊の小型空母がタウイタウイ泊地に入ると、待機していたアメリカの潜水艦隊が取り巻いてしまった。そして頻繁に出没するため、訓練がほとんどできなかった。後に述べる機密漏洩《ろうえい》によってアメリカ軍に手の内を知られていたのだ。

そうした状況にあっても、先に基地航空隊充実のために搭乗員を陸揚げしてしまった空母にとって、かつての戦力を充実することが急務だった。数こそ揃えたものの相当数が新人。海の荒鷲ではなく海の雛鳥だった。一時間でも多く訓練することしかない。

黒田さんと同じ開戦の年の昭和一六年の一一月、予科練に入隊した甕正司《もたいしょうじ》さんは、マリアナ海戦が初戦だった。タウイタウイで最新鋭空母「大鳳」と初めて出会う。

甕 正司さん

タウイタウイ島に全日本海軍の「大和」「武蔵」巡洋艦や戦艦が一〇〇隻ばかり集まっ

てね。私はタウイタウイに結集したときに、「大鳳」に乗ったんだ。これなら勝てる。そんな高揚した気分だったね。

ところが甕さんは、新人なのに包帯姿で乗り込んだ。資格は搭乗員予備兵であった。負傷兵であっても重要戦力の一人だった。

甕 正司さん

負傷兵であっても、員数だから一緒に便乗しろということですね、一緒に。艦攻は艦攻隊、艦爆は艦爆隊と職分に分かれて乗った。新米というか、若い人ばかりだったね全部。大先輩が戦争でやられちゃって、残ったのは新しい兵隊きりだった。予備学生もいたしね、大勢。未熟な搭乗員が大勢でした。

未熟だった一人、甕さんは昭和一六年長野県の県立松本中学を卒業、太平洋戦争開戦直前の一一月一日、甲種飛行予科練習生として土浦航空隊に入隊した。このころはまだ速成教育では

甕 正司（もたい・しょうじ）

一九二三年（大正一二年）生まれ。長野県南安曇郡温村（現・安曇野市）出身。

一九四一年（昭和一六年）松本中学校卒業、海軍甲種飛行予科練習生に合格。

一九四三年（昭和一八年）飛行練習生として金谷海軍航空隊で偵察員の教育を受ける。

一九四四年（昭和一九年）空母「翔鶴」乗り組み、艦上攻撃機偵察員としてシンガポールで墜落負傷する。マリアナ沖海戦は負傷兵のまま搭乗予備員として空母「大鳳」に乗り組み沈没、内火艇に救助される。当時、海軍上等飛行兵曹、二〇歳。

一九四五年（昭和二〇年）千葉県香取航空隊で特攻要員として出撃を待機中に終戦。香取航空隊から復員、終戦当時、海軍飛行兵曹長。

一九四六年（昭和二一年）長野県職員となる。以後、税務職員として定年後の六〇歳まで勤める。

二〇〇八年（平成二〇年）現在、八五歳。

なくみっちり鍛えられた。悪名高い軍人精神注入棒の洗礼も浴びた。

甕 正司さん

いろいろ失敗したときとかね。訓練中にね。一人の失敗でも全員の責任、総員罰直というわけで、一人ひとり軍人精神注入棒って棒で、バタバタバタバタやられた。ケツッペタ黒うなるほど叩かれた。それだで、風呂へ行きゃあみんな真っ黒になって(笑)、善行賞だって。まあ「痛え痛え」だけんども、しょうがないわね。みんな同じだで……。

昭和一八年、鈴鹿海軍航空隊とは兄弟の静岡県の金谷海軍航空隊に入隊、偵察員の訓練を受けた。一九年春、卒業してすぐ正規空母の「翔鶴」に配属になり、新鋭の「天山」艦上攻撃機へ搭乗を命じられる。発着艦の難しい飛行機なのに、瀬戸内海で少しだけ訓練を受けただけで新米のまま実戦に臨むことになる。内地から前線への飛行機搬送を兼ねて、新人ながら昭南島シンガポールまで飛んだ。その途中でアメリカ潜水艦を発見、攻撃に向かう途中にエンジンが不調になり墜落した。同僚の二人は戦死したが、甕さんは重傷で命拾いした。

甕さんに、タウイタウイで「大鳳」へ乗艦するよう命令が来たのはシンガポールの病院。欠員が出ては作戦に齟齬《そご》を来すからだ。戦死でなければ、名簿から削除されない。

甕 正司さん

でもだね。タウイタウイに結集したきりでもって、訓練はできなんだね。飛行機を飛ばすためには、航空母艦は外海に出て速度を出さなきゃならない。飛行機が飛びやすいようにね。それが停泊したっきりですよ。

だから訓練はね、機上（飛行機に乗る実地訓練）ができないんで、地上訓練をね。甲板の上ね、絵というか、図を描いて、そういう机の上でもって訓練をしたっきりだね。練習不足は、上官だったみんな知っていたがね。

致命的だった訓練不足

タウイタウイ泊地がアメリカ潜水艦に事実状封鎖された中で、洋上訓練はほとんどできなかった。一番焦っていたのが各空母の飛行隊長だ。パイロットは訓練をしないと日に日に技量が低下していく。野球選手やサッカー選手がボールに触らず、体も動かさないのと同じだ。

潜水艦を怖がってばかりいては、という意見具申が聞き入れられて、六月六日から九日まで駆逐艦を出して潜水艦の掃討作戦が行われた。ところが、その駆逐艦が逆に潜水艦の魚雷で、毎日一隻ずつ四隻沈められてしまった。

黒田さんは、米軍潜水艦がどんなに脅威だったか語る。

黒田好美さん

海上訓練くらいはしなくてはと、一度だけ空母「千歳」が外海に出て発着訓練をしました。終わって泊地に戻ったところを待ち伏せた潜水艦に襲われました。幸い哨戒機が魚雷を見つけ、辛うじて回避できました。あまりにわれわれの行動を知りすぎている。連合艦隊は大変に萎縮してしまったんですよ。艦船の消耗を防ぎたい一心で……。

日本艦隊が外海に出なくなって図々しくなった潜水艦が、夕方になると泊地に入って浮上するんです。すると山の上からピカピカ探照燈が点滅するんです。スパイ組織か何かが情報を送っているんですね。これも止められなかった。

空母を使っての発艦、着艦訓練はゼロに等しかった。「天山」艦攻のように馬力でスピードを出す新鋭機は、エンジンが一回り大きい。そのため甲板が見えにくい。機体が重く、離艦、着艦の速度が速いため操縦が難しい。訓練不足は自信喪失につながる。

同じ搭乗員でも、特に孤独な戦いを強いられる戦闘機乗りにとって、演習なしで実戦に臨むのは、ストレスであった。マリアナ沖海戦の未帰還機の中でも、一人乗りのゼロ戦が圧倒的に多い。大きな理由は、本来爆弾を積めないゼロ戦に二五〇キロ爆弾を抱かせて、爆撃機に転用した戦闘爆撃機の犠牲が多かったからだ。

池田岩松さんは、その戦闘爆撃機で戦った数少ない生存者の一人だ。太平洋戦争が始まる昭和一六年五月、海軍を志願。一六歳の少年水兵として巡洋艦「鈴谷」に乗り組んだ。開戦の一二月八日には、マレー半島のコタバル沖で陸軍の上陸作戦を支援。ジャワ、スマトラ、フィリピンを転戦する。昭和一七年六月のミッドウェー海戦では、巡洋艦の「三隈《みくま》」「最上」の衝突事故に出会う。その「三隈」が沈没したとき大勢を救助した。池田さんは、亡くなる兵士の水葬をした。最前線で死は日常的で悲しみではなかったという。

九月に一年ぶりで呉に帰ったとき航空兵の募集があった。ミッドウェー海戦で搭乗員の不足が生じ、急きょ増員が始まったときだった。軍艦の乗組員からの道である丙種飛行予科練習生に合格、新しい道を歩み始める。実戦の猛者《もさ》に兵士の基礎教育は不要だ。速成の猛訓練を受けた。丙種予科練は、海軍として航空兵の人的資源補充には、貴重な人材集団だったはずと池田さんは言う。

昭和一八年二月に茨城県の矢田部《やたべ》航空隊に入隊、飛行練習生となり、戦闘機、艦上爆撃機、艦上攻撃機、中型攻撃機などすべての操縦を習う。専門は二人乗りの艦上爆撃機であった。

艦上爆撃機の役割は二つ。一つは水平爆撃といって、編隊を組み、かなりの高度から爆弾を

池田岩松（いけだ・いわまつ）

一九二四年（大正一三年）生まれ。兵庫県美方郡浜坂町出身。

一九四一年（昭和一六年）浜坂尋常高等小学校卒業。海軍を志願し呉海兵団入団。巡洋艦「鈴谷」乗り組み、開戦はマレー半島上陸戦の護衛。

一九四二年（昭和一七年）巡洋艦「鈴谷」でガダルカナル、ツラギ、ミッドウェー海戦を転戦。航空兵を志願し、丙種飛行予科練習生に合格。

一九四三年（昭和一八年）茨城県矢田部海軍航空隊に入隊、操縦士の訓練を受ける。

一九四四年（昭和一九年）マリアナ沖海戦は、空母「千歳」に乗り組み、戦闘爆撃機の操縦員として参加。当時、海軍上等飛行兵曹、二〇歳。

一九四五年（昭和二〇年）朝鮮海峡警備に当たり、終戦直前山口県に墜落。鳥取県美保基地から復員。

復員後は、さまざまな職業を経たのち、東海銀行に入社、銀行マンとして定年まで勤める。

二〇〇八年（平成二〇年）現在　八四歳。

投下、軍艦の分厚い鋼鉄甲板を打ち抜き爆発させる方法だ。もう一つは爆弾をつけたまま急降下し、敵艦の真上ぎりぎりで落とす急降下爆撃。命中度は高い。どちらも弾幕をくぐって敵艦に迫って避退しなければならないから、高い操縦技術が要求される。

ところが、池田さんは特設空母「千歳」へ配属されたとき、突然ゼロ戦を転用した戦闘爆撃機への乗務を命じられた。「千歳」には正式の艦上爆撃機は配備されなかったからである。一人乗りと二人乗りでは、操縦以外の仕事が違う。海上航法や爆弾投下の要領も学ばなければいけない。タウイタウイでの訓練不足は致命的だ。不安は大変なものだったと池田さんは言う。一人乗り戦闘爆撃機については後ほど詳述する。

池田岩松さん

タウイタウイに入って約一か月間、訓練も何もできしまへんでした。船が動かんと飛ばれへんから、訓練できへんからね。約一か月もおったんですよ、飛行機は陸上の基地に降りりんとできまへん。飛行機、飛ばされしまへん（飛ばせない）。空母は、海の上では走っていないと、飛行機は飛ばらしまへん（飛ぶことができない）。時速五〇キロ、風速一六メートル出してくれんと……。

下手に湾を出たら、潜水艦がおるっていうんで出られへん。だからもう船に乗ったままで、いつも座学（実技ではない講義形式の学科）とか勉強、あんなんばかりしかしません。搭乗員としての訓練はなし。だからしまへん、操縦はできませんでした、どの飛行機で

――も……。

幹部にも焦りが出たタウイタウイ。この段階で、アメリカ機動艦隊の状況とか、これからの作戦についての説明や、講義もなかった。

池田岩松さん

いや、そんなもの全然ありません。一切なしでね。敵の動き方をじっと見とるわけでしょ。どうやっているか。いろんな船がタウイタウイに寄ったんですが、ほとんど連合艦隊は停まったままで……。ときどき出港していくのもありましたが、何の目的で動いているのかもわかりませんでした。重要機密は、兵隊には出発のときしか教えんもんで。

日本軍の機密はなぜ漏れたのか～隠された「海軍乙事件」

ところで、一〇〇隻も集結した連合艦隊を、数隻で一か月も封じ込めてしまったアメリカ潜水艦隊の戦略。アメリカはなぜ日本軍の動きをあらかじめ察知していたのか。その背景には、「海軍乙事件」と呼ばれる出来事があった。

昭和一九年三月三一日、激しい空襲を受けたパラオを脱出した連合艦隊司令長官・古賀峯一大将と幕僚を乗せた二機の飛行艇が、台風に遭遇、フィリピン・セブ島付近で遭難する。一番機の古賀機は行方がつかめず、海上に墜落したと判断され、長官以下八名は戦死ではなく殉職と発表された。ところが福留繁《ふくとめしげる》連合艦隊参謀長搭乗の二番機は、セブ島に不時着、無傷で上陸したため抗日ゲリラに捕らえられる。

ゲリラと交戦中だった現地の陸軍部隊による交渉の結果、福留らは帰されてきたが、司令部用暗号書や信号書などを含む重要な機密文書「乙作戦計画」がアメリカ軍に渡ってしまった。「あ」号作戦の元になった作戦案であり、亡くなった古賀長官が練り上げたもので、作戦規模から戦略まで詳しく記されていた。

ゲリラから計画書を入手したアメリカ軍は、オーストラリア・ブリスベーンにあった連合軍翻訳通訳局で直ちに英語に翻訳、全部隊に配布した。決戦に向けた準備や艦隊の編成、基地航空隊との協力態勢、補給能力や指揮官の名前など、具体的な重要情報がすべて漏れていたのだ。その中には、「タウイタウイ」で訓練を行うという具体的な地名、「機動兵力は敵基地索敵圏外を行動するよう務める」という「アウトレンジ」戦法も記されていた。

帰国した福留は、海軍大臣や軍令部の幹部の質問に、機密書類は飛行艇とともに炎上し、海に沈んだと報告。機密漏洩の可能性に対してあいまいな返答しかしなかった。

海軍の中枢は、連合艦隊の参謀長ともあろう人物が、「生きて虜囚の辱《はずかし》めを受けず」とされる捕虜となりながら、自決もせず責任もとろうともしないことに困惑した。それらをひっくるめて軍令部は懸命に秘匿《ひとく》した。

その上、「機密書類は存在しない」という福留の報告を信じて、作戦計画の変更も対策もしなかったのである。暗号の変更もなされなかった。変更すれば理由を問われるからだろう。福留は懲罰を受けることなく、第二航空艦隊の司令長官に昇進した。すべて事件を隠蔽するための処置であった。

潰《つい》えていた「あ」号作戦構想

日本の機動部隊がタウイタウイを出発したのは、六月一三日。空母九隻を含む五九隻、艦載機四三九機。対するアメリカは、空母一五隻を含む一一二隻、艦載機八九六機とほぼ倍の戦力である。軍令部は、サイパン、パラオなどに配置していた基地航空隊の戦力、五八四機を加えると十分対抗できると計算していた。

しかし、その直前の六月一一日と一二日、アメリカの第五八機動部隊は、マリアナ諸島にあった日本軍航空基地を襲い徹底的に破壊していた。実際六月一一日の空襲で第一航空艦隊司令長官（基地航空隊を総合した指揮官）角田覚治中将指揮下の飛行機はほとんどなくなり、指揮権を陸軍に譲っている。基地航空隊と機動部隊の総合力で攻撃に当たるという「あ」号作戦の構想は、戦闘が始まる前に潰えていたのである。

これより少し前、もう一つ乾坤一擲の戦いを混乱させる事態が起こっている。アメリカ軍がニューギニア北西にあるビアク島へ上陸するという情報が入り、日本の陸軍部隊のビアク上陸作戦に呼応して、連合艦隊は上陸阻止のため、「大和」「武蔵」など第一戦隊と基地航空隊を派遣する「渾《こん》作戦」を発令する。そして六月一〇日「大和」「武蔵」はタウイタウイを発進する。そこへ一一、一二日の空襲から米軍のサイパン上陸の動きが始まる。見事に陽動作戦に引っかかったのである。急きょ「渾作戦」を中止してUターン、「あ」号作戦に合流することになる。これがアクセルの踏み遅れになった。しかもこの「渾作戦」で基地航空隊が多数消耗し、「あ」号作戦に重大な影響を及ぼすことになる。

そして、六月一五日、アメリカ軍は五群で編成される第五八機動部隊の一部のみで、サイパン上陸作戦を成功させる。そして壮絶な攻防戦が始まる。戦闘は住民を巻き込んで悲惨な結末をもたらすことになる。それは、日本軍にとって太平洋戦争の天王山に負けたことを意味した。

アメリカ軍は、いち早く日本軍の航空基地を占領すると、拡張工事に取りかかる。そして、やがてここから日本本土を空襲する大型爆撃機、B29が発進することになる。

同じ日、連合艦隊は「皇国の興廃この一戦にあり」、日本の存亡はこの決戦にかかっていることを意味する「Z旗」を掲げる。真珠湾攻撃以来のことであった。

日本の存亡は、まさにこの決戦にかかっていた。だが、日米が考える決戦は違っていた。アメリカ軍にとっての決戦は、サイパン上陸ですでに勝利を手にしていた。連合艦隊の目的は、日本海海戦以来の古い日本海軍の伝統戦略、艦隊を引き寄せ撃滅するというものであった。サイパンが米軍の手に落ちることの重要性をどう考えていたのかわからない。

戦況の推移を何も知らされなかった兵士の甕さんは、素朴にいよいよ決戦だという昂ぶりを抑えることができなかった。

甕 正司さん

Z旗、皇国の興廃この一戦にあり。タウイタウイを出てすぐだった。「大鳳」は旗艦だったから、感激して見ましたよ。Z旗をはためかせて進んでいった。全艦隊が……。戦艦は、「武蔵」「伊勢」「日向」駆逐艦。航空母艦だって九隻ね、威風堂々たるものでね。私はこの戦争は勝つと思っていたけれども、最後までわからんね。

作田 博（さくた・ひろし）

一九二三年（大正一二年）生まれ。広島県呉市出身。

一九四一年（昭和一六年）広島工業学校を卒業。海軍甲種飛行予科練習生に合格。土浦海軍航空隊に入隊。

一九四二年（昭和一七年）飛行練習生として鈴鹿海軍航空隊で偵察員の教育を受ける。

一九四三年（昭和一八年）空母「翔鶴」に乗り組み、艦上爆撃機の偵察員となる。

一九四四年（昭和一九年）マリアナ沖海戦は、彗星艦上爆撃機で飛び立ち、敵機動艦隊を爆撃、帰還。神風特別攻撃隊員としてフィリピン作戦にも参加。

一九四五年（昭和二〇年）台湾で墜落重傷。終戦は茨城県百里基地で迎える。当時、海軍航空兵曹長。

復員後は建築会社に勤める。

二〇〇八年（平成二〇年）現在、八五歳。


ここで一人、日本海軍の名誉のためにも紹介しなければならない兵士がいる。「アウトレンジ」を戦法どおり実行した作田博さんだ。

広島県呉市に生まれた作田さんは、父が呉海軍工廠《こうしょう》の職員という海軍一家で育った。昭和一六年三月、甲種飛行予科練習生を志願、土浦航空隊に入隊した。昭和一七年秋、鈴鹿海軍航空隊に飛行練習生として入隊する。艦上爆撃機の偵察員となり、海上航法、射撃、通信、爆撃の技術をみっちり学ぶ。昭和一八年暮れ、幸運なくじを引いて正規空母「翔鶴」乗り組みとなり、最新鋭の彗星艦上爆撃機に乗ることになる。

マリアナ沖海戦で母艦「翔鶴」は、小沢艦隊の主力、「大鳳」「瑞鶴」を擁する第一航空戦隊に所属した。彼は彗星を駆って四〇〇マイル（六四〇キロ）を飛び敵機動部隊にアタックした。そして豪雨のような弾幕をかいくぐり輪型陣の一隻に爆弾を命中させた。生還したのは二機だけだった。あまりにも違う戦場だった。それは戦争の真実を見る稀有《けう》な体験であった。

作田 博さん

機密漏洩と作戦の間違いが、「あ」号作戦の成否を決定づけたと思いますね。海軍部内でも派閥がありまして、ハンモックナンバーというのがありましてね、海兵（海軍兵学校）に入ったときの成績順ですよ。実力があろうがなかろうが（卒業時の成績で）偉くなっているんですから……。

「あ」号作戦は、私がこんなこと言っていいのかどうかわかりませんけれど。結局、Z旗を揚げて、やり直して挽回するんだという（成功させて、メンツ、功績を上げる）上層部の意識が過剰だったのと違いますか。落ち着いて考えればね、まだまだやる方法があったのじゃないでしょうか。

作田さんは、機動艦隊司令長官で発案者だった小沢治三郎中将の「アウトレンジ」戦法は、作戦そのものが、当時の搭乗員の実力からみて間違いだったというのが持論だ。

運命の日

マリアナ沖海戦の事実のストーリーを前に進めよう。六月一八日、日本機動部隊は、敵の位置をつかむため四〇機もの索敵機を飛ばす。ミッドウェーの索敵失敗に懲りてのことだった。午後二時過ぎ、日本軍の位置から東へ四〇〇マイル離れたサイパン・グアム島西側の海域にアメリカ第五八機動部隊の三群を発見する。絶好のアウトレンジの射程距離で捉えたのである。ところが司令長官の小沢は攻撃を見送る。この時間に出撃すると、帰投する時間が夜になり着艦困難になるというのが理由だった。

巡航速度の時速二五〇キロで飛ぶと三時間の距離になる。戦場にとどまる時間は短い。爆弾を落とすとまったく無力となるのが航空戦闘だから、戦いは一瞬で終わる。一撃離脱して帰ってくるのに三時間、すると空母に戻る時間は、午後九時半になる。日没は六時半。

甕さんは、この時点で勝機を逸したと悔しがる。

甕 正司さん

当初、発見したときに出ていれば先制でもって、向こうの油断しているところに行ってやっつけちゃったかもしれないが。（翌日になったので）敵に待ち受けられてやられちゃったんで。後の判断だがね。

米軍資料によると、この時間にアメリカ軍は日本艦隊を発見していなかった。だが、この小沢の判断はたぶん正解だ。実戦経験の乏しい兵士では、夜になってたとえ無事に上空に帰ってきたとしても、着艦はとても無理だろう。弱兵を抱える指揮官の決断だった。日本機動艦隊は南の海上に避退、敵機動艦隊との距離を保って翌朝を迎える。

昭和一九年六月一九日、マリアナ沖海戦に参加したおよそ九〇〇人の搭乗員にとって、この日が運命の日となった。

午前六時三五分、夜明けとともに発進した前衛艦隊の水上偵察機一九機と、空母からの偵察機二五機でカバーした扇形の索敵網から電信が入る。

「七索機　空母ヲ含ム敵部隊見ユ、空母数不明。進路南西〇六三〇」

「前一段九索機、敵兵力ハ戦艦四、其ノ他十数隻、空母不明、進行方向西〇六四五」

「〇七一八、前一段九索、敵兵力ニ大型空母四ヲ追加」

「〇八四五、前三段一五索、グアムノ西南約七〇浬ニ敵正規空母三、戦艦五其ノ他十数隻」

と相次ぐ。午前九時までに三群の居場所が入電したが、索敵機一機は、グラマンの追跡を報告、他の二機は未帰還となる。戦端は開かれていた。

出動の指示は、兵士を残らず集めて綿密に行われた。敵機動部隊の位置は黒板に書いて説明された。偵察員にとって一番大切なチャートは、黒板に書かれた緯度経度をもとに記号で書き込んでいく。横軸が右からイロハニ、縦軸は上から一、二、三、四という符号がつく。交わる点が敵の位置だ。コピーなどない時代だから一枚一枚書いて仲間に配った。

目標は三群あった。「七イ」（サイパン西一六〇浬）、「十五リ」（グアム南西七〇浬）、「三リ」（七イの北五〇浬）。黒田さんの空母「千歳」の属する第三航空戦隊の目標は「七イ」。甕さんの旗艦「大鳳」の属する第一航空戦隊は「十五リ」。「飛鷹《ひよう》」の属する第二航空戦隊は、「三リ」。チャートは、作戦指令のような意味を持った。

消耗戦の産物、戦闘爆撃機

黒田さんも作田さんも、いつ出発命令が出てもいいように、索敵機が発進するとすぐ準備万端整えて待機した。「千歳」の索敵機はまだ暗い午前四時一五分に発進した。黒田さんは、索敵機発進のアナウンスに飛び起きて、おにぎりの朝食をとり、トイレを済ませ仲間と一緒に待った。そのころ、整備点検を完了した出撃機は次々と上甲板に上げられ配置についた。

飛行服は夏服、飛行眼鏡、半長靴に白いマフラー。マフラーは防寒具になったり、連絡のために窓から振ったり用途は多い。一番役に立つのはエンジンから火が出たとき、息苦しさを避けるとき。この日の弁当はおにぎり。お茶は水筒に一杯。遭難したときの非常食は、乾パンが用意されている。忘れたらいけないのは小便のための袋、用を足した後、窓から捨てた。小便がスモール、大はビッグと言ったが、ビッグを催した経験はないという。

一人乗りのゼロ戦や戦闘爆撃機の場合は、弁当も水も持って乗らない。乗る前に飲むものは飲み、出すものは出しておく。右手は操縦桿、左手はアクセルに当たるレバー、足は尾翼の上下左右を操る。食べる手段も置き場もないのだ。負傷の甕さんも、飛行服をつけて待機した。黒田さんは、本当に生還はあり得ないと覚悟を決めていたと振り返る。点呼のとき、「君らには一九日という日はない」と言われた。

黒田好美さん

だから、もう「帰ってくる予定はない」と思えということです。

勝ち戦か負け戦か、そのときは上の人もわかるはずがない。覚悟などしていないと思うんですね。やっぱり攻撃隊が、ある程度戦果上げて帰ってくれるものと思ってですね。そこまで達観していなかったと思いますが……。初めての戦いですからね。

まだ腹には包帯巻いていましたよ。一九日の出撃のときもブドウ糖の注射打って行ったです。運よく操縦員がハワイからのベテランでですね。年もとっていましたが、「任しとけ、任しとけ」という感じでしたね。

黒田さんは、タウイタウイに着いた日、盲腸炎になって麻酔なしで手術を受けていた。腹の包帯はとれていなかったが、初陣の若者は意気軒昂《けんこう》だった。

黒田さんの「天山」艦上攻撃機は、電波探知機、レーダーも装備する新鋭機だった。エンジンが大きくなった分重くなり、操縦席からの視界が悪く離艦着艦の事故が頻発していた。

小型で飛行甲板の短い「千歳」では、飛び立った瞬間、機体は海面すれすれまで落ちた。

艦上爆撃機は、液冷エンジンの彗星が主役になっていた。だが性能が向上した分、生産量が下がった。最前線では爆撃機不足が深刻になっていた。マリアナ沖海戦では、苦肉の策からゼロ戦に二五〇キロ爆弾を搭載して「戦闘爆撃機」に転用された。

実際、マリアナ海戦で彗星が配置されたのは、「大鳳」「翔鶴」「瑞鶴」の正式空母の五三機と、第二航空戦隊の九機だけだった。改造空母六隻は、七八機の戦闘爆撃機が主戦力だった。

ゼロ戦の転用は、爆撃機の不足を補うだけでなく、爆弾を投下した後は戦闘機として役に立つという利点があるとされた。「戦闘爆撃機」が登場した最大の理由は、搭乗員不足だった。通常の爆撃機には複数が乗るが、ゼロ戦は一人乗りである。

海軍の内部資料には、戦闘爆撃機の搭乗員の養成は、通常より一か月以上短い二か月半でさしあたり作戦可能になるとある。だが、戦闘機乗りからの転向組は、急降下爆撃や水平爆撃の訓練を受けていないし、爆撃機からの転向組は、空中戦の経験がない。転向は操縦士にとって簡単ではなかった。戦闘爆撃機に搭乗した池田さんは言う。

池田岩松さん

戦爆というのは、戦闘機で爆撃をするんでしょう。それまで爆撃は艦上爆撃機の役目やったから、後ろに一人おるでしょう。偵察員が……。二人のトンボですよ。それを戦闘機にしたというのは、ははあ、二人死なせるより一人死なせたほうがいいですよね。一人死なんでいいから……。初めから上のほうで決めておったんでしょう。

最初に名前を特別攻撃隊とつけたから志願者が反対したんですよ。あの時分は、敵艦に突っ込む、あの特別攻撃隊ってなかったでしょう。なんで突っ込んでみんな死ななあかんのやと……。志願者が全部反対したからね。それでまあ突っ込まんでもええけども、当たるところまで降りて帰れる人は帰って来いと……。（爆弾の重さで）沈下量があるから、できるだけ一五〇メートルくらいにでも降りて、爆弾を落としたら高度を上げるな、そのまま真っすぐ突っ込めというわけですね。海面すれすれに突っ込んだら、敵の戦闘機も襲ってこない。危なくて。だから海面を逃げて帰ってこいという結論になりました。

転用されたゼロ戦は、二一型といわれる旧式戦闘機だった。スピードが遅くても役に立つ使い方が爆撃機への転用であった。特設空母は戦闘爆撃機が主戦力だったが、タウイタウイではアメリカの潜水艦に阻まれ、ひ弱なゼロ戦に重い爆弾をつけて離陸し、投下するテストはおろか、洋上の編隊飛行訓練もできなかった。兵士たちは、戦果を上げるには体当たりしかない、と密かに思っていた。

水兵から航空隊を志願した池田さん。一人乗りの戦闘爆撃機での出撃を命じられたとき、生きて帰れないと覚悟した。最大の弱点は、二五〇キロの爆弾を抱えると極端に速度が落ちることであった。身軽さで戦闘性能の高さを誇るゼロ戦だが、襲われたときの逃げ足も遅い。一番の心配は、海上での長距離飛行訓練をしていないことだった。

池田岩松さん

二人か三人乗りの飛行機なら、専門家がおるから帰れるんです。一人乗りの場合は誘導機がつかないと帰れない、戦闘機の場合は……。無茶苦茶にやっておると燃料が少ないでしょ、方向がちょっと、一度違えばえらいことですわね。内地の場合やったら、瀬戸内海なら、ああここは神戸だ、大阪だ、大分だとわかるけど、あんな海の中で、何もないところで、何百マイルも出てしまったら、どこに帰ったらいいのかわからない。

戦闘爆撃機は、多くの搭乗員が失われた消耗戦の産物であり、人命や安全を二の次にする日本軍の体質から生み出された苦肉の兵器だったのである。それは機体の故障続出につながっていったと黒田さんは言う。

黒田好美さん

一九年、二〇年になると、結局、（ゼロ戦の）生産は、材料がなくて、機材の装置なんかジュラルミン使うところをベニヤ板で作っているんですね、戦争末期は工場でも全部女学生が作っていた、ネジなんか、だから事故も多かったです。急激な運動をやると尾翼が吹っ飛んだり。部品が動かなかったり。そういうことが多かったですね。

同士討ち

日本の機動部隊は三つのグループに分かれていた。

一九日午前七時二五分、先陣を承る第三航空戦隊の空母「千歳」「千代田」「瑞鳳《ずいほう》」から合計六四機の第一陣が飛び立った。続いて七時四五分、第二陣の第一航空戦隊の空母、「大鳳」「翔鶴」「瑞鶴」から、一二八機が飛び立った。目標は、サイパン島西一六〇マイル（二五六キロ）にいる「七イ」。空母四隻、戦艦四隻を含む十数隻の機動艦隊だ。サイパン上陸作戦を支えるアメリカ軍の強力艦隊の一つである。

その第二陣が、先陣の第三航空戦隊を護衛する戦艦群の上空に達したとき事件は起こった。池田さんは、出撃してすぐゼロ戦の脚が引っ込まず、母艦「千歳」の上空に戻っていた。そして事件を目撃することになる。

池田岩松さん

上空に帰った、ちょうどそのときにね。「大和」か「武蔵」が、編隊を撃ったんですよ。大きな主砲で……。バラバラと落ちたんですがね。見ました。砲長か誰かが、一航戦（第一航空戦隊）の日本の飛行機（新型機の「天山」「彗星」）を見間違えて、「味方を撃ってしまった、止めなあかんで」、と。日本軍機が飛び立って二〇分くらい時間がたっていたときで、（敵機が）報復に来たと思ったのでしょう。（味方だとわかり）すぐ撃ち方止めになって止めた。同士討ちですよ。

第三航空戦隊に最初に砲撃したのは巡洋艦。それにつられて、「大和」と「武蔵」が続いた。このとき、第一航空戦隊の「翔鶴」から飛び立った作田博さんは、編隊を組んで上空を通過中だった。同士討ちの被害者の一人だ。

作田 博さん

これはね、もう思いもよらないことですよ。なんでって言ったら、赤紫の爆煙がブアーと上がって、あらおかしい、敵かって、これは味方だと、これは「大和」「武蔵」の主砲だよ。バーッと逃げていく。もう白煙を引いて不時着をするのから、編隊はバラバラ。下に艦上攻撃機がいるわけですから、上に艦上爆撃機、その上に戦闘機。だから一番下の艦攻はバラバラですよ。

「大和」の弾に当たって落ちたものもたぶんあると思いますよ。だから最初に出撃していた前衛の第三航空戦隊（空母「千歳」「千代田」「瑞鳳」）に不時着したのも、ずいぶんいますよ。

原因は、新型の「天山」「彗星」を見慣れていなかったためだと言われている。

作田 博さん

前衛には「彗星」は積んでいないわけですから。あまりそういうものを見ていないわけです。話によると、（巡洋艦の）「利根」「筑摩」あたりが最初に撃ったらしいですね。そうすると戦場ですから、それっ、敵だ。バンバン撃ったじゃないですか。で、味方だよーとわかって。皆やめた。これ後の祭りですよ。編隊がバラバラになっているんですから。

この砲撃で、数機が被害を受けました。私の隊は、飛行隊長が戦死したため指揮が混乱。編隊を組み直せずバラバラになったまま飛び続けました。だから敵機と遭遇したとき命令する人が不在で、端から撃ち落とされ大きな被害を出しました。

高い技術力の前に戦法も虚しく

なぜこのようなアクシデントが起こったのだろうか。ともあれ一九日朝、日本機動部隊は、「アウトレンジ」戦法の理想的な位置、アメリカ機動部隊のはるか西四〇〇浬（約七四一キロ）から、三四九機を攻撃に向かわせた。

これに対して、日本軍の動きをいち早く把握していたアメリカ機動部隊は、三つの空母群から一〇〇浬（約一八五キロ）前方に、新鋭機グラマンF６F四〇〇機を待ち伏せさせた。

F６Fは、第二次世界大戦中盤以降に登場した艦上戦闘機で、愛称は「ヘルキャット（あばずれ女)」。搭乗員の防御を考慮して装甲を厚くし、ゼロ戦の二倍の大出力のエンジンを載せたため、機体が重くゼロ戦ほど小回りはきかなかった。しかしゼロ戦を上回る時速六〇〇キロ以上の猛スピードを誇っていた。このヘルキャットの格好の餌食になったのが、二五〇キロ爆弾を積んで小回りがきかなくなった戦闘爆撃機だった。

ゼロ戦は、限られた出力で最大限の性能を発揮させるために、徹底して軽量化が図られ、装甲はできる限り薄く設計された。搭乗員の安全は二の次だったのである。他方、アメリカには装甲を薄くし兵士を危険にさらしてまで、性能を優先させる兵器開発の思想はなかった。ゼロ戦の装甲を極限まで薄くした生命軽視の日本の設計思想は、「回天」などの特攻兵器を生み出し、「カミカゼ」攻撃で多くの若者の生命を奪うことになる。

必勝必殺だった「アウトレンジ」戦法を虚しいものにしたのが、アメリカの優れた技術力だった。それはF6Fヘルキャットを生み出し、最新鋭のレーダーを生み出した。日本軍の索敵が、基本的に偵察員の技量に頼っていたのに対し、アメリカは優れたレーダーで、日本の攻撃隊を早くから捉えていた。「アウトレンジ」戦法は、皮肉なことに迎え撃つ準備のための十分な余裕を与えることになったのである。

実は今でもテレビ受信で使われている「八木アンテナ」は、大正末期に日本で開発された。日本は一時期、レーダーで世界のトップに立ったこともあったが、日本軍は電波を出すことで敵に気づかれることを恐れるあまり、その開発に積極的ではなかった。第二次世界大戦開戦後、アメリカは巨額な資金を投じて、大出力のレーダーの開発に努め、その性能は加速的に向上、日本は苦渋を嘗《な》めさせられることになる。
黒田さんは、それを身をもって体験した。

黒田好美さん
アメリカのレーダーがですね、やはり性能が相当上で、相当遠距離から日本の攻撃隊を捕まえているんですね。そして、自分の戦闘機を上げて待っている。やっぱりその辺が（違う）、こちらは戦力もレーダーの性能もなかったわけです。

運命を分けたもの

日本製のレーダーは積んではあったものの、島も機影も見分けがつかず、ほとんどスイッチを入れなかった。黒田さんが、この作戦で生き残った理由は、敵のレーダーの目くらましに本隊と離れた空に銀紙を撒《ま》く役割を与えられたからだ。

黒田好美さん
チャフ撒きといって、戦闘部隊の飛行機の位置とまったく違うところに、一機だけ別行動をとって銀紙を撒きに行ったんです。
電波探知機に映る銀紙の映像に騙《だま》されて敵戦闘機が飛び立ってくる。その目的の戦術ですから。こちらに誘導している間に味方の攻撃隊を突っ込ますのが目的ですから、寄ってくるのは当然で……。囮《おとり》ですよ。囮に敵機が飛んで来たかどうか、すぐ反転して帰ったですからね、確認していません。「任しとけ」という操縦士と一緒ですが、帰り道の誘導はもちろん私の責任ですよ。そりゃあ、初めての実戦ですから必死でしたよ。

黒田さんの運命を分けたのは、「チャフ撒き」という任務だった。そこは敵のいない空だ。そこで幅五センチ、長さ一メートルの金属メッキした紙を撒いて一目散に現場を離脱した。ベテラン操縦の判断と手腕に負うところが大きかった。日本攻撃隊がここにいるぞ、という目標を投下するわけだから、グラマンＦ６Ｆは必ずやって来る。艦上攻撃機は機銃は備えているが、戦闘機ではないから戦闘能力ははるかに落ちる。新鋭機の「天山」はかなりのスピードは出るが、全速力を出せばガソリン消費量が倍増する。母艦に帰る途中で燃料切れになる心配は大きい。手加減が必要だ。

黒田さんは、「今日あるのは、練熟した操縦士がパートナーだったお陰だ」と、話の後ろには必ずつける。

黒田好美さん

本隊のほうは、私と別れたところから五〇マイル（八〇キロ）くらいで、Ｆ６Ｆの大群に出会って、合戦やっています。帰ったのは半分以下だったですね。三分の一くらいです、だいたい一五機くらい帰ってきたですね。

帰り道で燃料切れで海に落ちたのではないか、と……推測しています。進路計算ができないんですね。現在の自分がどこの位置にいて、母艦の位置がどこであるということの判定がですね。最初に行くときと狂っとるわけです。

必ずしも敵の上空へ行って落とされるんじゃなくて、結局、進路不正確で燃料がなくなって落ちたのが、相当、半分以上おると思いますよ。一人乗りの戦闘爆撃機は特に。悲劇です……「あ」号作戦の悲劇ですね。敵までの距離が三〇〇マイル（四八〇キロ）もあるところから、攻撃かけたことないですからね。初めてですから……。

奇跡の生還

出発直後、「大和」「武蔵」の砲弾を浴びた作田さんの戦いはどうだったのか。

作田 博さん

同士討ちで隊長機がいなくなって、編隊が組めずバラバラの状態で飛んで行きました。敵の艦隊の一五〇マイル（二四〇キロ）くらい手前でF6Fの大群に遭遇しました。レーダーでわかっていて、待ち伏せです。

敵と出会ったときふと見たら、一機もう火だるまになっていてね。ゼロ戦とみんな空戦やって……。落ちていく火の色が違いますよ。日本の飛行機とアメリカの飛行機は、ガソリンのオクタン価も違うでしょうから、色が違うんです。

はるか向こうの雲の下に、機動艦隊がいました。空母を真ん中にして周りを戦艦や巡洋艦、駆逐艦で取り囲む輪型陣です。そこを目標に雲の中を行くんです。バンバン弾幕張っている中へ……。危険はわかっていますよ。おそらく雲が切れたら、上から輪型陣の後ろのほうに出るという目算をして……。弾幕すれすれに飛ぶ。その雲、弾幕の雲にグラマンは来ないですよ。弾幕張っている中にはね。私のベテラン操縦士は、雲の中に出たり入ったりして、爆弾落とさずかなり低く飛んで……接近した。

正規空母から発進した第一航空戦隊の戦力は、最新鋭の「彗星」艦爆と「天山」艦攻だった。操縦士も作田機のように希少価値の精鋭が配置されていた。彼らは豪雨のような弾幕をかいくぐってアメリカ五八機動部隊を捕捉、空母に命中弾を落としている。

アメリカの資料では、戦艦に「彗星」一機が自爆、エセックス級の空母「バンカーヒル」に「彗星」二機が至近弾を落とし炎上させている。しかし出撃した三分の二が未帰還機となった。レーダーではるか遠くから捕捉、待ち伏せするF６F。兵士の練度と高度な判断を支えにした日本軍の「アウトレンジ」戦法は、先端技術の前に歯が立たなかった。第三の防御兵器が、日本の攻撃隊を完膚《かんぷ》なきまでに打ち砕いた。

それは「VT信管」あるいは「近接信管」と呼ばれる新兵器だった。その開発に原爆開発に匹敵する予算と科学者が投入されたといわれる。弾頭に取り付けられたＶＴ信管は、電波を発射し、至近距離に目標を捉えると爆発する。当たらなくとも同じ効果をもたらす命中率は二〇倍以上も向上した。

次々と撃ち落とされる日本の攻撃隊を見て、米パイロットは、「マリアナの七面鳥撃ち」とあざ笑った。まったく抵抗できない戦闘爆撃機は、彼らの目にそう見えたに違いない。

戦争が終わるまで日本軍は「ＶＴ信管」の存在を知らなかった。兵士たちは、戦後その存在を聞かされたという。作田さんもそうした一人だった。

作田　博さん

雲の下にザーッと入っていって。敵機動艦隊輪形陣の囲いを突破して空母に接近するのは至難の業でした。敵さんはＶＴ信管撃つから……。日本軍機のように、狙って一発一発撃つのとは違って。弾幕をドーッと張るわけですから……。その中に突っ込んでいく。グラマンは弾幕の中まで入りませんからね。弾幕の中に出たり入ったりしながら……、深く入ればやられるかもわからんけど。後ろにグラマン機が来てるわけですから、どちらかですよ。巧みに避けて急降下し爆弾投下する。爆撃機の戦闘というのはこの一瞬です。発射、テーッと号令をかけて、操縦士が爆弾を投下します。長距離を飛ぶ「アウトレンジ」戦法の成果もこの瞬間で決まるんです。これはね、当たるも八卦《はっけ》、当たらぬも八卦です。運ですよ。

作田さんの「彗星」は、二機で追尾するグラマンF6Fを振り切り帰還した。「彗星」には、これでよく飛べたと思うほど穴が開いていたという。

〝不沈空母〟撃沈

敵は空からばかりではなかった。「海軍乙事件」によって入手した「あ」号作戦の戦略を知っているアメリカの潜水艦隊は、タウイタウイから日本艦隊に付きまとっていた。しかし、潜水艦を撃退する役割の駆逐艦は、装備が不十分で数も不足していた。

日本海軍中枢を失望の淵に陥れた空母「大鳳」を失うドラマは、第一航空戦隊の精鋭が飛び立つ真っ最中の朝八時一〇分、衝撃の序曲から始まった。甕さんの目撃証言である。

甕 正司さん

「大鳳」の攻撃隊は、一番先に戦闘機隊が発艦し、次に艦爆隊が発艦、最後に艦攻隊の順に発艦して行くことになっているんですね。それが艦の上空でぐるぐる回って、編隊を組んで行くんだが、その一番最後に行った「彗星」艦上爆撃機が、「大鳳」へ向かってくる敵潜水艦からの魚雷を見つけたんだ。「彗星」は急に頭を下げたと思ったら自爆したんだ。それが魚雷に命中しなかったんだよね。その魚雷が「大鳳」にどかんと来ちゃった。

ところが、当たったきりで誘爆しなかったんで、三六ノットでどんどん全速力で走って

――いたんです。九時間後に地獄が来るなんて誰も考えていなかったです。

魚雷はスクリューで水中を進むのでスピードは船と変らない。進むときには泡を出す。その航跡は上空や軍艦の見張りからはっきり捉えられる。だから魚雷の航跡を発見すると急いで舵を切って回避することができる。甕さんの証言では、「大鳳」に向かう魚雷を上空から見た「彗星」の操縦士が、急降下して体当たりをしたが命中しなかったという。

この甕さんの目撃証言はいささか違っている。実際には「大鳳」を狙って潜水艦から放たれた魚雷は二本で、一本は彗星と刺し違え、残りの一本が右舷《うげん》の右側に命中している。魚雷に自爆したのは、小松咲男兵曹長操縦の「彗星」。彼の名誉のためにも訂正しておく。

だが、魚雷を受けたものの大きなダメージはないと判断していた。旗艦の「大鳳」の小沢長官は、作戦が順調に進行していると信じていた。ところが、昼食時間が過ぎ、前線からの報告がないことにいらだち始めた一四時、衝撃的な事態が起こった。

真珠湾攻撃から活動をしてきた空母の「翔鶴」が、またしてもアメリカの潜水艦に襲われ、三本の魚雷が命中して大火災を発生、撃沈されてしまった。

それればかりでなく一四時二三分には、「大鳳」が大爆発を起こしたのである。三か月前に完成したばかりの「大鳳」は、飛行甲板が二五〇キロ爆弾に耐えられる完璧な装甲が施されていて誰もが不沈空母と信じていた。爆発した理由は、朝に命中した魚雷で飛行機用のエレベーターが故障し、漏れたガソリンのガスが艦内に充満し引火したのである。「大鳳」は数十機の艦載機と燃料、爆弾を抱えており、それが次々と誘爆、天に沖《ちゅう》する火柱を噴き上げた。甲板にいた甕さんは、その一部始終が映画のように脳裏に浮かぶという。

甕 正司さん

船は全速で走っているでしょう。誘爆するまでは知らなかったね。突然ドカンッて誘爆して……。誘爆はね。甲板が膨れ上がって吹っ飛んじゃった。甲板とリフトも吹っ飛んじゃってね。

そう、甲板が飛んで……。それで穴が開いちゃって、下のほうのどこかに穴が開いていて、水が入ってずっと沈んで傾いていった。それに何千人も乗っていた。

総勢何千人っていましたからね。搭乗員ばかりじゃなく、機関兵とか、機銃兵、衛生兵、食事をやる人もいるし、飛行機の整備兵もいる。何千人ものスタッフですよ。

その人たちは下にいたんだけれど、船と一緒に死んじゃったかもしれないし、海に飛び込んだ人もいる。泳げる人はみんな海に飛び込んだですね。だけど、フカの餌食になった人もいるだろうし。「大鳳」はでかい船だもんで、意外に沈まないで……傾いて……。

私は泳げないので、船尾の一番後ろにいたら、護衛艦の内火艇が来て、横付けしてくれて助けられた。これは運命だと思ったね。なにしろ戦争だもんでね……。

多くの乗組員が沈みつつある「大鳳」の後部甲板から三メートルほど下の海面に飛び込んだ

が、負傷していて搭乗予備員だった甕さんは飛び込まなかった。泳げないことが幸いして救助され、今日に命をつなぐことになった。甕さんは、どこまでも運命を味方につけた強運の持ち主だったようだ。「大鳳」は、一六時二八分に沈没した。

三か月しか寿命のなかった新鋭空母「大鳳」と、開戦から数多くの激戦をくぐった老練の空母「翔鶴」は、大勢の兵士を人柱にして南太平洋の夕日とともに消えていった。

致命的なダメージを受けたが、「アウトレンジ」戦法を信じる小沢は、この時点でも未帰還機は、戦果を上げて島の基地航空隊に着陸したと思っていた。

実態は惨憺たるものだった。数字を示しておこう。黒田さんの「千歳」の属した第三航空戦隊の六四機のうち、未帰還は四一機を数えた。無残なのは四三機が出撃したゼロ戦の戦闘爆撃機。三三機が帰らなかった。一二八機が発進した「大鳳」などの第一航空戦隊の未帰還機は、実に一〇一機に達した。出発の遅れた第二航空戦隊は四九機が発進したが、敵を発見できず戦闘機だけに遭遇、一〇機を失うにとどまった。

第二次攻撃隊は、三波にわたって発進した六五機のうち、四五機が帰らなかった。索敵機二五機を含めて総数三四九機が出撃、二〇七機を喪失したのである。

「アウトレンジ」戦法は、近代兵器と戦略の前に壊滅し、潜水艦によって打ち砕かれたのである。こうして決戦一日目が終わった。

「アウトレンジ」戦法の破綻

ほとんどの艦載機が帰還しなかったにもかかわらず、小沢司令長官は、翌二〇日にも攻撃隊を繰り出した。旗艦は「大鳳」から巡洋艦「羽黒」に移っていたが、そこで小沢司令は何を考えていたのだろうか。当時の日本海軍の情報把握を知る意味で、参考になる文書がある。

「戦果相当大ナル時ハ二十日黎明時、列島線付近ニ緊迫シ航空戦ヲ再興、戦果小ナルコト判明セバ一時西方ニ避退シ兵力整備並ニ補給ノ上再度ノ決戦ヲ期ス」(防衛庁防衛研究所戦史室『戦史叢書　マリアナ沖海戦』朝雲新聞社、一九六八年より)

この機動部隊司令部の腹案なる文書が、いつ書かれたものかわからないが、彼は、まだ航空戦隊が全滅に近いことを把握しておらず、次の作戦が可能と考えていたと思われる。実際、二〇日午前七時に燃料補給などのため艦艇に召集をかけている。だがこの時点で、マリアナの戦場マップは変わっていたのだ。

アメリカ第五八機動艦隊は、サイパン作戦支援部隊を残して、西へ向けて全力で移動をしていた。日本機動艦隊を殲滅《せんめつ》するため、攻撃機の飛べる距離まで接近したのである。そして午後四時には、日本艦隊についに追いつく。そこから急降下爆撃機七七機、雷撃機五四機に、護衛戦闘機八五機をつけて発進させた。

黒田さんたち若い搭乗員たちは、こうしたアメリカ機動艦隊の動きを知らず、午後二時半、新しい目標を求めて「千歳」を飛び立っていた。しかし二時間後、不思議な電信を受け取る。

黒田好美さん

暗号電信が入った。たぶん司令から。急いでとって、暗号書を引いたら「攻撃をやめて帰れ」と言ってきた。夜遅くなるから。ちょっと無理だろうということで。帰れと。

タイミングは、「大鳳」が爆発していたときと一致する。攻撃隊は何の成果も上げず引き返す。秋の南太平洋の太陽は西に傾いていた。しかし、戦闘はそこで終わらなかった。搭乗員たちは、敵に近づくときより、帰りのほうが不安と恐怖が大きい、と池田さんは言う。

池田岩松さん

帰ってくる訓練なんてありゃしません。せめて、二人か三人乗りの飛行機なら専門家がいるから帰れる。一人の場合は、人についていないと帰れない。戦闘機の場合は。

あれなんとも言えませんよ。燃料なくなってくるでしょ。そのときにね、なんぼね死のうかと思ったりね。今まであったことが全部頭に浮かんできます。親のことも子供のことも友達も。田舎のことも。ブワーッと。出てくるんですよ。怖い。あんな怖いことはない。それで、空を見ると敵が来ているかもわからん。突っ込んで死のうと思うけれど、海面まで降りたら、アーッとまた操縦桿を引くんです。

これは、台湾沖航空戦で命拾いしたときの話だが、操縦桿を引き上げず、海中に精神的解放を求めた兵士たちがいなかったとは言えない。

ヘルキャット、レーダー、VT信管とアメリカの最新兵器を逃れても、進路を間違えて迷い、燃料不足に陥る危険も待ち受けていた。搭乗員にとって長い航続距離を飛ぶことが戦いだった。「アウトレンジ」戦法は、その技術が重要な戦法だった。

黒田さんは、こうも証言する。

黒田好美さん

頼る人はいないですからね。自分で判断して、自分で進路を決めて帰るわけですから責任は重大です。実際、初日の攻撃でも、必ずしも敵の上空へ行って撃たれるのではなく、燃料がなくなって海に不時着したのが、たぶん半分はいたと思います。

でも二〇日は、戦闘はしていないのだから、全機無事帰還させなければいけない。夕闇迫る海、自信が持てない進路。すべてが新人偵察員にとって不安材料でした。やっとの思いで母艦の見えるところまで戻ったとき、驚くような風景が目に飛び込んできたんです。

それは、アメリカ機動艦隊の艦載機に徹底的に攻撃される日本機動艦隊の姿だった。「大和」「武蔵」が打ち上げる対空砲火の彩りが水面に映え、空を焦がしていた。航空母艦の「飛鷹」が撃沈され、「瑞鶴」と「千代田」も燃え上がっていた。空母「大鳳」「翔鶴」の姿は、暗闇に

没していた。それは「アウトレンジ」戦法の破綻を物語る光景だった。六〇年以上たった今も、黒田さんはその情景を鮮やかに思い浮かべることができるという。

黒田好美さん

帰ってきて近くまで来たら、母艦の位置どころか、敵が来ているんですよ。両国の花火みたいでした。敵が来たんですわ。戦闘の真っ最中でした。どんどん下から撃つわ、上から撃つわ。紫や赤の光で、真昼のような明るさ。母艦を探す必要もなかった。ボンボン、まったく両国の花火です。とても着艦できんですからね。高度をとって、遠くで、遠くでですね。花火見物ですよ。

大きすぎる代償

敵が攻撃を終わって引き揚げるまで、発見されないよう暗い空で待つしかなかった。燃料はぎりぎりだった。長い時間待って幸い黒田さんの「天山」は、「千歳」に着艦できた。しかし、母艦を失った仲間は水しぶきを上げて海上に降りるしかなかった。

本土防衛のため絶対負けられない戦いのはずだったマリアナ沖海戦。二日間にわたる決戦は、日本の惨敗に終わった。制空権・制海権を奪われた日本は、敗戦への坂道を転げ落ちていく。三隻の空母を失い、アメリカの空母や戦艦を一隻も沈められなかったにもかかわらず、大戦果を上げたと発表された。
今回もまた、司令官が敗戦の責任を問われることはなかった。
奇跡の生還をした作田さんは、無謀な指揮官の判断に憤激する。

作田　博さん

本当の飛行機の戦術というのがわかっていない人が簡単にアウトレンジとかね、その前にすでにサイパンは敵に渡って、もうアウトレンジも何もないでしょう。全部、思惑が外れて、陸上からの援助も全然なくて、逆にやられっぱなしじゃないですか。なぜそうなったかというと、やはり敵がわかっていなかったの一言でしょう。

戦闘爆撃機で出撃した池田さんは、飛行中脚が引っ込まず、引き返したことで生き残った。

池田岩松さん

もうあんだけ目茶苦茶にやられたらね。どこへ帰っても話でけんでしょう。だんまりで怒るやつもいない。お互いに言いまへんわ。よう帰ってきたね、くらいしかね。ほとんど沈黙。ほとんど死んどるでしょう。ベッドはね、ガラ空きですわ。今まで飯食っておった者がおらんのやから……。後は遺品の整理をするんですよ。遺骨はないんやからね。軍帽を代わりに入れたりね。何もできん。飛行機乗りの戦死は、跡も形もない。もうあんまり戦争はしたくないし、してもらいたくない。

真珠湾からのベテラン前田武さんも、地上基地隊として「あ」号作戦に参加している。中攻と呼ばれる旧式の九六式陸上攻撃機で、応援に硫黄島に飛んでいる。

前田 武さん

旧式の双発爆撃機だから敵の基地を攻撃するときは戦力になるが、地上やF6Fに追われるとひとたまりもありません。硫黄島にも敵機は頻繁に来ました。空中退避して敵をやり過ごすのが仕事でした。何を信じてよいのかわからない敗戦でした。

マリアナ沖海戦で失われた日本の艦載機は四〇〇機を数え、戦死した搭乗員は五〇〇名近くにのぼった。必勝を期した「アウトレンジ」戦法。しかし思惑は外れた。ずさんな情報管理、戦場の現実を無視した作戦。度重なる判断ミス……。アメリカを過小評価した日本、その代償はあまりに大きいものであった。

マリアナ沖海戦の敗戦を決定的にしたのは、捕虜になった幹部から漏れた機密文書だ。同士討ちをした「大和」「武蔵」の砲撃は、不信と軽率さを露呈させた。訓練さえ封じた潜水艦の警戒を怠り、虎の子の新鋭空母を失う醜態。最後は、アメリカ五八機動部隊が、「アウトレンジ」の小沢艦隊の内懐まで迫り、とどめを刺された。

黒田さんは、美しい花火の風景として語り継ぐ。
惨敗を認めた小沢司令は、豊田連合艦隊司令長官に辞意を申し出たが、却下された。
四か月後、神風特別攻撃隊が飛ぶ。兵士たちの生命は、海軍ではきわめて安価だった。六三年目に、青春の故郷、鈴鹿航空隊跡に立った黒田さんは、いま生きている罪を語った。

黒田好美さん

われわれの同期、先輩、後輩、皆ここを巣立って、お国のために青春のすべてを捧げました。みんな南の空で亡くなりました。散った連中に対して非常に申し訳ないと思ってます。私に現在があるのは皆のお陰だと思ってます。

鈴木昭典（㈱ドキュメンタリー工房 代表取締役）

第四章

福井県・敦賀歩兵第一一九連隊

～ビルマ　退却戦の悲闘

密林が広がるミャンマー（ビルマ）。この地で、太平洋戦争中、一八万人もの日本兵が命を落とした。

昭和一九年、日本軍は、連合軍の拠点や輸送路を制圧するため、ビルマとインドの国境地帯に進撃する。しかし補給を無視した作戦だったため、日本軍は壊滅的な損害を受け、退却を余儀なくされた。このとき、退却する日本軍を救出するためビルマに送られたのが、第五三師団に属する福井県の敦賀《つるが》歩兵第一一九連隊だった。

助っ人部隊、地獄のビルマへ

古くから港町として栄えてきた福井県敦賀市。この町の一角に市営団地がある。かつてこの場所に敦賀連隊の練兵場があった。

敦賀歩兵第一一九連隊が動員されたのは、昭和一八年。戦況が悪化した戦場に投入する補充部隊として、およそ三〇〇〇人が集められた。兵員不足を補うためいったん現役兵として徴集され除隊した後、民間に戻っていた人までも召集された。

平成一九年七月、敦賀連隊の元将兵が練兵場跡地に集まった。召集された当時、すでに三〇歳を超える人も多かった敦賀連隊。戦友会は高齢化を理由に解散し、再会するのは二年ぶりだ。郷土敦賀に置かれた部隊の様子を知る人も少なくなった。

辻 安太郎さん

（市営団地の入り口で）ここは、歩哨《ほしょう》が鉄砲持って敬礼しよるんや、ここに立っとるんや。一時間ずつ。こう、鉄砲持って、ちゃんとして。そしてここを通行する人を検査しよる。

練兵場跡地の横には、かつて連隊御用達として将兵たちの写真を撮影していた写真館がある。妻子を持つ身で出征する人が多かった敦賀連隊。愛する家族を残して戦地に赴いた。

辻 安太郎さん

昔、出征するときは、家族でこういうふうにね、記念写真。この方が出るときに家族で記念写真撮って。

岡田信一さん

あの時分はもうともかく家にいると、戦争に行かんで、家に残っているなんていう若い者はとてもそんな考えられないことですね。もう戦争に行きたいっていうか。家に残っているのはもう恥ずかしいぐらい。

昭和一二年の日中戦争の開戦以来、福井県からは数多くの兵士たちが戦場に送り出された。敦賀一一九連隊が出征したのは、太平洋戦争後半の昭和一九年一月のことだった。行き先は連隊幹部も知らなかった。少尉だった塙亮さんは、連隊本部の一人として戦地に向かった。

塙 亮さん

大阪を出たところに夏服をくれたから、「これは南方だな」ということはわかりました、その程度です。

マラッカ海峡のマラッカ。あそこに集結して、それであそこでまぁ、各部隊は訓練をせえということで。それでマラッカのとき

辻 安太郎（つじ・やすたろう）

一九一八年（大正七年）生まれ。

滋賀県犬上郡大滝村出身。

一九三三年（昭和八年）佐目尋常高等小学校卒業。

一九三九年（昭和一四年）現役兵として金沢輜重第九連隊に入隊後、金沢工兵第九連隊に転じ、中国戦線へ。

一九四三年（昭和一八年）歩兵第一一九連隊に転じ、ビルマでの戦闘に参加。

一九四五年（昭和二〇年）終戦当時、二八歳、一等兵。

一九四七年（昭和二二年）復員。

復員後は農業を営む。

二〇〇八年（平成二〇年）現在、九〇歳。

岡田信一（おかだ・しんいち）
一九二二年（大正一一年）生まれ。
福井県足羽郡東郷村出身。
一九三六年（昭和一一年）東郷尋常高等小学校卒業。
一九四三年（昭和一八年）現役兵として歩兵第一一九連隊に入隊、ビルマ戦線へ。
一九四五年（昭和二〇年）終戦当時、二三歳。
一九四七年（昭和二二年）復員。
復員後は福井で農業を営む。
二〇〇八年（平成二〇年）逝去。享年八六。

はわりあい平安ですから、一番待遇のえかった時分で、まあ果物はあるし、バナナやパパイヤなんかいろいろあるからね。兵隊も、一番あのときにいい目をしただろうと思いますわ。

塙亮（はなわ・りょう）

一九二二年（大正一一年）生まれ。島根県浜田市出身。

一九三九年（昭和一四年）浜田中学校中退、陸軍士官学校に入校。

一九四二年（昭和一七年）陸軍士官学校卒業。歩兵第一一九連隊に入隊し、ビルマ戦線へ。

一九四五年（昭和二〇年）終戦当時、二二歳、大尉。

一九四六年（昭和二一年）復員。

復員後は、島根県浜田市にて税理士事務所を開く。

二〇〇八年（平成二〇年）現在、八六歳。


少尉の緩詰修二さんも六〇人の部下を持つ小隊長だったが、詳しいことは知らなかった。

緩詰修二さん

どこへ行くかわかりませんねん。それがまあ南方総軍のね、直轄になったんですけれども。まあなんか、激戦地区へ行くことは間違いないんだろうとは思って、覚悟はしてましたけども。もう太平洋戦争始まってからは、南に行った人はもうほとんどね、ガダルカナルをはじめとしてね、もう戦死がね、九〇パーセント近いということは聞いてましたから、もう誰一人として、生きて帰ってくるなんていうことは考えておりませんでしたから。

太平洋戦争の開戦まもなく、日本が占領したビルマだったが、敦賀連隊が到着したころは、連合軍の大規模な反撃の最中だった。

中井昌美さん

「ジャワの極楽、ビルマの地獄」という評判が立ったんです、その時分に。それで、ジャワは極楽で、戦争らしいところは、占領はしとって、日本軍がいて抑えておるけども、敵さんは誰もおらんのや。そして物資も豊富や、気候もいいし。ところがビルマは逆に物はないし、敵に追われるし、土地は悪いし、そうすると、「これは地獄に行かんなんなんや」っていう私らの考えで。

使命は菊兵団の「救出」

敦賀連隊に下された命令は、敵地に進撃し、日本軍の支配地域を拡大するものではなかった。命じられたのは退却する味方の部隊を「収容」、つまり「救出」することだった。そのためには最前線に出て、敵の追撃を止めなければ

緩詰修二（ゆるづめ・しゅうじ）
一九二〇年（大正九年）生まれ。福井県小浜市出身。
一九三八年（昭和一三年）小浜中学校卒業。
一九四一年（昭和一六年）明治大学中退後、現役兵として歩兵第一一九連隊に入隊。
一九四四年（昭和一九年）ビルマ戦線へ。
一九四五年（昭和二〇年）終戦当時、二五歳、中尉。
一九四六年（昭和二一年）復員。
復員後は専門紙の新聞社に勤める。
二〇〇八年（平成二〇年）現在、八八歳。

中井昌美（なかい・まさよし）
一九二一年（大正一〇年）生まれ。福井県敦賀市出身。
一九四一年（昭和一六年）敦賀の青年学校卒業。
一九四二年（昭和一七年）現役兵として歩兵第一九連隊に入隊。
一九四四年（昭和一九年）歩兵第一一九連隊に転じ、ビルマ戦線へ。
一九四五年（昭和二〇年）終戦当時、二四歳、軍曹。
一九四七年（昭和二二年）復員。
復員後は敦賀市にて洋服商を営む。
二〇〇八年（平成二〇年）現在、八七歳。

ならなかった。

塙　亮さん

収容っちゅうことは、敵の圧迫を止めてくれと。それで友軍を味方の中に入れるとね、いわゆる防波堤みたいなもんですわね。わしらは士官学校でも「退却支援」とか習ったことがないけ。包囲することやら攻撃することばっかししか習ってないんだからね。ほんだけどまあ、退却をということなしに、「転進」いう言葉を使いますわ。「退却」という言葉は使いませんからね、士気に影響しますから。

まあ消極的な言葉の戦闘命令は出しませんから、「前進を阻止せえ」っちゅうのは消極的に聞こえるが、「敵の前進を陣前に撃滅せえ」という、こういう命令ですわ。まあ結局、結論は同じですがね。

当時、日本軍はインドから中国へ送られる援助物資の輸送を断つために、北ビルマの各地で連合軍と激しい戦闘を繰り返していた。戦局を打開するため、インドに進撃するインパール作戦を決行。弾薬や食料はわずか三週間分。後は現地調達しようというずさんな作戦だった。インパール作戦で手薄になった他の戦線も苦戦を強いられ、退却を余儀なくされた。

敦賀連隊に課されたのは、敵に包囲されていた久留米第一八師団、通称「菊兵団」の救出だった。敦賀連隊は北ビルマに入るとすぐに、最前線の惨状を知ることになった。

塙 亮さん

（汽車は）断崖のところでもって、全部橋脚で（支えられた鉄道）ありますからね、ゆっくりゆっくり行くんです。スピード出ませんから。それで空襲が激しくないときは行けるんだけれども、空襲が激しいときはもうジャングルのところに止まって、汽車は動かないんだ。夜、運行する。ドッドッドッ。

岡田信一さん

初めての銃撃やった。列車が動いているときに。それでみんな列車から降りて、てーっと四方へ散ったんです。あれは本当にびっくりしたですね。急にあんた、機関砲っていうんですね。弾の大きい。戦闘機で爆撃やら、攻撃受けました。

敦賀連隊と行動をともにしていた衛生兵の中野珪三さんは、戦後、戦地での様子を絵にしてきた。菊兵団の無惨な姿を今も覚えている。

中野珪三さん

山岳地帯からこう逃れてくるね、そのさま、今われわれは南のほうから北のほうにこう行く、これ（菊兵団）は北の側から退避してくるね。それを今描こうと思ってるんですよ。ま、典型的な一人の勇士をね、ちょっと描いて。どっかに寄りかかってですね、そして

負傷して戦線離脱した第18師団（菊兵団）の兵士たち

負傷し、木に寄りかかっている兵士の体はすでに腐食している（上下とも中野珪三さん画　下：しょうけい館蔵）

絶命しているというさまなんですがね。これもう腐食して、腹がドーンと膨れてね、ウジがこうやっているの。二人ぐらい描いとくけ。
衣類は腐りませんからね。何が腐るって人間の肉が腐ってくんですね。骨は残るんすよ。それがあっちこっちにゴロゴロゴロゴロ。

中野珪三（なかの・けいぞう）
一九一七年（大正六年）生まれ。福井県三国町出身。
一九三一年（昭和六年）三国尋常高等小学校を卒業。
一九四三年（昭和一八年）現役兵として第五三師団衛生隊に入隊。
その後、第一一九連隊とともにビルマ戦線へ。
一九四五年（昭和二〇年）終戦当時、二八歳、軍曹。
一九四八年（昭和二三年）復員。
復員後は大学の事務職に就く。
二〇〇八年（平成二〇年）現在、九一歳。

負傷して戦線離脱した菊兵団の兵士たち。その数は中野さんたちが前線に近づくにつれて増えていった。十分な手当てを受けることができず、途中で力尽きて、命を落としていく兵士たちも数多くいた。

中井昌美さん

ああ、こりゃ勝てる戦争やないと思ったね。哀れな格好して、みんな戦場から下がってくるからね。負傷したものがね、手当てもできずに、それから軍服は破れ、どうかすると靴なんかも、ひどいのは底の抜けたの履いているようなのがおった。鉄道線路の際《きわ》を私、歩いたんやけどね、なんか「犬かな」と思って見たらそうじゃないんです。もう足が動かんでね。

岡田信一さん

線路脇でうめいている声がいくつもするし、そしてまあ駅の近いところへ行くと、「もう少し頑張れよ、もう少しで駅やぞ」って言うたり、声かけては進んでいくけど、どうもしてあげられんわね。それから、ああ、晩でも臭いがします、死んでいる人のね。「ああ、ここでも死んでる、ここでも死んでる」ってね。

緩詰修二さん

負傷してね、ビッコを引いてる人ね。それからもう、腕にこうウジがわいたまま下がってきてる人ね、そらもう大変な状態でしたわ。とにかく「生きている者は一歩でも前進せい」と「もう死んだ者、重傷者放っておけ」という命令でね、もうドンドンドンドン生きている人だけが下がってきたという状態でした。ほんと「明日はわが身」と思いました。

塙 亮さん

もうわれわれは、早く一刻も早く行かなきゃならん。もう砲声がね、ドーンドーンと響くんですよ、ね。まだ遠い間はね、「ドーン、ドーン」て聞こえるんじゃ。だんだん砲声が近くなるでしょ、ね。だいぶ菊（兵団）が圧迫されとるなってわかるから、だから、どうしても戦場に近くなったいうことは実感されますから、ええ。

日本軍にこんな敗残兵みたいな姿があることは初めて見ましたね。これが戦、これが戦だなと。竹藪の中にいて、しゃがんで銃を持って、このままこうしてもう何日前に亡くなって、体にウジがわいて、だんだん骨が出よると、そういう姿を何件も見ました。これが日本軍の姿かなあと。

中井昌美さん

近くにおると、どうしても手当てもしたい。薬もあげたい。そんなもの、命令がなければ動けんもん。どこも勝手に行かれへん。

中野珪三さん

本当は一人ひとりを看てあげてですね、そして治療をしていくというのが、私らの役目だったんですけども、まあ前線追及というのが私らの任務だったもんですからね、したがいまして、そこで苦しんでいる人がいるにもかかわらずですね、何もお手当てもできずにね、それを見過ごして前線追及を続けたということは、あの人たちに気の毒であったなというような気持ちがしますね。

身を挺して退却を援護する

昭和一九年六月二七日、敦賀連隊主力は前線のサーモに到着する。サーモを含む北ビルマは中国軍へ援助物資を運ぶ援蔣ルートの通り道となる重要な地点だった。そのため連合軍は、大戦力をもって菊兵団を圧迫していた。

その菊兵団を救出するため、敦賀連隊は連合軍を相手に初めての戦闘を行った。敦賀連隊は痛手を負った菊兵団の前方に展開。菊兵団を守る防波堤となってその退却を助けた。

塙 亮さん

防御の戦地ですよ。「収容」っちゅうのは結局、こちらが収容する人の砦になるんですから。菊の背後の砦になる。敵の、来るやつを全部殺さにゃいかんですからね。

そうして敵の抵抗を弱めている間に菊がどんどん下がっていきますからね。防御ですから、防御っちゅうのは、少ない兵力で敵を食い止める。

最前線に立つことになった敦賀連隊。立ち向かわなければならなかったのは、最新鋭の装備で襲いかかる連合軍だった。

塙 亮さん

一一九連隊の兵隊の中には、支那事変を経験しとる兵隊がおるんですよ。「支那事変でやったのと大分違う。大分もとが違うぞ」言うて。そりゃそうでしょ。米支両軍が、米軍が支那兵を米式の装備を与えて、訓練しとるから、昔の支那兵いうようなのは、あんなふうな状態じゃないから、だから相当勇敢なんです。

緩詰修二さん

砲が二連装、三連装っていうんですね。日本の砲は一門に砲身が一つやけども、向こうは砲身が二つ、三つというのがありまして、「ドドーン」ともう三発いっぺんに出てくるような砲を何百も揃えとるわけですよ。

高田 栄さん

戦車の（装甲の）厚みが四センチか五センチあるっち。ほんなもん、私ら昔の日清戦争や日露戦争のときに撃ったような、速射砲では今度は全然あかんのやって。撃ったんです、

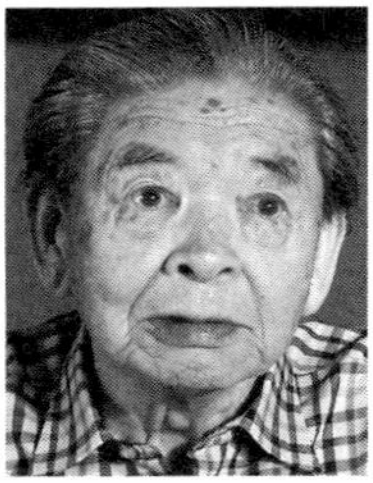

高田 栄（たかだ・さかえ）
一九二三年（大正一二年）生まれ。福井県鯖江市出身。
一九三八年（昭和一三年）吉川尋常高等小学校卒業。
一九四一年（昭和一六年）舞鶴海軍工廠にて働く。
一九四四年（昭和一九年）現役兵として歩兵第一一九連隊に入隊後、ビルマ戦線へ。
一九四五年（昭和二〇年）終戦当時、二二歳、上等兵。
一九四七年（昭和二二年）復員。復員後は左官業を営む。
二〇〇八年（平成二〇年）現在、八五歳。

うん。だけど跳ね返ってまうんです。

敦賀連隊が攻撃を仕掛けると、連合軍からはその何倍もの砲火が返ってきた。

高田 栄さん

待ってたんです、戦車来るの。そしたら、三台ほど戦車が、一〇〇メートル先ぐらいをカラカラカラカラと来たんです。

中隊長は、「撃てー」ちってね、「三番砲手、四番砲手撃てー」ちって撃ったんです。なら、うまく当たる、バーッと。そんなもの近くへ来るんじゃけ、戦車に当たる。それでみんなこちらでわかるじゃ、跳ね返るのが。あ、弾が跳ね返ってる。そしたら、戦車はピシャーと止まっといて、そいで、ジープはスーッとその（戦車の）向こう側へ入る、兵隊も向こう側へ入る、ね。

それから、しなーとこちらを向いて。砲身はこちらを向くんよね、撃ったほうへ。こりゃまあ危ねえ、こりゃ山降りなあかんちって、小高い山やけどバーッと

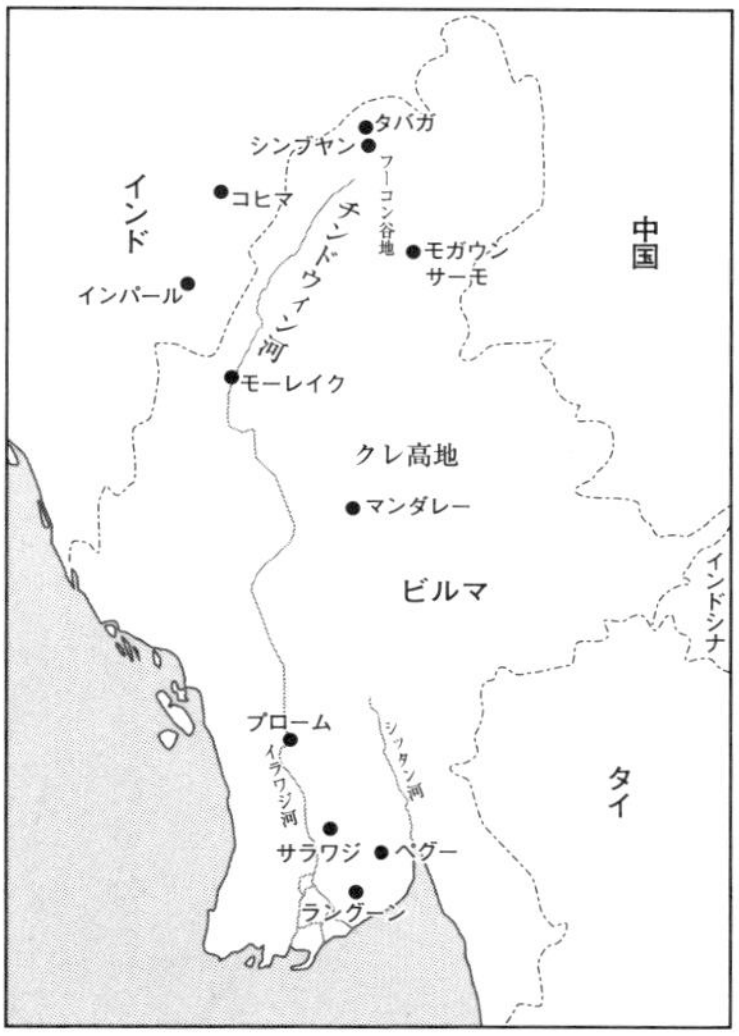

北部ビルマ

降りたでよかった。もう山、坊さんやねん（連合軍により木が切り倒されて）。戦車砲三台来てバンバーン撃つ、機関銃撃つ、ね。その弾を（日本軍の）速射砲は当たらん、当たるけど間に合わん。砲を撃っただけでも、これだけの弾が飛んでくるんやで。

塙 亮さん

日本軍をやっつけるときには、まずね、歩兵は来ません。まず飛行機でね、水平爆撃。五機か六機でね。ダーッと全部弾を落とします。ね。その後今度は戦闘機が来て、機関銃でバッバッバッバッーッと一斉に撃って、その後に今度、歩兵が来るんです。日本軍を叩いといてから、後から来る。だいたいそういうふうでね。「水平爆撃来たぞ」「飛行機が来たぞ、今度は来るぞ」というようなね。

宮部一三（みやべ・かずみ）

一九一三年（大正二年）生まれ、岐阜県池田町出身。

一九三四年（昭和九年）現役兵として歩兵第一九連隊に入隊。南京、徐州、武漢の戦闘などに参加。

一九四三年（昭和一八年）歩兵第一一九連隊に配属。ビルマ戦線へ。

一九四五年（昭和二〇年）終戦当時、三一歳、中尉。

一九四七年（昭和二二年）復員。

復員後は製造業を営む。

二〇〇七年（平成一九年）逝去。享年九三。

金森喜三郎（かなもり・きさぶろう）

一九一七年（大正六年）生まれ。福井県三国町出身。

一九四一年（昭和一六年）入学から二年で京都大学卒業。

一九四二年（昭和一七年）徴兵検査を経て、現役兵として歩兵第一一九連隊に入隊、ビルマ戦線へ。

一九四五年（昭和二〇年）終戦当時、二八歳、軍曹。

一九四七年（昭和二二年）復員。

復員後は高校の教師となる。

二〇〇八年（平成二〇年）現在、九一歳。

宮部一三さん

イギリス軍はですね、非常に慎重なんです。一つの日本の陣地を取るのに、一〇日は準備します。そして一〇日が終わると一斉に攻撃します。そうしたら日本が負けですわな。そういう形式です。

補給なき前線

敦賀連隊は食料や弾薬などの補給をほとんど受けることができなかった。連隊の到着前に行われた激しい戦闘で、鉄道などの輸送路が破壊されていたからである。前線に到着するやいなや、食料は不足し始める。

緩詰修二さん

制空権は完全に敵に握られておりましたから、もう駅という駅、橋梁という橋梁は全部爆破。毎日毎日やりよるんですよ。だからもう、後方から物資の補給が全然なくって。まあ食う物がないぐらい辛いことはありませんね。英軍のほうはもう朝からビフテキ食うてたんですからなあ。もうジャングルレーション（野戦用の携行食）でも立派なもんですわ。あるのは水と塩だけでしたから。言えないけれどもう責任感でみんな戦ったということです。そんなもん、食う物もない状態でね、そらもう士気を高めようにも、高めようがないですわ。

中井昌美さん

もう何でも食べるでしょう。そやから腐った物でも食べたり、毒な物でもわからんから、私、サルも食べたし、それからヘビも食べましたで。

金森喜三郎さん

もう米がないです。食べる物が。そやから現地人の家へ行く。ビルマ人はもうそこへ日本人が来るっちゅうことがわかると、ここが戦場になると危ないでしょう。皆、奥地へ逃げ込んでしまうんです。と、米は持って行けないでしょう。そしてその米をもらったんですわ。ただで。悪く言うと略奪《りゃくだつ》だやわ。金払わないから。

そしてその米を靴下の中に入れて、二本か三本入れて、背嚢に入れて、そして下がったんですが、それがあったために生きられたんです。米の国やから生きられたんです。そしておかずはもう全然なし。塩だけです。塩をパラパラとふって。一日に二回、夕方と朝。それが命の助かったもとですわ。

岡田信一さん

水はありますわね。いつも向こうで飯ごうで炊くところは、死体が浮いている水でも、やっぱりこれで炊いたんですって。いや、もう濁り水を飲んでもこたえもしない。いつもそれで洗うんですって。

前線では医薬品も不足していた。前線の救護施設では、負傷兵が次々に運ばれてきた。十分な医薬品がない中、傷はすぐに化膿して、手の施しようがなかった。

高田 栄さん

包帯のところからね、ウジがこう出てくるんじゃゃね。大きいウジやのん。それが中から出てきたり、入ってきたり、一匹でねえ何匹も出てきたり、入ったり、のぞいたりしてるんよ。それで「お前、ウジが出てるわー」ちゅうてつまんで、でっかいウジですでね。つまんで取ってやるんじゃ、こんなウジをね。そうすると「取らんといてくれ」って、そのウジを。「ウジがウミを食ってくれるんで取らんにゃ」ってこう言うんだよね。ほんなんでえ、かわいそうやったですわ。そりゃもう中途で死んでもうてるでしょ。

中野珪三さん

包帯所っちゅうか、いわゆる負傷兵をたむろさせるところがあるんですがね、その不潔さはね、問題にならんですわ。もう血便だらけですよ。血便だらけでね。それからね、食べ残しやら何やら、何ちゅうかな、もうすぐあそこらで腐るでしょ、メシでも何でもそう。

いわゆるその死臭でなしに、腐食臭ですね、腐った臭いでね、いっぱいの、まあまことにね、それを言うと、豚が住まいするような、それがわれわれちょっと一服してその負傷兵を集めて、そこで治療する、そういう場所です。

担架で運ばれてきた人だけども、腕がブラブラになってね、そういう者に対しては、軍医は即座にそれが夜であればロウソクの火で、そうして糸は絹糸はないもんですからね、木綿の糸で縫うて、そうして腕を落とす、「いいか、腕を落とすぞー」と落とす。

ヨーチンをやると、よじれてこう紐になって落ちてくるんだ、切れんのですから、切れんの。ウジが切れないの、紐になって落ちてくるんだ、みんな。大腿部をやられたの、ここ（大腿）がウジがいっぱい。患者の手当てをして明くる日見ると、ここ（大腿）が卵でいっぱいです、白い卵で。始末できませんて、もう。それに新しい包帯を使うというわけにいきませんからね、ねえ。

爆弾の穴があって、その病院では毎日二〇名以下の人間が死んでいく。穴を掘れんので、裏の穴に埋める。放るわけですよ。それがいざ後退するときにはいっぱいになって、そこに草木で覆いかぶせて、発ちますから。まぁ退却はね、ぎりぎりのところまで退却しませんから、ぎりぎりまで止まらせますから、少しでも敵の追及を遅らせるために。ほいでまあ逃げるのも緊急でしょ。始末ができないのかもしれません、それは。している間がないです。やられてしまいますから、皆。

中野珪三さんが描いた負傷兵たちの様子（しょうけい館蔵）

中井昌美さん

ハサミとか、ピンセットとか、それからこうちょっと使う薬用の器械があるんですよ、注射器とかね。そんなのと、薬を入れて、それでカバンに提げる。それが手いっぱいですわ、最前線に出るときは。そこでなくなったら、また後方へ頼んで、その薬を送ってもらわなあかんです。だけどあんな戦争では送ってくれんわね。途中でバーンとやられるからな。そやからなくなったらしまいや。

砂糖工場の官舎、官舎っていうか兵舎みたい、従業員の家があったんですよ、バラックの。そこへみんな寝かしてね、私がそこの宿舎に寝て、軍医さんは朝来るけど、ちゃーっと患者を診察して帰ってしまうの。私はここにおって、一日中、「ああ、頭痛い」「しょんべんしたい」、ああ何したいって、動かれんさかい、おしっこから、便所からみな尻まで拭《ふ》いてやるような状態ですよ、そんな仕事ばっかり。

そいでもって死んでいくやろう、そうすると軍医さんが来て「あかんな」って。そうすると私は、ここ、小指を落とす、小刀でぽーんと。そんな大きいところ落とせんもん。なかなか骨が硬い。それで、いついつ何々の兵隊が死んだって名前をちゃんと控えて、そしてその指と一緒に持っとるんです。薬の箱に持っとるんです。そうせんと記録がないから。

追いうちをかけるビルマの風土

さらに、ビルマの風土が兵士たちを苦しめた。敦賀連隊が前線に着いたころは雨季だった。物資もなく、雨の中、外で睡眠をとらなければならなかった。

塙 亮さん

雨季になると、日本の梅雨と同じですわ。もうしょっちゅう雨が降る。それから今度、道路は川になってくる。ぐちゃぐちゃになる。天幕を作って、その中で隠れとるんだけど、ジャージャージャージャー降っとったら、間から全部雨が入ってくる。じゃからもう、とってもそらね、体によくないですわね。だからね、病人が出るのは当たり前ですわ。

辻 安太郎さん

毎日この雨ですで、半年間。私は寝るのには、そこらの材木を剣（銃剣）で叩き切って、それでそれを下に敷いて、そして薄っぺらい、雨の漏れるようなあの天幕、それを被って、そのまんま寝るんですよ。そんな調子やから病気になるわな。

特に雨季にはマラリアや赤痢が蔓延し、四〇度を超える高熱やひどい下痢のため、戦線から離脱する兵士たちが続出した。

緩詰修二さん

（マラリアは）もう熱発、バーッとね。もう三九度から四一度ぐらい上がるんです。ほいでもう何もできません、体がね、もうだるくなってね。で、それが終わると今度は寒くて寒くてもう震え上がるんです。そういう症状が一週間ぐらいずっと続くんです。それが何回か繰り返して一発で治まる人はいいんですが、治まってもね、またしばらくたつとマラリアの症状は始まるんですがね。それがもう治まらずにずっといった人が皆死んでしまうんですが。

赤痢のほうはね、もうこれは垂れ流しというやつで、もう大変ですわ、それは。もうそらもう、便所へ行ったかと思うとまた行ってですね、これもまたどんどんどんどん死んでいきました。で、こらまた感染するんですよね。まあマラリアももちろんそうなんですが。

もう体に抵抗力がないから、バタバタバタバタバタみんな死んでいっとるんですよ。哀れでしたわ。

中井昌美さん

薬をあてがおうと思ってもないんですよ。そうすると、下痢しとるとね、その下痢を止めてやりさえできない。飯ごう炊爨《すいさん》っていって、ご飯炊くでしょう。そのときの薪《まき》の燃えかすの黒なった炭みたいな、それを私はこう持っていってね、ばーっと細かく削ってね、こうして粉にして、もう粉っていったって上等の粉やないよ。ばらばらした粉、それを無理やりに飲ますんよ。そうすると、下痢止まるの。もうそれよりなかったね、

多くの将兵が、戦闘に参加することなく、命を落としていった。敦賀連隊がビルマに入ってからの半年間で、病死した者は三〇〇〇人中およそ八〇〇人にものぼる。小隊長だった緩詰さんも、多くの部下を病気で亡くした。

緩詰修二さん

弾に当たって死んだんなら、皆さん本望だったろうと思いますけれども。まああの、九〇パーセント近くが広義の広い意味でいう餓死ですからね。もう、栄養失調、飢餓、それから来るマラリア、アメーバ赤痢というのでね、バタバタバタバタ死んでいきました。

もう戦死した人の所へ内地から手紙が届いてね、「あなた死なないで、死なないで」って、もう結婚してふた月か三月で召集になった人の奥さんが。もう本人は死んでるんですがね。もうそんなの見るとね、涙が出ましたよ、ほんとに。

菊兵団の盾となって後退してきた敦賀連隊は、昭和二〇年一月、日本軍が拠点を置く中部ビルマのマンダレーに辿り着いた。このときまでに三〇〇〇人の将兵のうち、半分以上が帰らぬ人となっていた。

新たな命令、クレ高地奪還

生き残った兵士たちも、その疲労は極限に達していた。しかし敦賀連隊は、息つく間もなく新たな戦闘に投入される。そのころ、北部ビルマで日本軍を打ち破った連合軍は、マンダレーに迫っていた。連合軍は六個師団に二つの戦車部隊が伴う大戦力。対する日本軍は四個師団だが、北部ビルマで消耗し戦力は半分近くにまで落ち込んでいた。

劣勢に立つ日本軍では、マンダレーを放棄して戦線を縮小すべきという意見も出始めた。しかしビルマ方面軍・田中新一参謀長は、連合軍と全面対決を行い敵を撃滅するという方針を変えなかった。

「この作戦指導が失敗すれば、最悪全軍覆滅の悲運に会するかもしれぬ。しかし本案以外に方法なし」（ビルマ方面軍参謀長・田中新一回想録／防衛省防衛研究所戦史室『戦史叢書・イラワジ会戦～ビルマ防衛の破綻』朝雲新聞社、一九六九年より）

田中参謀長は、イラワジ河沿いに陣地を築き、マンダレーを目指す連合軍を迎え撃つことを命じた。敦賀連隊もこの作戦に参加する。

支援部隊としてビルマに入った敦賀連隊は、このとき、それまで所属していた五三師団から、損耗が激しかった第一五師団の配属に変わった。

緩詰修二さん

もう尻ぬぐい、一個連隊がそろってね、戦闘に入ったことはないんです。バラバラにされてね、もう第一大隊は雲南、龍兵団（第五六師団）へ配属ね、ほんで連隊本部、第三大隊と第二大隊ですが、これがまぁ菊兵団救出というようにね。だから、兵力の逐次投入というのはこれ一番下手な作戦なんですがね、そういうね、チビチビチビチビ投入するから、よけい負けたんでしょうけども。

敦賀連隊が送り込まれたクレ高地。マンダレー北方にある戦略上の要衝だが、すでに連合軍の手に落ちていた。敦賀連隊は、新たに指揮下に入った一五師団によって、このクレ高地の奪還を命じられたのである

塙　亮さん

クレ高地には祭兵団（第一五師団）の、あれは第一五野砲連隊かなんかの観測所があったんですよ。歩兵を守備につけんからに敵の攻撃を受けて、もう先に戦死した。だからその奪取を命じられたわけですね。

緩詰修二さん

「クレ部落を防御せえ」なんていうのはもう無理な命令なんだな。で、配属になったうちの連隊だけを矢面に立たせてね（笑）、もう軍隊っておかしなことでね、配属の部隊を一番最初に殺すんですわ。で、自分のところだけはぬくぬくとね。

迫撃砲などで防御を固める連合軍に敦賀連隊が対抗するためには、夜襲しかなかった。副官としてこの戦いに加わった宮部さんは、多くの部下を亡くした。

宮部一三さん

一個大隊はだいたい一〇〇〇人おるの。それが五、六〇人しか……それでは戦争にならないです。（夜襲を）三回やったんやけどね、全部成功しない。

昼間はね、敵の飛行機が上から四機、日本に対空火器は全然ない。夜出て、山を必ず取るんですから。全部成功しない。夜が明けて敵の飛行機が攻撃しだすとダメ。朝八時になったら戦闘機四機が飛んできて、小さな山でね、それで旋回攻撃。そのとき負傷した。私は真っ赤だった。血で。

金森喜三郎さん

　爆風が来たら口を開けてなけりゃ、片耳、片方だけ鼓膜が破れてしまうんだ。クレ高地のあのときの爆弾はゴロゴロ来て、私らの近くでバーンって弾いたの。ほんで、ちょうどね、私の三〇センチぐらいか、前におった男がね、飛行機があんまりよく来るもんやから、ちょっとこう体を起こしたんです。そのときに来た。それで私は口をやられた。その男は頭が割れてね、そして白い脳みそ、あれがバーッと私にかかってね。そして片腕ちぎれそうになってました。もう即死です。もう一人の兵隊も負傷して、まもなく死にましたよ。

塙　亮さん

　夜襲を成功しても、後の確保が大変だよ。奪取したら自分の身を隠さないかんから、すぐ穴を掘って身を隠さないかんでしょう。岩石なんですよ。だから穴掘られん。またすぐ

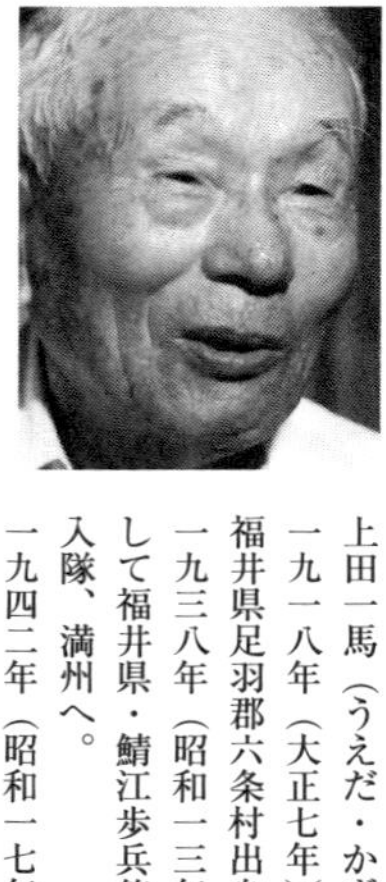

上田一馬（うえだ・かずま）
一九一八年（大正七年）生まれ、福井県足羽郡六条村出身。
一九三八年（昭和一三年）現役兵として福井県・鯖江歩兵第三六連隊に入隊、満州へ。
一九四二年（昭和一七年）除隊、予備役となる。
一九四四年（昭和一九年）召集され歩兵第一一九連隊に入隊、ビルマ戦線へ。
一九四五年（昭和二〇年）終戦当時、二七歳、兵長。
一九四七年（昭和二二年）復員。復員後は公務員となる。
二〇〇八年（平成二〇年）現在、九〇歳。

反撃を受けるから、また危ないからまた若干下がるでしょう。そやけ奪取して確保できんのですよ。取っても確保せにゃ意味ない。取ってまた下がったら意味ないと。それがそういったことの繰り返しじゃったですからね。それだで、もうそれしか手がないんだ、もう。「取れ取れ」ばっかりで。

敦賀連隊に勝ち目はなかった。それでも司令部からの命令は変わらなかった。

宮部一三さん

何度も来たんです。ずーっと来たんです。ずーっと来たんですね。命令が。だいたい内容は同じですわ。早く陣地を取れっちゅうこと。それだけです。

上田一馬さん

奪取できるとは思わんですよ。勝てないけど、最後までやるだけはやらんならんと思っとったんだ。でももうこれが最後だと思っていた。もう連隊がこれで全滅やなと思った。紙一枚やって、人間を、兵隊を紙一枚とも思っとらんのやって。ティッシュペーパー一枚やとも思うとらんの、後ろにいる人間は。ふっと吹けばね、吹いて上がるような紙は、あんなのは、あいつらは死ぬのが当たり前と、こんなもの。

連隊長の決断

敦賀一一九連隊の浅野庫一《くらいち》連隊長にとって、日本を離れて以来率いてきた連隊に全滅の危機が迫っていた。

塙 亮さん

（連隊長は）自分は武運つたないという言葉を言われたことがあった。だから結局、クレ高地（奪取）命令を受けたけれども、奪取はできなかったと。それでたくさんの部下を殺したと。これは浅野連隊長の胸を締めつけてると思うんだ。

昭和二〇年二月六日、当時、中尉だった喜多利夫さんは、師団司令部の参謀が浅野連隊長に対して電話で命令しているところに遭遇した。

喜多利夫（きた・としお）
一九二〇年（大正九年）生まれ。福井県遠敷郡上中町出身。
一九三九年（昭和一四年）福井師範学校卒業。
一九四一年（昭和一六年）現役兵として歩兵第一一九連隊に入隊、ビルマ戦線へ。
一九四五年（昭和二〇年）終戦当時、二六歳、中尉。
一九四七年（昭和二二年）復員。
復員後は、福井で農業を営む。
二〇〇八年（平成二〇年）現在、八八歳。

喜多利夫さん

師団司令部に着いて、したらあの今、連隊長と参謀とが話しとるのう、クレ高地を死守せえっちゅう。クレ高地をねえ、敦賀連隊の名誉にかけても、あのクレ高地を死守せよと。

電話やろ。それを聞いとったわけよ。

緩詰修二さん

（もし後退すれば）軍法会議もんですわ。まぁ早く言えば銃殺もあるんですがね、敵前逃亡みたいなもんですからね、まぁ軍法会議は免れませんねん。「生きて虜囚の辱《はずかし》めを受けず」と同じですわ。もう捕虜になったんと一緒ですもん。戦場を放棄して下がったんですから。それはもう絶対に許されない行為なんです。

何があっても撤退することは許されない死守命令。浅野連隊長は追い詰められていった。

緩詰修二さん

向こうはあんた二、三万人上陸しとんのに、戦車を先頭にやってくるのにね、こっちゃあんた五、六〇〇人ですから、そんなもん勝てっこありませんわ。そんでも死守ですわ。

辻 安太郎さん

陣地を放棄するわけにはいかんから、師団の命令が来るまでに放棄するわけにはいかない。このまま継続していると、うちの部隊はもう壊滅的な、もう本当の全滅になると。

塙 亮さん

（浅野連隊長は）困ったと思いますよ、それは。困ったと思います、うん。しかし、答えとすれば、「必ず取りますと、必ず取ります」言うて、連隊長のこと言うだからね。

喜多利夫さん

当時は、軍の偉い人になると、責任観念が旺盛やから、やっぱり部下のことも思うけれども、上司の命令に対しては絶対に服従やねん。命を落としても服するんや。

山崎喜一さん

軍隊っちゅうのは、命令っちゅうものはね、きついんや。命令あったら、死ぬとわかってても飛び込んでいくんじゃ、命令なかったら、誰もあんた死にに行きますか？ 何もなかったら下がるよ。

山崎喜一（やまさき・きいち）
一九一四年（大正三年）生まれ。京都府京都市出身。
一九二九年（昭和四年）仁和尋常高等小学校卒業。
一九三四年（昭和九年）現役兵として京都の歩兵第九連隊に入隊後、満州へ。
一九三六年（昭和一一年）満期で除隊。
一九三七年（昭和一二年）歩兵第九連隊に召集後、騎兵第二〇連隊に転属。
一九四三年（昭和一八年）歩兵第一一九連隊に転じ、ビルマ戦線へ。
一九四五年（昭和二〇年）終戦当時、三一歳、准尉。
一九四七年（昭和二二年）復員。
復員後は、電機会社に勤める。
二〇〇八年（平成二〇年）現在、九四歳。

クレに進軍してから二週間後の二月八日。前日、連合軍の猛攻を受けて浅野連隊長は多くの部下を失っていた。

緩詰修二さん

連隊長はその前に迫撃砲かなんかでちょっと負傷されてね、なんか兵隊の服を着て階級章もつけてなくて。いつもなら厳しい連隊長がやさしい言葉をかけてくれましたからね、おかしいな、と。

浅野連隊長は、ある決断をしていた。部下を後方に下げる一方で、自らが単身敵の正面に突入しようというものだった。

最前線で一緒にいた塙さんは、連隊長が一人で死のうとしていることに反対した。

塙 亮さん

わしはここで一緒に死ぬ、と。最後はここで、という気持ちはもう早くから持っとったから、強行に反対したんです。結局それを察知したのか、連隊長は軍刀を外して、「これを持っていけ」と。だいたい、軍人が自分の軍刀を外すいうことはまずないですよ。それを持って行けということは、連隊長の命令と同じでしょう。もうここまで考えておられるんならね、これは仕方ない。「わしそんなら参ります」（そう言って）南へどんどん走った。

浅野連隊長と塙さんのやりとりを塹壕の中で目撃していた人がいる。手榴弾《しゅりゅうだん》の補給を担当していた山崎さんだ。

山崎喜一さん

連隊長と塙、その時分は中尉やったけど、塙中尉と話をしとられて、その終わった瞬間だと思うんやけど、塙中尉が外へ行かれた。そのとき、塙中尉が軍刀持ってるやん。中尉じゃ持てへんその軍刀を持ってはるっちゃさかい、なんでやろうなと。「手榴弾持ってきました」言うたら、（浅野連隊長が）「お、俺にも二発くれよ」と。「俺にも二発くれ」と言われたんやな。そのときは、自決するさかいとは言わへんで、「俺にも二発くれ」と言われて、私の持っとる手榴弾から二発とられる。それだけや。

ほいで後「私も一緒に戦います」と言うたら、「命令」っちゅう。軍隊から「命令」って言われたら、これ死ぬとわかっても行かざるを得ん。「速やかに補給本部」、私のおる現場は補給本部やね、「補給本部に行って次の弾薬の補給の手当てをしろ」と、こういう命令や。命令を受けた以上は、要は下がらんならんねん。

浅野連隊長は手榴弾を手に戦車に突入し、戦死。大隊長も後を追ったため、指揮官を失った連隊は退却し、全滅を免れた。

緩詰修二さん

クレで惨憺《さんたん》たる状況で、浅野連隊長も「絶対クレ部落は取れん」と。だから「できることなら自分と大隊長が戦死をして、できるだけ部下を残してやろう」という気持ちがあったんだろうと思います。もう自分は戦死するというつもりで。

山崎喜一さん

この場は、連隊長が「あくまで戦う」と言うたら残った部隊は全部死んでしまうと。後の部下を少しでも助けてやろうと。言わないけどね、私の気持ちとしてね、連隊長と大隊長が生きておったら下がれへんて。生きておって部下を連れて下がったら、これは逃げることになる。そやから、連隊長と大隊長死んだら、部下は自分の考えで下がる者は下がるだろうし、死ぬ者は死ぬだろうし、という気持ちじゃなかったかと思うんですね。

辻 安太郎さん

まあしかし、これ以上はもう助けないかんなあ、とは思うていただろうと私は思います、そのときの部隊長の考えは。これ以上損耗さしたら、もうほんとに大変なことになると。そこで身を決して、俺が戦死したらこれでほかの部下は助かるんにゃ、というように思うていたかもしれないと。「かも」じゃない、私はおそらくそれが当時の軍人を統率する連隊長であると、私は思うてます。

それからまもなくマンダレーは連合軍の手に落ち、ビルマ戦線は一気に崩壊していった。

敗走

後退を続ける敦賀連隊には、すでに戦う余力は残されていなかった。連合軍は圧倒的な戦力を持って進軍を続け、次々と都市を占領していった。

辻 安太郎さん

絶望感っていうのがね（あった）。しかし、あのときの姿（状況）はね、空陸で空、陸、空陸の立体戦でね、あれだけものすごく差が開いてくるとね、絶対にもうこれは勝てる試しはないと思った。

緩詰修二さん

もう後は平坦地で戦車に追われ追われ、とにかくね、ものすごい戦車の数なんですわ。戦車のないジャングル地帯とか密林地帯でしたら防御の仕方もありますけどもね、平坦地で戦車相手に戦うという、そんな無謀なことはね、そらもう、歩兵操典（歩兵の戦闘方法などの原則を定めた教本）にもそんなことは書いてありませんしね。

岡田信一さん
ただ銃で向かって行ったたって、死んじゃう。向かって行ったたって、砲で撃っても敵の戦車は止められない。

上田一馬さん
一日、だいたい二五キロぐらい歩かした。あっちへ行ったり、こっちへ行ったりね。「今、ここを通ったんでねえか」っていう。みんなふらふらやね。もう弱っている。疲れで体がもう衰弱してきてね。それで糧秣《りょうまつ》（食料）がないでしょう。ついて来られん者は敵の戦車の下敷きに。（戦車が）ガタガタガタガタと来る。もうふらふらになって歩かれへん。倒れたらぐしゃっと踏んで、それでまたガタガタガタガタ。マラリアでね、四〇度の熱があっても、何とかして歩いて行く。ついて行かな、敵の戦車にぐしゃっと潰されたらそれっきり。

宮部一三さん
毎日毎日が退却なんですよ。それで私はビルマで初めて自傷という、（銃などで）自ら体に傷をつける、自傷という負傷を見ました。まぁ自傷というのはまだ生きたいっていうのがあるわけね。だから、怪我をして戦争の隊列から離れる、これが目的なの。辛いっていうよりも嫌気やね。嫌気がさしとるでね。もう戦争やってても気持ちが……。

衛生兵だった中井昌美さん。負傷兵を抱えての退却は困難を極めた。

中井昌美さん
この部隊は「ここから敵さんは明日必ず来るから、もうここからどきなさい。後ろに下がりなさい」っていう命令が来たらね、軍医さんがね、動けん患者を診断して歩くの。うーうー唸《うな》ってね、もうどうにもなんもせん。そうするとね、「あんた、あんた」と。もうここで寿命を渡されるんだよ。要するに「あんたはもう、みんなここを出るけど、もう覚悟しなさいよ」と。手榴弾をみんな持っておるでしょう。これ、バーンッて。向こうで残して行ってしまうの。
それかもう命寸前っていう、もう生きとるか生きてんかわからんっちゅう患者、これは防空壕やらね、爆弾壕へみんな放り込むの、ダーッと。そして埋めて、それで行ってしまう。
そうせんと、荷物（に）なり、行軍ができん。逃げられへん、ほかの者が。「ああ、気の毒やな。もういよいよ、この人はここで死なないかんな」と思うな。そやけどやっぱり自分の体が一番大事、命惜しいさけえ、かまとられんわな、人のことまで。「そんなこと言わんと連れてって」って泣くような者もおるしな。

戦争というのはもう否応なしやで、「そんならちょっと待っとれ」って言うわけにはいかんのであかんわ。「明日迎えにきてやる」って言うわけにはいかん。どっちかでやられるわ。敵にやられるか、自分が死ぬかや。敵にやられりゃ名誉の戦死やけ、捕虜になったら恥やし、今度は。

金森喜三郎さん

「国のために一生懸命やってきたのに、何で死なんならんのか。わしは死ねんわ」と言うてね、なかなか自決に応じないでしょう。仕方なしに自決させた。それはもうたくさんあったんですよ。あの当時、私が帰ったときには、戦死、戦死ということになってるんです。ですけど、それが多いんです。

岡田信一さん

勝てるなんて思いもせんし、またあんまりそう負けるっていうまでも……。あかんなと、あかんと思うだけで、負けるとかは思わんと。あかん、「こんな戦争はあかんな」とは思っても、負けるとは思わなんだね。

上田一馬さん

勝ち戦っていうのは全然ないです。初めからもう使われる、使われて、こき使われに使われて、負けるところへもってきて。みんな退却支援ばっかりで、勝ち戦に入らんのですせ。勝ち戦のほうに入っているならまだ、ちっともなんやと思うけど、下がるばっかりやさけん。もう日本はあかんと思ったね。あかんと思ったけど、あかんさかいと言って手あげるかと言ったら、手もあげられんのやな。どうにもならない。これは。それでも戦わなければならんて。

辻安太郎さん

静かになったときには、ほら、やはり故郷のことを思いますよ。これはもう誰でも一緒だろうと思うんですよ。陣地においても静かにこうして眠る。もう弾の音も（しないし）、敵さんも寝とるわ。ああ、わしらも休むわって。こうなったときには、ああー、故郷のことが瞼《まぶた》の上に浮かびますよ、ええ。そうすると、親はどうしているだろうなと。

国のために戦死することが、男子にとって最高の名誉だと教え込まれてきた兵士たち。敦賀連隊は退却しながらも、勝算のない戦いを続けていた。

山崎喜一さん

本当は生きたいよ。生きたい、帰りたいけど、「山崎さんの息子さんがトコトコ逃げていきはった」言われたら、私はかまへんけど、家族のほうは迷惑するやろ、と思うんだよね。

緩詰修二さん

「どこそこの町の、あるいはどこそこの村の誰々はものすごい戦果をあげてどうこうした」ということがね、すぐ伝わるんですね。そうするとね、まぁその両親や兄弟はもう鼻高々でね、親戚もそうですが。そら逆にね、「卑怯なことをやってね、どうしたこうした」って言われるとね、みんなもう村八分みたいになりましてね。だからもう、親や兄弟に迷惑かけてはいかんという気持ちで踏ん張るのが郷土連隊（その地域の兵士を中心にして編成された連隊）です。

だから敦賀の場合は、もう全部どこの誰ということはわかってますからね。まあ結局、親兄弟のためや地域のため、国のためということになったんですね。天皇陛下のためというのは、そこまで考える人はいなかったということ。「天皇陛下バンザイ」も私も間々聞きましたけどね、ほとんどの人は「お母さん」とか奥さんの名前を呼びながら死んでいきました。

敗戦

昭和二〇年七月一二日、空襲によってふるさと敦賀は焦土と化した。

それからおよそ一か月後、日本は無条件降伏をした。ビルマにいた敦賀連隊にも終戦の知らせが届く。

塙 亮さん

どうも静かになったな、ちょっと斥候《せっこう》（偵察のため派遣する兵士）出してみると、今までは斥候出したら撃たれるっていう感じだった。敵がおるの、「おるのなら何で撃たない？飛行機も飛ばんのうと。それが二、三日たちましたらね、暗号班長のウノさんが、「こういう電報来ました」言うて。いわゆる特命電報なんですよ。訳してみると、「戦闘行動、停止せよ」という訳文になっていたんだ。それで連隊長は、「わしの長い軍人生活の中で、こんな命令は初めて見た」と言われたという話なんだがね。うん。まあそれで、そのときに初めてわかりました。

緩詰修二さん

「講和条約が締結して停戦命令がもう出た」ということでね、「負けた」とはひと言も聞いていないんですよ。で、そもそもはね、英軍が白旗掲げてやってきてね、まあ「停戦」ということで、何のことか、われわれもわからなかったんですよ。で、勝っているはずはないと。そうかいうて、完全に日本軍が負けたわけじゃないし、四分六ぐらいかなあと(笑)。ところがどっこいね、いよいよ武装解除になる段階になったらね、もう一週間ぐらい時間かけてね、まず「小銃を出せ」から始まってね、ほんで「機関銃を出せ、砲を出せ」。将校でもあんたもう「拳銃出せ、軍刀出せ」言うてね、あっと気づいたときは裸だったんです。これは丸裸じゃない、「これはもう全面降伏かな」と、「そんなバカなーっ」と言うとったんですよ。

気力も体力も限界を越えた中で迎えた終戦だった。

金森喜三郎さん

「ああ負けたか」って、負けたことを悲しむ者は一人もなかった。私の知る限りではよ。もうほんとにぎりぎりいっぱいのところへ行くと、自分ですわ。自分の命。

塙 亮さん

ホッとした気持ちは若干ありましたね。ホッとした気持ちはあるけれども、敗戦ということに対してね、結局ね、日本軍はとにかく捕虜に対して優遇するということは全然、教育受けてませんからね、これは何されるかわからんと。その覚悟はしとった。だから実際に終わっても、なんかもう何かわからんって、全然わからん。

辻安太郎さん

私、「ああやれやれ戦争終わったな」と思ったです。「やぁー、これで終わった」、その次の瞬間は「もう帰れない」と。「もう内地へは帰れん」と。日本には帰れないと思うたですよ。「これからどうしよるやろう。われわれをどこかへ連れて行きようにやろう（行くのだろう）」と思うたですよ。もうやれやれと思うたのは瞬間の私の気持ちやったな。もう刀折れ、矢尽きたっていうことですね。

終戦から二年間、敦賀連隊はビルマの捕虜収容所で強制労働に従事した。

塙　亮さん

英軍のほうから「今日、五〇人ほど墓地の移動につけて」とか、それから「三〇人ほど埠頭《ふとう》の缶詰の移送に」とか。

中井昌美さん

朝八時にトラックが何十台って迎えに来るでしょう。そうすると「今日は誰と誰と誰と」っていうふうにトラックに乗って、そして港へ行くと船が着いておって、タラップから荷物を降ろすこと、その荷物を担いで倉庫の中、運ばんならん。そういうところへ行かん人は鉄道のほうへ行って、駅舎の爆撃で線路が曲がったり、兵舎が飛んだり、いろんな機械崩れておるところを、シャベル持って、その鉄道の整備やな。そんなこと毎日。それから草取りとかね。

辻安太郎さん

「あぁー帰りたい」と思ったですよ。早く帰りたいですよ。待ちこがれたですよ。「いつになったら帰れるやろうな」って言うて。キャンプでね、お互いに。まあ静かに考えたときには、もうそれしか考えることがなかった。親はどうしてるやろうな、思ってね。年とったやろう、わしが帰ってくるのを知らん、おそらく知らんでいるやろうな。

宮部一三さん

やっぱり妻やね。子供は生まれてすぐに死んだもんで。妻だけでも、ただ早く会いたいというふうに（手紙を）書いとった。

それぞれの帰還

復員したのは昭和二二年七月。敦賀を発ってから三年半がたっていた。

金森喜三郎さん
（帰れると）わかったときは嬉しくてね。もう何とも言えんでした。帰ることわかったら、すぐもう間際にいるんですよ、一日か二日前に、日本の船ですから。あれはもう嬉しかったですよ。

中井昌美さん
嬉しかったな、船に乗るときは。こんで日本に帰れると思って。

上田一馬さん
もうね、港が見えたときには「おーい、日本が見えるぞ」って言って。「うわー」っと、もうみんな甲板に出てね。嬉しかったです。

およそ三八〇〇人の兵士のうち、ふるさとの土を踏むことができた人は一〇〇〇人足らずであった。

中井昌美さん
田舎へ歩いて帰ったの、誰も迎えに来ん。突然帰ったんだ。知らんのやわ。だけども母親ももう年いっておったし、父親が死んだでしょう。

辻安太郎さん

母親一人の姿やった。迎えに来てくれたのは。膝にすがりついた。今でも覚えている。もう何もものを言えなかった。母親の膝にすがりついて、ああーよかった。そして膝元で泣いて「ただいま帰ってきた」と言うてね、「はー安太郎、ご苦労やった、えらかった（苦しかった、疲れた）やろうな」って言われた。もうそれで、あんまりものは言えなかった。やっぱり何回もわし、家でも言うんじゃが、母親というのは偉大なもんだなと思ってね。それでとぼとぼと二人で五キロある道を帰ってきました。

上田一馬さん

駅を降りたときにね、親のほうから自分に抱きついてきちゃって、そしてこっちは元気で帰る、五体揃って帰ってくるんだからね、親たちは負傷でもしているか、どうしているかわからんさかいね。親ならばこそと思ったね。

金森喜三郎さん

家へ帰ったんですが、ちょうど朝、夜明け。私の両親、百姓でしてね、あのころ、七月七日にキュウリかなんかをこう採っておりました。それでそこへ行ったらね、そしたらもう喜んでくれてね、うん。そりゃもう私、今まで生きてきて嬉しかった。畑で親が喜んでくれて、七月七日七夕の日に、しかも母の誕生日にね、帰ったでしょう。はあ、何とも言えない。

ようやく辿り着いたふるさと。しかし帰還した人たちの足取りは重いものだった。

上田一馬さん

「おい、帰ってくるべき者が帰ってきたんでないんでな」って、こんな話。帰るべき者が帰ってきたんじゃないんだ。行くときは「死ぬ」って言って出ていっただけに、「生身でこうして、家へ帰られんな」って。「これは隠れて帰らなあかんな」って。

宮部一三さん

亡くなった人、忘れられんね。新婚でね、亡くなった私の友達が三人か四人おる。まだ赤ちゃんが生まれとらんうちに逝った（友達が）一人おるん。自分だけがね、生きて帰ってくるということも複雑な思いですね。

金森喜三郎さん

家、帰ったら、必ず近所に死んだ人がおるんやから、ビルマで死んだ人。それでもう自分の家に着いても、靴を脱がずに、ビルマだけじゃなしに近くの戦死者の家行って、拝みましたわ。あのころ、帰ってきても、悪いことしたのか、こそっと帰ったようなそんなね、何も悪いことしに行ったわけではないのにね。親御さんや奥さんたちに申し訳ないという心で帰りましたわ。笑顔なんか、そんなしませんでした。

終戦から六二年、戦死した兵士たちの遺骨は今もビルマに眠っている。

一年以上にわたる苛酷な戦いを経験し、多くの戦友を失ったことは元将兵たちの心に今も深い悲しみとして刻まれている。

緩詰修二さん

やっぱりね、たくさんの人がビルマで死んでるだけにね、「すまん」という気持ちがまだまだ消えません、死ぬまで消えんでしょうな。

塙 亮さん

私は位牌を作ったし、それから戦死者名簿を全部、戦死者名簿と中隊別に分けたやつを作ったと。まあ、あれがせめてもの罪滅ぼしで、私が亡くなったら、わしの遺骸と一緒に焼いてもらおうと思った。まあ遺言に書いてます。

敦賀歩兵第一一九連隊。勝算のない戦場で、補給も支援もなく撤退を続けることを強いられ

た部隊であった。

金森喜三郎さん

毎日負けて下がるでしょう。勝った戦は一回もない。そうですわ。日本軍の自分の戦闘で最初の負け戦がビルマから始まったんですね。たかをくくって、なにくそ思うとったんですが、もう私らがビルマに着いたときに、すでに勝敗は決まっとったんですよ。

高田 栄さん

敵が来る、戦いって、敵を潰すんでなしに、こう守って野病（野戦病院）とかね、ほれで連隊本部とかそんなもんに下がるための「盾」っちゅうんかね（笑）、昔の。「盾」っちゅうんでしょうね、あれ。盾になってただけです、私らは。

かつて三八〇〇人の将兵をビルマに送り出した敦賀連隊。生死の境をさまよった元兵士たちにとっての戦争は、戦後六二年経た今日も、まだ終わっていない。

山登宏史（NHK福井放送局 ディレクター）

第五章

静岡県・歩兵第三四連隊

～中国大陸打通　苦しみの行軍 一五〇〇〇キロ

静岡市の中心部にある駿府《すんぷ》公園。緑の芝生が広がる園内は休日ともなると家族連れでにぎわい、市民の憩いの場となっている。

その一角に、ある部隊の名が刻まれた石碑が静かにたたずんでいる。静岡県の出身者で構成された「陸軍歩兵第三四連隊」だ。太平洋戦争が終わるまで、三四連隊の本部がこの公園に置かれていた。

戦況が悪化していた昭和一九年、第三師団に属する三四連隊は、陸軍史上、最大の作戦に参加した。その目的は「大陸打通《だつう》」。広大な中国を一五〇〇キロ以上縦断し、南方との陸上交通路を確保するというものだった。兵士たちは、命じられるがまま歩き、戦い続けた。

郷土の誇り、静岡歩兵第三四連隊

七月のよく晴れた午後、私たち取材班は静岡県護国神社で三四連隊の元兵士との待ち合わせをしていた。静岡県護国神社は中心市街地からやや離れた森の中にある。境内は木々で覆われているおかげで、照りつける夏の暑さを忘れさせてくれた。歩いているのは、犬を散歩させる老人くらいでひっそりと静かだ。

待ち合わせた時間よりも早く、元兵士の飯塚清さんは友人を連れて境内を歩いてやって来た。半袖シャツにスラックス姿。杖をついてはいるが、足取りはしっかりしている。私たちが飯塚さんに挨拶すると、目深に被った帽子の奥の目がにっこり笑った。

飯塚さんを知ったのは、三四連隊の元兵士たちで組織された戦友会「三四会」が発行する会報がきっかけだった。私たちは、飯塚さんに電話して取材協力をとりつけ、六月一八日静岡県の金谷町へ向かった。金谷町は静岡の名産お茶の栽培が盛んな地域で、飯塚さんも茶農家をしているという。山々に囲まれた茶畑の中に飯塚さんの家はあった。

飯塚さんは、製茶をしている最中だった。農作業のためか顔はうっすらと日焼けをしている。小柄で細い体つきだが、腕はたくましい。母屋に通され、飯塚さんは広い居間にあぐらをかいておもむろに座った。八〇代とは思えないほど声には張りがあり若々しい声で話し始めた。

飯塚 清さん

人に同情したりさ、思いやりの心を持ったりってするならば、やっぱり平和の中に生活しているときだけだろうな。殺伐としたね、殺し合いするような、あの中で、そんなのはないわな。

飯塚さんは、淡々と惨劇を語った。あまりにも鮮明な描写に、当時の光景がありありと思い起こされた。飯塚さんは目を背けたくなるような出来事も、包み隠さずに語った。きっと頭にこびりついたまま離れないのだろう。話し始めて四時間、あたりはあっという間に夕暮れになった。そこで私たちは後日改めて護国神社で話を聞かせていただく約束をしたのだった。

飯塚 清（いいづか・きよし）

一九二三年（大正一二年）生まれ。

静岡県金谷町出身。

一九三五年（昭和一〇年）金谷尋常高等小学校卒業。

一九四三年（昭和一八年）現役兵として歩兵第三四連隊入隊。

一九四四〜四五年（昭和一九〜二〇年）湘桂作戦に参加。終戦当時、二二歳、補助衛生兵（第四中隊）。

一九四六年（昭和二一年）復員。復員後は地元に戻り、茶農家を営む。

二〇〇八年（平成二〇年）現在、八五歳。


私たちが向かったのは、社務所の中にある遺品館だった。窓のないこじんまりとした部屋の中には、太平洋戦争で命を落とした兵士たちの遺品が所狭しと並べられていた。私たちは飯塚さんに遺品を見てもらうことで、当時の記憶をもっと思い出してもらえるのではないかと考えたのだった。軍服、遺書、写真……一つひとつに提供者の名札が貼られている。戦死した兵士たちの両親や妻が、後世の人たちに戦争の悲劇を伝えたいと持ち寄ってきたという。最近は祖父が亡くなり、家にあった遺品の処理に困って運ばれてきたものが多いそうだ。飯塚さんたちはその一品ずつを見ながら、懐かしそうに戦争の思い出を語っている。

そして、小さな鉄の板を指さした。ちょうどキーホルダーほどの大きさで、表面はすっかり

遺言など遺品の一つひとつに提供者の名札が貼られている。右は認識票（静岡県護国神社・遺品館）

錆《さ》びてしまっている。

飯塚 清さん

これ認識票っていうんやけどな。その人の番号が打ってある。ほで兵隊に入るとね、これをもらうだよ。ほんだで、野戦で死んで名前がわからなくてもこの認識票を持ってさえすれば、何中隊の誰それさんが亡くなったよっていうのが確認できただよな。これは地獄の通用切符みたいなもんだよ。

飯塚さんは興奮した様子で三四連隊の話を続けた。

飯塚 清さん

静岡連隊（三四連隊の別称）っていやあね、日本でもトップクラスのほうじゃないだか。ほんだで、まず中国に行っても、歩兵で三四連隊っていうだけで向こうの衆が逃げて行っちゃったもんだで。すごいにはすごいっけだよな。

陸軍歩兵第三四連隊が創設されたのは、日清戦争が終わった翌年の明治二九年（一八九六年）。日清戦争の勝利を機に富国強兵の気運が高まる中で、全国各地に作られた部隊の一つである。日露戦争では遼陽の戦いで橘周太中佐が活躍、一躍その名を全国にとどろかせた。日中戦争以後は中国大陸に駐屯、その存在感を高めていた。

山崎行男（やまざき・ゆきお）

一九一八年（大正七年）生まれ。静岡県小山町出身。

一九三六年（昭和一一年）県立御殿場実業高校卒業。東京の機器メーカーの工務部勤務。

一九三九年（昭和一四年）現役兵として歩兵第三四連隊入隊。

一九四四～四五年（昭和一九～二〇年）湘桂作戦に参加。終戦当時、二七歳、大尉（第七中隊の中隊長）。

一九四六年（昭和二一年）復員。復員後は公務員、自営業などを経て、定年まで学校の事務職員を務める。

二〇〇八年（平成二〇年）現在、九〇歳。

山崎行男さん

「三四が通るぞ」と兵隊が自慢しているんですよ。道を開けろという。誰しもが静岡三四連隊というのを非常に誉れに思っていましたね。

東京都八王子市に住む山崎行男さんも、三四連隊の強さを実感していた一人だ。山崎さんは大正六年に静岡県東部の小山《おやま》町で生まれた。昭和一四年に三四連隊へ入隊。同じ地区に住む男たちの多くも、三四連隊に入隊するのが当然だった。

山崎行男さん

私の田舎の隣だって、みんな三四連隊出身だった。うちの隣も同じ山崎だったんですが、三四連隊の伍長でしたよ。いつも在郷軍人会（現役を終え除隊した兵士などで組織された団体）で威張っていました。

戦後、就職してふるさと静岡を離れてからも三四連隊の元兵士たちの慰霊祭があると必ず静岡に戻って顔を出してきた。三四連隊に所属していたという「誉れ」を今も大切にしている。

戦況悪化の中、発案された大陸打通作戦

昭和一六年一二月八日、マレー半島・真珠湾攻撃をきっかけに太平洋戦争が始まった。当初、勢いがあった日本は東南アジアから南太平洋まで勢力を広げていた。しかし、わずかその半年後、昭和一七年六月のミッドウェー海戦を機に戦況は逆転。圧倒的戦力を持つアメリカ軍の前に次々と敗北を重ねていった。

昭和一八年九月、日本は御前会議で本土防衛と太平洋戦争遂行のために絶対に確保しなければならない区域として、「絶対国防圏」を策定した。北は千島列島から南はマリアナ諸島や西

部ニューギニアまで及ぶ広大な区域、その中でも資源の豊富な南方は必要不可欠とされた。しかし、このまま戦況が悪化すれば日本から南方への海上交通路を失ってしまう。

　そこで陸軍参謀本部が立案したのが「大陸打通作戦」（一号作戦）だ。大陸打通とは中国大陸を貫くこと、つまり海上ではなく陸上で南方への交通路を確保するものだ。揚子江流域まで攻めていた部隊が、一五〇〇キロを超える道のりを南下、フランス領インドシナまで進軍しようというものだった。さらに、その途中にあるアメリカ軍の航空基地を占領することも狙いだった。参加する将兵は五〇万人、戦局を一気に打開するための、陸軍最大の作戦だった。

　これまで中国大陸で戦果を上げていた三四連隊は、先陣として進軍することを命じられた。三四連隊が参加したのは、この「大陸打通作戦」の中の湘桂《しょうけい》作戦である。

　私たちは、作戦開始前から三四連隊として中国大陸に駐屯していた勝又馨さんに会うことができた。神奈川県川崎市に住む勝又さんの家に訪れると、奥さんと二人で出迎えてくれた。背が高く、がっちりとした体格だった。終始笑顔を絶やさず、穏やかな語り口。しかし戦争の思い出話を話すうち、眼鏡の奥のやさしかった瞳が、力強く真剣なものに変わった。

勝又 馨（かつまた・かおる）

一九二〇年（大正九年）生まれ。静岡県富士岡村（現・御殿場市）出身。

一九四〇年（昭和一五年）横浜高等商業学校（現在の横浜国立大学）卒業。鉱山会社に入社、福岡に配属。半年後に現役兵として歩兵第三四連隊入隊。

一九四四～四五年（昭和一九～二〇年）湘桂作戦に参加。途中負傷し離脱するも、作戦の最後は連隊副官となる。終戦当時、二五歳、大尉。

一九四六年（昭和二一年）復員。復員後は再び鉱山会社に就職、その後、石油会社に転属。

二〇〇八年（平成二〇年）現在、八八歳。

勝又さんは大正九年、御殿場市で生まれた。父は町長で、勝又さん自身も横浜高等商業学校を卒業したというエリートだった。しかし横浜高商を卒業してすぐに徴集され、三四連隊に入隊した。

勝又 馨さん

学校を出たら就職して、いい家庭でもつくろうぐらいに思っていたんですからね。そこへ召集になったんだから、青春なんてもう吹っ飛んじゃってね。監獄へ引っ張られていくような気持ちだったんですよ。

勝又さんは入隊した一年後に幹部候補生の試験に合格。将校となり、それからは連隊長とも親交が生まれるなど連隊の中で将来の幹部として期待されるようになった。

昭和一六年、勝又さんは三四連隊の本拠地だった信陽を離れて南京で中隊長教育を受けていた。しかし四月、当時の連隊長から突然帰ってくるよう命令を受けた。勝又さんは、急いで信陽に戻り、そこで連隊副官から作戦を聞いた。

勝又 馨さん

「勝又さん、次はすごい大きな作戦になる」と。今までは作戦をしたら信陽へ戻ってきたんですが、「今度は、戻ってこないよ」と。信陽へはもう来られないんですかと聞いたら、

「そういう作戦なんだ」と。陸軍の上層部に信頼を受けうる証明だと。そういうことを言われましたね。

勝又さんはすぐに身支度を整えるよう言われ、その日の夕方には信陽を出発することになった。

勝又 馨さん

とにかく、作戦の規模がちょっと大きすぎて。私はそのとき小隊長ですからね。これでこの命はなくなるということは思っていましたね。

しかし、勝又さんのように作戦の詳細を知っていたのは、連隊の中でも一握りの上層部だけだった。作戦は秘匿《ひとく》しなければならなかったからだ。ほとんどの兵士たちは、何のためにどこへ向かうのかも知らされなかった。

藤枝市に住む大塚敏男さんも知らされなかった兵士たちの一人だ。昭和一六年に三四連隊に入隊、八月に中国大陸に渡ってからは、ずっと最前線で戦い続けてきた。

大塚敏男（おおつか・としお）

一九二〇年（大正九年）生まれ。

静岡県藤枝市出身。

一九三八年（昭和一三年）藤枝農業学校卒業後、家業の農業に従事。

一九四一年（昭和一六年）現役兵として歩兵第三四連隊入隊。

一九四四～四五年（昭和一九～二〇年）湘桂作戦に参加。終戦当時、二五歳、伍長（第六中隊）。

一九四六年（昭和二一年）復員。

復員後は地元藤枝に戻り、荒れ地を開墾、米・お茶・みかんや筍を栽培する。引退後は趣味の鮎の友釣りを楽しんでいる。

二〇〇八年（平成二〇年）現在、八八歳。

大塚敏男さん

こういう作戦をやるっていう伝達はないです。われわれみたいな一兵には極秘のうちに……。ただ、近いうちに作戦があるんじゃないかという予感はね。あの、馬部隊が蹄鉄《ていてつ》（馬のひづめに装着する鉄具）、つまりひづめを打つ。あれはすぐに間に合わないから、一週間も一〇日も前から打ち始めた。その臭いが、毎日激しくなってきたので、ああ、これは近いうちに作戦が始まるだろうという予感がしましたね。

そのとき、大塚さんはこれまでの作戦との違いを感じた。

大塚敏男さん

これまで警備していた信陽にほかの部隊が来て警備を交代したんですね、申し送りをやって。二度と信陽には戻らないだろうということが前もってわかりましたね。

私物をまとめてすべて内地に送り返せ。遺書を茶封筒に入れて提出しろ……。作戦前の命令は、やがて来る地獄の行軍を予感させるものだった。

山崎行男さん

何て言うかね、決戦だったんでしょうね、考えてみるとね。そんなことはよくわかりませんけどね、私どもはね、ええ。まぁ大変な作戦にいよいよ出発するんだなということですからね。

茶陵《ちゃりょう》を目指して

昭和一九年四月一〇日。三四連隊は信陽を出発した、まず目指したのは、南に下ったところに位置する茶陵。そこには、蒋介石《しょうかいせき》率いる重慶軍が待ち構えていた。

蒋介石は、重慶に中国国民党の政府を南京から移すとともに、カイロ会談でアメリカ・イギリスからの援助をとりつけるなど、抗日に必死だった。

茶陵までの道のりは七〇〇キロ余り。兵士たちは四五分の行軍と一五分の休養、そして食事休憩を除いて歩き続けた。戦況が悪化する中、一刻も早い作戦遂行を求められたからだった。

大塚敏男さん

今度の作戦はどういう形で通るんだということで、(上層部が) 地図を広げて鉛筆で線を引っ張ると。そうすると地図の上ではわずか五センチでも、その距離はものすごいですよね。そしてその引っ張ったところを、歩くように命令されるという運命があるんですよ。

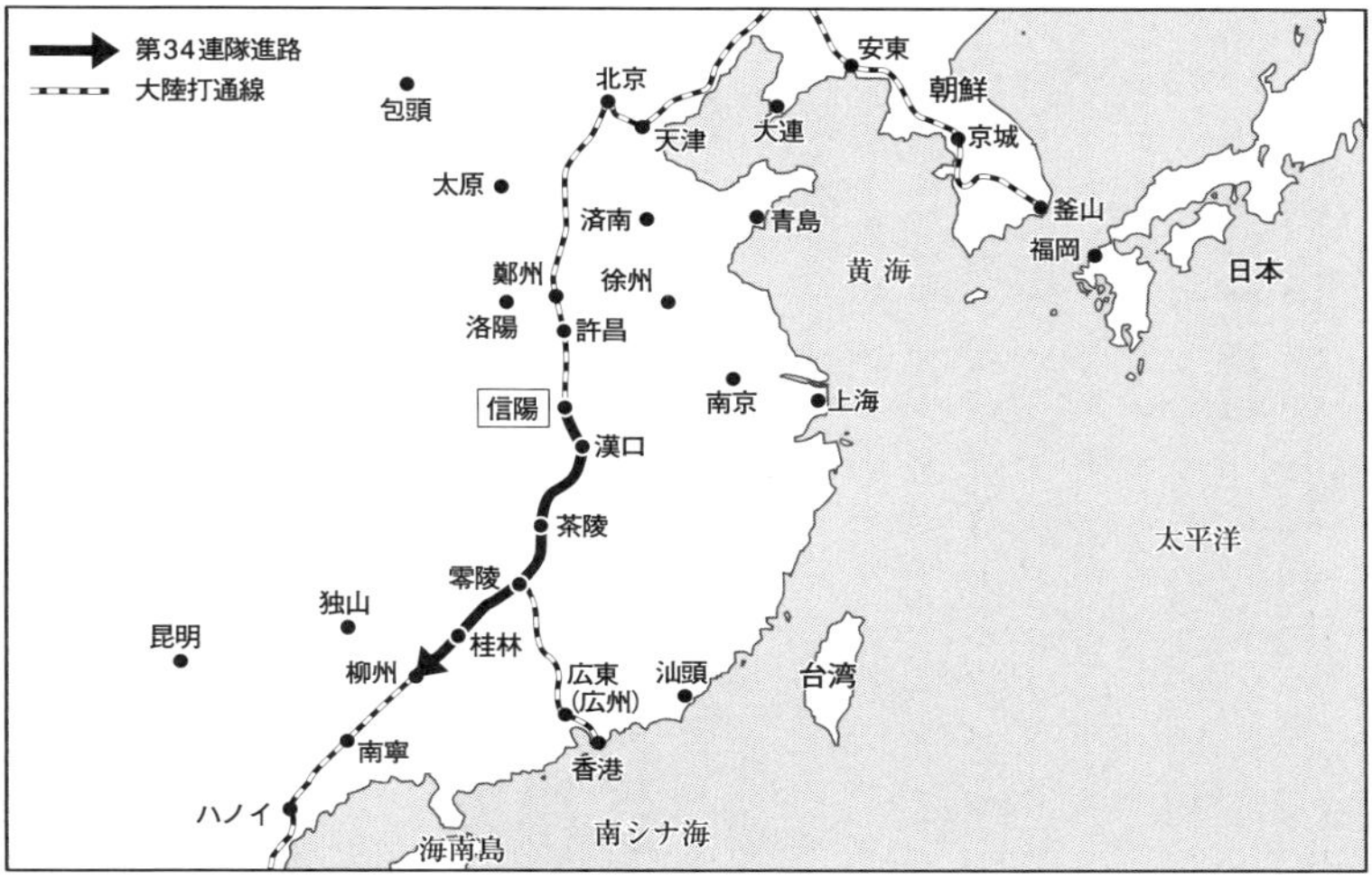

大陸打通作戦関係図

兵士たちは重さ三〇キロの荷物を背に、三か月もの間、昼も夜もない行軍を続けた。飯塚清さんにとっては、出発早々苛酷な経験だった。飯塚さんは初年兵、つまり入隊して一年目の兵士だった。初めて参加した作戦が湘桂作戦だった。米軍機による攻勢を避けるため、行軍は夜間が中心となった。

飯塚 清さん

夜寝られないもんだで。寝る時間がない。それだもんだで、みんな歩きながら寝ちゃうだよ。それがもう毎日ずら。普通の初年兵は、みんな足の裏はマメ。全部マメになっちゃう。それでそのマメに、水がたまっちゃって歩けなくなってさ。もう歩けません、っつって転がっちゃって。

静岡市内に住む川村芳太郎さんは飯塚さんよりも三年早く入隊していた。しかし、川村さんにとっても、ただ歩き続けた行軍は辛くて仕方なかった。

川村芳太郎さん

よくこれだけのものを歩いてきたと思うくらい、長い距離を歩くだからねえ。これから先、どのくらい歩くだか全然見当がつかないし。毎日こんな重いものを背負って歩くのかと思ったら……やっぱ、辛かったな。

ひたすら歩くだけの毎日。しかしその膨大な距離のためになかには負傷をする兵士も現れ始めた。

川村芳太郎さん

雑嚢《ざつのう》（兵士用の鞄）っていうのを掛けてたっけ。それが擦《こす》れちゃって。軍服脱がせたら、腰がもう化膿《かのう》して腐っちゃってるだね。それで、ウジがわいちゃってね。それで足も編上

川村芳太郎（かわむら・よしたろう）

一九二〇年（大正九年）生まれ。

静岡県清沢村（現・静岡市）出身。

一九三二年（昭和七年）峰山尋常高等小学校卒業。木工職人の見習いをした後、茶箱製作に従事。

一九四〇年（昭和一五年）現役兵として歩兵第三四連隊入隊。

一九四四～四五年（昭和一九～二〇年）湘桂作戦に参加。終戦当時、二五歳、伍長（第九中隊分隊長）。

一九四六年（昭和二一年）復員。

復員後は、静岡市の中心街で茶箱職人の仕事を再開、今も茶箱を作り続けている。

二〇〇八年（平成二〇年）現在、八八歳。

靴（兵士用の靴）を切ったら、足がぷーっと膨らんじゃって。本当に最後まで歩き続けたってのはかわいそうだったよね。

変更されなかった作戦計画

広大な中国大陸を縦断、さらに敵航空基地を占領するという大陸打通作戦。この陸軍史上最大の作戦には陸軍参謀本部が無謀な計画設計をしていた。

昭和一八年、陸軍は「長期戦争指導計画」をまとめた。しかしその結論では、どうしても戦争に勝ち目を見出すことができなかった。そこで参謀本部が考えたのが海上交通路が遮断されても陸上交通路を確保する「大陸打通」だった。さらに同じ年の一一月、中国南東部を出発したアメリカ空軍機が台湾を空襲するという事件が発生。大本営は、本土爆撃を恐れるようになった。大本営は陸軍参謀本部にアメリカ軍の航空基地を破壊するように指示。こうしてでき上がったのが、大陸打通と「航空基地の殲滅《せんめつ》」が加わった大陸打通作戦だ。

一方で、大陸打通作戦はその規模に当初から慎重論もあった。支那派遣軍の総司令官・畑《はた》俊六元帥は、「構想といひ規模といひ派遣軍として未だ嘗《かつ》てなき大作戦なるが、兵力、資材等に全般戦力低下の状況は之に伴はず」と日記に記している。

また、陸軍参謀総長・東条英機は、作戦を聞いて次のように指導したと記されている。

「西南中国の米航空基地覆滅に徹底せよ。南方に対する鉄道打通の気分が残っている」

「思い切って基地覆滅に徹底せよ。いらざる欲を出すな」

東条は、目的を一つ、本土防衛のため敵航空基地の破壊に集中するよう指示した。しかし、作戦計画は変わらなかった。陸軍参謀本部は一気に戦況を打開する作戦の実現を疑いもせずひたすら信じていた。結局、部隊への指示には、「大陸打通」の指示が残されたのだった。

水不足から病に倒れていく兵士

湘桂作戦は揚子江流域の占領地域から一五〇〇キロ近く進撃したため、補給態勢に問題があった。兵士たちを、まず苦しめたのは水不足だった。清潔な水を配る給水班は、幹部がいるごく一部の部隊にしかなく、前線の兵士にまでは水が行き渡らない。渇きに耐えられなくなった兵士たちが口にし始めたのは、田んぼや道ばたの泥水だった。

昭和一五年に入隊した安本金八さんは、湘桂作戦時は軍曹として中隊の指揮班に所属、後輩の兵士たちを指導してきた。しかし、安本さんのようなベテランでも、水不足は辛かった。

安本金八さん

水を飲みたくても水筒にも水がなくて。ボウフラのわいてるような水たまりの水をね、平気で飲んだんだよな。まぁ犬みたいなもんだっけ。雨に濡れて、着ているものはグショ

――グショだし。飯ごうで米を煮ても、腐ってべとべとしてるんだけど食べてきたんだ。

これまで幾多の戦いに参加した「猛者《もさ》」でさえ辛かった水不足。初年兵が苦しんだのは言うまでもない。

掛川市出身の神谷秀一さん。初年兵だった神谷さんは、水不足で死ぬ思いをした。

――神谷秀一さん

古い兵隊によく言われました。汚い水でも昼間飲んで歩いているうちに、みんな汗になって出ちゃうから心配いらねぇよ、なんつってね。

喉の渇きに耐えられず、泥水を飲んでいた神谷さんは下痢をしてしまった。今では考えられないが、下痢は歩き続ける兵士たちにとって命を落としかねない病気だった。

――神谷秀一さん

もうとてもついて行けないなって。そのときは薬もないでしょう。下痢しちゃうともう食べられないでしょ。だから痩せちゃって。それで中隊について行くっても、それまで元気なときでさえ何とかついて行けてたのが下痢になっちゃったらもう、ふらふらですもんね。

神谷さんはいっこうに回復しないまま一週間以上歩き続けた。もう限界というところで、部隊が休止。その休止中に運よく下痢が治った。

神谷秀一さん

下痢が止まったときは本当に嬉しかったですね。もう半月ぐらいたってからか、下痢が止まったのを自分で発見して。もう本当に生き延びたような気がしましたねえ。

しかし、神谷さんのように下痢に悩まされた者はまだましだった。さらに兵士たちを苦しめたのが、コレラや赤痢などの伝染病だった。

神谷秀一さん

敵と戦って戦死じゃなくて、みんな病

安本金八（やすもと・きんぱち）

一九二一年（大正一〇年）生まれ。

静岡県玉川村（現・静岡市）出身。

一九三三年（昭和八年）玉川尋常高等小学校卒業。林業に従事。

一九四〇年（昭和一五年）現役兵（志願）として歩兵第三四連隊入隊。

一九四四～四五年（昭和一九～二〇年）湘桂作戦に参加。終戦当時、二四歳、軍曹（第九中隊）。

一九四六年（昭和二一年）復員。

復員後は地元に戻って林業を再開、材木を静岡市内に卸す。

二〇〇八年（平成二〇年）現在、八七歳。

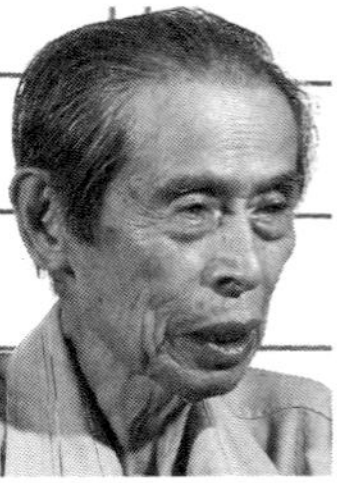

神谷秀一（かみや・ひでいち）

一九二二年（大正一一年）生まれ。

静岡県掛川町（現・掛川市）出身。

一九三四年（昭和九年）掛川町立第一尋常高等小学校を卒業。地元の文房具メーカーに勤務の後、国鉄に入社。

一九四三年（昭和一八年）現役兵として歩兵第三四連隊入隊。

一九四四～四五年（昭和一九～二〇年）湘桂作戦に参加。終戦当時、二五歳、兵長（第九中隊）。

一九四六年（昭和二一年）復員。

復員後は再び国鉄に戻り車掌などを勤めた。その後、鉄道病院で事務を担当し定年を迎える。

二〇〇八年（平成二〇年）現在、八六歳。

気に負けて体力が落ちちゃって。マラリア、それから赤痢ですか。そういうものが多かったですね。

飯塚 清さん

汚い泥水にね、ころころ何か転がっているじゃん。何だなと思ってこうよく見たらな、兵隊だよ。泥水の中、頭を突っ込んで死んでいるだな。五、六人死んでただな。

下痢やマラリアで次々と亡くなっていく兵士たち。なかにはかけがえのない戦友を失った者もいる。

静岡市の中心市街地から車で安倍川沿いを北上すること一時間、山々に囲まれた小さな地区に住む見城兼吉さん。見城さんは私たちが会いに行くとすぐに、自室から一枚の写真を持ってきてくれた。信陽で同期と撮った記念写真だった。見城さんは、この戦いで何よりも忘れられない一人の戦友がいると言った。同じ第四中隊に所属していた児玉今朝一《けさいち》さん、当時三二歳。ふるさと静岡では、妻と三人の子供が待っていた。

見城兼吉さん

夜中に児玉の泣く声がするもんで、「児玉、どうしたか」って言うとね、「俺はお前のような一人もんと違う。夕べこんな夢を見た。一番下の娘がお母さんのおっぱいを飲んでも出ないもんで、勝手場のほうへハイハイで行ってお鉢を取ってしゃもじをなめていた。でも、ご飯がないもんで泣いていた」と私に話したんだ。

しかし、児玉さんはあえなく赤痢にかかってしまう。見城さんは、衰弱して動けなくなった児玉さんを馬の背中にくくりつけ声をかけながら夜通し歩き続けた。だが、その甲斐なく児玉さんは亡くなった。

見城兼吉さん
あんだけ家族を思っていた児玉が、人力尽きて倒れていく姿は、まったく言葉には出ないよ。気の毒で。

見城さんは、遺骨を持って帰るため、児玉さんの片腕だけを切り落とし、そして、焼いた。

見城兼吉（けんじょう・かねきち）

一九一八年（大正七年）生まれ。

静岡県大河内村（現・静岡市）出身。

一九二九年（昭和四年）大河内尋常高等小学校卒業。地元の作業組合に勤務。

一九四三年（昭和一八年）現役兵として歩兵第三四連隊入隊。

一九四四〜四五年（昭和一九〜二〇年）湘桂作戦に参加。終戦当時、二七歳、兵長（第四中隊）。

一九四六年（昭和二一年）復員。

復員後は農協での金融係を経て、材木商として独立。

二〇〇八年（平成二〇年）現在、九〇歳。

見城兼吉さん

南方へ行った兵士は、遺骨の箱を開けたらその土地の砂が入っていたとか灰が入っていたっていうことを聞いちゃあいたもんでね。子供やお母さんの前にね、「これが本物の児玉の骨だよ」って渡したい。お母さんに、戦死したのは仕方ないが、せめて自分の旦那の骨をお祀りしてね、って。

家族を思いながら無念の死を遂げていく仲間。兵士たちはその遺骨を小箱へ入れて胸にぶらさげ、戦い続けた。

リーダーの死

三四連隊は、多くの兵を失いながらも七月四日茶陵に到着した。茶陵は山々の間を流れる二つの川に囲まれた天然の要塞。地形を知り尽くす蒋介石軍約二〇〇〇名が待ち構えていた。まもなく、戦闘開始。兵力で日本軍を上回る蒋介石軍に対して、兵士たちは弾薬の補給がない中突撃していった。

大塚敏男さん

弾を全部撃って何も空《から》ですよ、いくら撃ちたくても。あとは銃剣つけて突っ込むだけですからね。敵兵の守っているところまで突っ込んでいけば、チェコ機銃（チェコ製の機関銃）でダダダダッとやられちゃいますから、生き残るっていう可能性は、ほとんどゼロに近いですね。

神谷秀一さん

弾に当たって死ぬとかね、考える余裕なかったですよ。とにかく無我夢中でしたね、無我夢中で中隊に、みんなについて行かにゃいかんなと。

酒井健蔵（さかい・けんぞう）

一九一七年（大正六年）生まれ。静岡市出身。

一九二八年（昭和三年）賤機（しずはた）南尋常高等小学校卒業。

一九三八年（昭和一三年）現役兵として歩兵第三四連隊入隊。

一九四四〜四五年（昭和一九〜二〇年）湘桂作戦に参加。終戦当時、二八歳、准尉（第四中隊小隊長）。

一九四六年（昭和二一年）復員。

復員後は清水市の造船所にて守衛を務め、定年後は水産加工会社の焼津工場で庶務を担当。

二〇〇八年（平成二〇年）現在、九一歳。


茶陵攻撃で、特に苦しい経験をした兵士がいる。静岡市清水区に住む酒井健蔵さんだ。酒井さんは昭和一三年入隊。湘桂作戦のときは第四中隊の小隊長だった。

酒井健蔵さん

もう本当、弾がなくて節約ですよ。だから突撃のときなんか弾を撃たない、敵の弾がビュンビュン来る中を飛び出していっちゃ陣地を奪取していったんだけどね。どうにもならないんだ。だけども、突撃しろと言われたら突入しなくちゃいけないし。

蒋介石軍は後方から新たに兵力を増強。三四連隊は一度戦線を退かなければならないほど苦戦した。

攻撃開始から四日目、酒井さんが所属した第四中隊に危機が訪れた。中隊長が敵の銃弾を頭に受け戦死してしまったのだ。リーダーの戦死に部隊は混乱した。

酒井健蔵さん

中隊長を火葬して、その後部隊に夜の九時ごろ着いたのかな、着いたとたんに「お前中隊長の代理をやれ」と言われて。部下の顔も知らないのに、突然攻撃しろと言われたんだから、びっくりしたよね。

酒井さんは、戦況も地形も部下もわからないまま、全員で突撃した。

酒井健蔵さん

一人戦死、二人負傷したかな、犠牲者を出しちゃってね。あのときは気の毒だと思った。

二〇日間にわたる戦いでようやく茶陵を攻略。しかし、三四連隊は、酒井さんのように指揮官が戦死した部隊が続出した。

飯塚 清さん

僕の中隊は、信陽を出るとき二二〇人ぐらいいただよな、二二〇人。そいでね、茶陵を攻略した時分には中隊は三五人ぐらいだっけよ。信陽出るときに一個分隊一四人ぐらいいただよな。それが、茶陵の攻撃時分には一個分隊三人ぐらいだったもん、分隊長以下二人くらい。

深津秀夫（ふかつ・ひでお）

一九一九年（大正八年）生まれ。静岡市出身。

一九三七年（昭和一二年）静岡中学卒業。家業の家具卸業を手伝う。

一九四〇年（昭和一五年）現役兵として歩兵第三四連隊入隊。

一九四四〜四五年（昭和一九〜二〇年）湘桂作戦に参加。終戦当時、二六歳、軍曹（連隊砲中隊）。

一九四六年（昭和二一年）復員。

復員後は旅館の経営等を経て、家具の製造卸し会社設立。

二〇〇八年（平成二〇年）現在、八九歳。

激しさを増す空爆

茶陵を越え、次は桂林《けいりん》・柳州《りゅうしゅう》を目指して西へと進軍を続けた三四連隊。しかし、蒋介石を支援するアメリカ軍に悩まされるようになった。新しく配備されたB29が、空から日本軍に襲いかかったのだ。爆撃を避けるため、物陰に身を潜めながらの行軍になった。

静岡市に住む深津秀夫さんは連隊砲中隊に所属していた。連隊砲中隊の役割は大砲射撃、そのため馬で大砲を運びながらの行軍だった。

深津秀夫さん
飛行機が飛んでくる前まではわりと昼間行動できたからいいけれど、飛行機が来始めてからは民家の中へ馬ごと入れて、人間も入って。炊飯するにも煙が上がっちゃうとわかるから、なるべく夕方になってから。

一度民家を爆撃されれば、命はなかった。

深津秀夫さん
馬とか弾薬を隠した民家そのものに火がついているんだからね。そいで馬を休ませるためには必ず藁《わら》を敷いたりなんかしてあるから、一回火がついたらどうしようもないわけね。でも置いてある弾薬に火がついたらしょうがないから、怖くても運び出すのに夢中ですよ。中で怪我した戦友がいりゃ、助けることに夢中だから。

爆撃で負傷した仲間の手当てをする間も、すぐに引き返してきては爆撃にやって来るB29。燃えさかる民家の中で、深津さんはどうすることもできなかったという。

深津秀夫さん
今でも戦死した兵隊の名前は覚えているけれども。爆撃はほとんど直撃だから、兵士の顔はないわね。そいで、頭蓋骨が、壁にペシャッとこう、散っているようなね、そういう場面は見ました。

粗末な医療物資、武器も持たない補充兵

石井久作さん

B29が、ダッと平らになってローラー爆撃してきて。あ、飛行機がたんと来たぞと言っていたら、シューシューと爆弾が落ちてきたでしょう。焼夷弾《しょういだん》とか爆弾がね。病院にもずいぶん大勢いたけれど、そこでもう、だいたい亡くなったね。

石井久作（いしい・きゅうさく）

一九二一年（大正一〇年）生まれ。

静岡県三島市出身。

一九三二年（昭和七年）松本尋常高等小学校卒業。

一九四二年（昭和一七年）現役兵として歩兵第三四連隊入隊。

一九四四～四五年（昭和一九～二〇年）湘桂作戦に参加。終戦当時、二四歳、伍長（第八中隊）。

一九四六年（昭和二一年）復員。

復員後は国鉄で線路工として定年まで勤める。

二〇〇八年（平成二〇年）現在、八七歳。


第八中隊に所属していた石井久作さんも、B29で多くの仲間を亡くした兵士だ。石井さんが目撃したのは、負傷して搬送された先の病院だった。しかし、病院といっても民家の土間に藁《わら》が敷かれただけの野戦病院。そこに兵士たちが並んでうずくまっていた。足を負傷していた石井さん、しかし受けた治療はあまりにも惨めだった。

石井久作さん

ほとんど赤チンだけです。だってあそこへ行った時分には物資もないし。各大隊に軍医もいたけれど、なかなか解剖とかして弾を出すとかというようなことはできなくて。

兵士たちにとって、病院に送られることは絶望的だった。

飯塚 清さん

病院に送った衆の中で、元気に中隊に戻ってきた人はまずほとんどいないで。たいがい死んじゃっているんだな。みんな細くなっちゃって（脇腹を指して）ここら辺、洗濯板みたいに痩せてね。それで、朝飯になって衛生兵がお粥《かゆ》だか何だか持ってくるんだよな。でも何も食べないんだから。飯を食う気力もないんだよ。

行軍開始から四か月、三四連隊に、初めて補充兵が送り込まれてきた。しかし、その装備は、前線で戦う兵士にあるまじきものだった。

安本金八さん

補充兵は困ったけな。しまいには、何も持ってこないんだよ。一番大切な鉄砲を持ってこないんだ、戦争に来るのに。

勝又 馨さん
ひどくショックを受けたのは、補充に来た兵隊の中に小銃を持っている者がね、一五、六人の中で二丁ぐらいしかないんですよ。それから水筒が竹の筒ですよ。飯ごうは竹で編んだような弁当箱で。

かき消された作戦中止論

九月、陸軍参謀本部では、作戦の中止が検討され始めた。

本部内には真っ向から反対する者もあった。多くの餓死者を出したインパール作戦の失敗が引き合いに出されたという記録もある（防衛省防衛研究所図書館所蔵／軍事史学会編『大本営陸軍部戦争指導班　機密戦争日誌』錦正社、一九九八年）。

「作戦は中止するを要す。無理して敢行せば　インパール作戦の再現疑いなし」

「第二課長〔打通作戦を推し進めた作戦課長の服部卓四郎〕の面目問題等はあらんも、この際、上司の断乎たる決断を望むや切なり」

しかし、作戦を立案した陸軍参謀本部は譲らなかった。現地視察を敢行、支那派遣軍に対して、このように伝えたという。

「今や太平洋方面戦況はきはめて不利、一号作戦に対する大本営の期待は更に増加するに至ったのである。一号作戦兵力特に航空、防空、後方部隊等はまことに貧弱で大本営としては心苦しき次第であるが、派遣軍は一号作戦の完遂に努力せられたし」

帰国後、陸軍参謀本部は兵力も補給も十分であると報告。議論の結果、作戦は継続することとなった。軍部の身勝手な判断が、前線で戦う兵士たちの生き残る道を絶ったのだった。

自殺、略奪《りゃくだつ》……失われていく理性

休む間もなく歩き、戦い続ける日々。その苦しさのあまり、兵士たちの中には自ら命を絶つ者が現れはじめた。

飯塚 清さん

俺んとこにね、歩きがてら、「飯塚死にたいや、死にたいや」って。「やい、死ぬにはどうすりゃいいだ」って来るだよ。みんな死にたい、死にたいだわな。生きていたいなんて人はいないだで、初年兵の人に。

川村芳太郎さん

こんな苦しいんなら、事実死んだほうがええなぁとも思うよね。自分の手榴弾《しゅりゅうだん》をみんな一個ずつは持ってるから。小休止のときに、トイレへ行ってくるって言って、ちょっと場を離れたと思ったら、自爆して亡くなった人もおりますけんね。

深津秀夫さん

銃口を顎《あご》へ当てておいてね、それで引き金のところに足をやって、引き金を引いて自殺すると。そういう兵隊も出ましたよ。

なんとしてでも生き延びたい。兵士たちは行軍が長引くにつれ、逃げていった中国人の集落から食料を奪うようになっていった。本来、食料は補給ではなく「徴発《ちょうはつ》」、つまり対価を支払わなければいけないものだが、そのルールさえ崩れ掠奪となっていったのだった。

神谷秀一さん

住民はいませんでしたし、残ってるのは歩けなくなった年寄りとかね、そういう人しかいませんでしたからね。反抗してくる者はいないもんですからね、留守宅を荒らしたっても、さほど罪悪感はないし。そういうものを持ってこなけりゃ、自分らは食べる物ないもんだからね。

飯塚 清さん

襲う気はないんだよ。でも早い者勝ちって言ってさ、米を探す人、鶏を捕まえる人、それから豚を殺す人ってやっているわけだ。徴発なんて名分はいいが、そうじゃない、日本の軍隊は野盗だったよな。要するにかっぱらってくるということ。かっぱらってくるっちゅうのは出発するときの命令だもんでさ。ずっとそればっかだぜ、一年半。

深津秀夫さん

人間じゃなくなっちゃうんだもの。やること、一つひとつが。ただ自分が生きるためには何をしてもええっていうようなね、生き方だもん。

中国の民家を襲って、食料を確保せざるを得なかった兵士たち。
あるとき、大塚敏男さんは中国の一般民衆が巻き添えになりそうな場面に遭遇した。

大塚敏男さん

一回ね、こういうことがあったんですよ。機関銃中隊の兵隊が、現地調達で物資を徴集しようと思って、家に入っていったんですね。そうしたら敵さんがいてドンと撃ってやられて死んじゃったんです。それで兵士が怒って、丸太でも机でも腰掛でも砕いて、火をどんどん燃やしてね。その中に主婦でも子供でも追いやろうとしていたことがありましたね。

女性や子供が焼き殺されようとする光景を見て、大塚さんは、とっさに叫んだ。

大塚敏男さん

中国語で急いで言ったんですよ、「お前たち急いで逃げろ」って。そうしたらね、「ありがとう」って言ってね、主婦が焚き火の中から子供を連れて逃げたっていう経験もありましたけどね。後で帰ってきて、あのときの子供たちは助かったんだろうなと思うと、人助けの一かけらくらいのことはしたかなって思ったんですね。

人間としての倫理感を失いそうになった兵士たち。死に対する感覚も麻痺させていった。

飯塚 清さん

国道に一〇〇メートルに一人ぐらい死んでいたんだぜ。骨と皮ばかりになっちゃった人や、死んだばかりの人とか。三日もたった人なんか、ガスがたまって体が膨らんじゃって鼻や目にウジがたまって臭くって。でも、それを見たって別に嫌だなとも思わないしただ臭いというだけ、鼻をつまむぐらいで。同情するとか戦争が嫌だいうのが、出てこないんだな。

深津秀夫さん

死んだ人がもう、それこそ腐敗する寸前なんていうと、悪臭でものすごいでしょう。そういうところで平気で食事をするような神経になっちゃってる。普通だったらもうあんな死臭がしてたらね、嫌で食欲なんかなくなっちゃうね。でも、そういう腐ったような死体がごろごろいるところで休憩になれば、平気で食事をするんだもん。

無意味に終わった大陸打通

昭和一九年一一月一一日付の大本営発表は、「我部隊は一一月一〇日一〇時柳州を、同桂林を完全に攻略し、〔中略〕支那大陸における有利なる戦略態勢を獲得せり」と報じた。
行軍を始めて七か月。三四連隊は、ついに目的地の桂林・柳州の飛行場に到達した。しかし、そこにアメリカ軍の姿はなかった。すでに当時グアム・サイパンに飛行場を建設。戦略上必要がなくなった桂林・柳州の基地を自ら放棄していたのだった。

勝又 馨さん

攻撃をする途中で火薬が爆発したんです。明け方ですけど、ものすごい爆音というか、爆炎が上った。これは、どうも敵が火薬庫に火をつけたらしい。

飯塚 清さん

汽車がさ、尾っぽ向いて逃げてる。煙を出しているその汽車は人で真っ黒でね。屋根から何から真っ黒な汽車が逃げていく。

その後、フランス領インドシナから日本軍が到着、形式的には「中国大陸打通」は成功した。しかし、日本軍には、中国を縦断する鉄道や道路を整備する力が、もはやなかった。多くの犠牲を代償にして達成した大作戦に意味はなかった。

追撃命令、そして迎えた終戦

湘桂作戦の当初の目的は終了したが、三四連隊は休む間もなくさらに戦い続けるように指令を受けた。柳州から逃走した蒋介石軍を追って、柳州から北へと追撃するというものだった。彼らの前に立ちはだかっていたのは、中国大陸特有の切り立った岩山だった。

勝又 馨さん

南画に出てくるような、とがった針の山でしょう。あれをまた越していくのかなと。人には言わなかったけど大変だなと思ったんですね。道自体が崩れますから、馬が荷をしょったまま落ちていくでしょう。馬は助けられないけど、荷物は持ってこないといかんので、下へ降りていくんですよ。兵隊がふうふう言って引き揚げてくる。

大塚敏男さん

右側は断崖絶壁でしょう、だーっと石があって、左側を見たら岩山で、わずかな木が生えていて、どうやっても這いずって登れない。道があっても（肩幅くらいに両手を広げて）これくらいなんですね、石畳で。そこを歩いていると（軍靴の底の）鋲の音でコツコツと音がするでしょう。それを狙って（敵が）撃ってきますから。音を待ち受けてね。

敵は山々に穴を掘って身を潜めていた。そうして兵士たちを狙い撃ちしようと、待ち構えていたのだった。

この状況で、三四連隊の尖兵《せんぺい》、つまり一番先頭を任された兵士が焼津市にいる。第八中隊に所属していた岡野欣一さんだ。尖兵だった岡野さんは、銃も持たず手榴弾二発をポケットに入れただけだった。突撃は何も見えない夜に命じられた。

岡野欣一さん

二、三歩出て行くと……もうおっかない。抜き足差し足で音がしないようにと思って行くだけぇが、それだけで聞こえるだかすぐ撃ってきたね。ほんで撃ってくると体を縮めるしかない。普通なら伏せるんだよね。だけど、そんなことをしたらよけい音が響くのでね、とにかく音がしないように体を縮めて。

岡野さんは手榴弾を投げて、急いで中隊のもとに駆け戻ることができた。しかし、一緒に突撃した仲間は負傷をした。しかし、その後、岡野さんの中隊は多くの兵士が負傷したために前線からの後退を余儀なくされた。

岡野欣一さん

六、七名ぐらい担架の患者がいただね。もう行くところがねえよね、担架に乗っているだけで。連隊の救護班がすぐ後ろにいるならいいけんが、どこにいるかわからないよね。それで、すぐ前ではバリバリ戦闘やっているわけだ。もうどうすることもできねえわけだ。

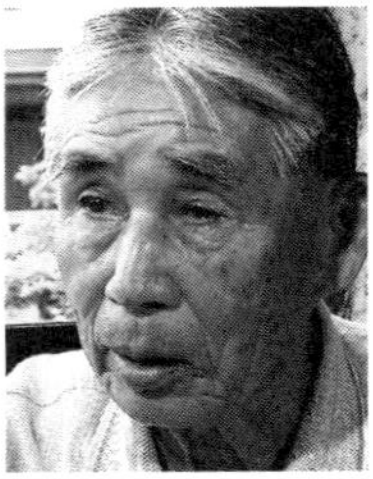

岡野欣一（おかの・きんいち）

一九二一年（大正一〇年）生まれ。静岡県焼津市出身。

一九三二年（昭和七年）東益津尋常高等小学校卒業。家業の農業を手伝う。

一九四二年（昭和一七年）現役兵として歩兵第三四連隊入隊。

一九四四～四五年（昭和一九～二〇年）湘桂作戦に参加。終戦当時、二五歳、兵長（第八中隊小隊長）。

一九四六年（昭和二一年）復員。復員後は農業を再開し、お茶・みかんなどを栽培。

二〇〇八年（平成二〇年）現在、八七歳。

飯塚 清さん

馬のしっぽに患者を紐で縛りつけてさ、そしてまた後ろの患者を紐でくくりつけてさ。一頭の馬のしっぽにくっついている人が一〇人ぐらいいるんだぜ。ほんでみんなが夢遊病者みたいに、フラフラフラフラ、前に行くでもない、後ろに行くでもない、歩くでもない。

断崖絶壁の山道を一歩一歩前進し、ただひたすら戦い続けた兵士たち。ときどきふるさとに似た風景を見つけて、懐かしさに浸る兵士もいた。どんなときも心の片隅にふるさとを忘れることはなかった。

飯塚 清さん

人間は死ぬときにね、必ず自分の生まれた故郷を思い出すよ。そいで親がある人は親を、母さんがある人は母さんを。俺がいつか死んだら、ここで死んだって言ってくれよなって言ってね。

石井久作さん

天皇陛下のためだと言っていたけれども、兵隊のときは。でも本当は死んでいく人は、「天皇陛下万歳」じゃなくて、「お母さん」と死んでいく人が多かった。実際耳で聞いたのはね。「万歳」なんて言わない。

深津秀夫さん

やっぱりね、うちに帰りたい。もういっぺん日本へ帰りたい、そういう気持ちと、惨めな殺され方をしたくないからね。だからみんなと一緒に、とにかくついて行くと。

大塚敏男さん

誰だって死にたくないですよ、正直言ってね。いくら美しい言葉で飾ってもね。

藤枝市に住む梅島与平さんが所属していた第六中隊は当初一五〇人ほどいたが、最後は一〇人しか残っていなかった。次は誰が亡くなるのか、不安を抱えながら戦い続けた。

梅島与平さん

いつかは自分の番になるだろうなっていうのは想像していました。若干ふてくされた気持ちもあるかもしれませんね、鼻歌を歌う人もいるし。でも、最後までとにかく残りたいって思ったね。生きて残りたいって思いましたね。絶対死にたくないということは、一〇人が一〇人そう思っていたんじゃないですか。

そして一二月三日、ついに連隊は反転命令、つまり引き返すように命令を受けた。

梅島与平（うめしま・よへい）

一九一九年（大正八年）生まれ。

静岡県藤枝市出身。

一九三六年（昭和一一年）静岡商業学校卒業。静岡市の古着商店で働く。

一九三九年（昭和一四年）現役兵として歩兵第三四連隊入隊。

一九四四～四五年（昭和一九～二〇年）湘桂作戦に参加。終戦当時、二六歳、軍曹（第六中隊分隊長）。

一九四六年（昭和二一年）復員。

復員後は家業の古物商店を継ぐ。

二〇〇八年（平成二〇年）現在、八九歳。

鈴木峰雄（すずき・みねお）

一九一九年（大正八年）朝鮮生まれ。

一九三六年（昭和一一年）全州中学校卒業。朝鮮で運送会社に勤務。

一九四〇年（昭和一五年）現役兵として徴集、本籍地が修善寺だったために第三師団兵器部配属。

一九四五年（昭和二〇年）終戦当時、二六歳、曹長（第三師団兵器部）。

一九四六年（昭和二一年）復員。

復員後は織物会社を設立。その後、税務署勤務を経て、税理士として独立。

二〇〇八年（平成二〇年）現在、八九歳。

梅島与平さん

みんなでバンザイしたね。「今から反転だ」と聞いて。皆、口では言わないけれど「ああ、助かったな」って。中国の大きな鍋に汁粉をいっぱい作ってただよね。せっかくできた汁粉をぶっ壊して。それほど嬉しかった。

その後、三四連隊は柳州付近の警備を命じられた。しかしそれも束の間、今度は本土防衛のために南京まで戻るよう命じられた。半年かけて歩いてきた道のりを引き返す兵士たち。日本の敗戦を知ったのは、その行軍の途中だった。

鈴木峰雄さん

戦争が終わる一〇日前から飛行機が来なくなっちゃった。おかしいなと思ってたんだよ。昼間も歩けたからね。

静岡市に住む鈴木峰雄さんは、終戦が近づいていることに気がついていた。鈴木さんは、第三師団に所属しながら三四連隊に弾薬補充を担当していた。終戦を聞いたのは、宿で仮眠をとっていたときだった。

鈴木峰雄さん

夜中の一二時に叩き起こされて、「今終戦の宣言が出たと、お前ら泊まっておくわけにいかんから帰れ」と言われて追い出されて。追い出されたけども、やれやれと思ったですよね。「ああ戦争終わったか」と、「ああこれで明日からどうなるのかわからんけど、まあ一応日本に帰れるだろうな」っていう。

石井久作さん

「ああよかった、これでうちに帰れる」と思いましたよ。ほんとにとたんに。嬉しかった。

あの戦いは何だったのか

終戦後、三四連隊は半年間の捕虜生活を経て復員。ふるさとに帰ってきた。しかし、兵士たちに残る後遺症は大きかった。

九年間戦地にいた酒井健蔵さんにとって、ふるさとに帰るのは夢にまで見たことだった。しかし、現実は違った。

酒井健蔵さん

僕は昭和一三年に出たっきりでしょう、それで二一年に帰ってきたからね。みんな忘れちゃっているからね、僕を……。生まれた子供だって九歳になっちゃったからね。僕の顔だって終戦で帰ってきたころには痩せこけた、おっかない顔をしている。軍隊だったから(僕の)態度も違うでしょう。僕、「けんちゃん帰ってきたんだな」と言われたことはあまりないもの、うん。知らない人が帰ってきたと。

そして酒井さんは、自分が生まれ育った故郷にも戦争の傷跡が残っていることに気づく。

酒井健蔵さん

何しろ犠牲者がね、あまりにいすぎたから。仲のいい人がみんな戦死しているでしょう。家族の中で二人出征して二人とも死んだとか、三人行って三人とも亡くなったとか。やっぱ遺された家族に、自分が無事に帰ってきたことが気の毒で……だから、生きて帰ってきて申し訳ないような雰囲気も感じたんだけどね。

その後、酒井さんは戦争体験を親類にも語らなくなった。そして、ふるさとを後にした。

勝又馨さん

復員して帰ってきても、一人で歩くのが怖かった。「ここは戦場でもない、日本だよ」と言われても、「あの山を一つ越えて、隣の村にちょっと行ってくるよ」と一人で行くと、

「おい、大丈夫か」なんて言われるぐらい怖かったですよ。

勝又さんは、戦後地元に帰ってきたときの様子をこう語った。そして戦った仲間のことを偲《しの》んで、今も続けていることがあるという。

勝又馨さん

実は、私はおやじの代からのキリスト教なんです。でも、戦後帰ってきて一回も教会へ行かないんですよ。なぜかというと、死んだ連中が靖国神社、あるいは静岡の護国神社に祀られているから。教会の連中の中には、靖国神社へ行くのは反対だという者もいる。でも、当時彼らと一緒に飯を食った者としてあまりにも忍びないですよ。

勝又さんは、戦後、資料を集めて研究し、作戦の全貌をようやく知った。軍事的に無意味だったと言われる湘桂作戦。しかし、それを受け入れられないでいる。

勝又馨さん

あの作戦に意味がなかったと、無駄な作戦だったと言いたくないんですよ。言ったらもう、われわれより先に死んだ私の仲間はみんな無駄死ににになっちゃう。そういう連中のことを、「お前たちは無駄に死んだんだよ」と言えないですよね。お前は彼らを無駄に思ってるのか、というふうになっちまう。それは彼らがかわいそうですよ。

勝又さんは毎年、川崎から静岡まで慰霊祭に訪れている。元気な限り顔を出して仲間を慰労したいと語る勝又さんに、ようやくまた穏やかな笑顔が戻った。

飯塚さんは、戦後、三四連隊が行軍した中国の都市を何度も訪れては仲間が亡くなった場所を巡ったそうだ。今はただの草地になっているような場所に、花を捧げて水を撒《ま》いた。飯塚さんは、多くの兵士が命を落としたあの無謀な作戦の意味を、今も自らに問いかけている。

飯塚 清さん

この戦争はいったい何であったか。若い、弱冠二二、三ぐらいの若者が戦場に行ってね、ひたすらに国の勝利を信じ、ひたすらに国の平和を念じて。そしてある者は敵の弾に当たり、ある者は不幸にして病気になって、天皇陛下の御ためだと言って死んだ。でも、この仲間の死が、果たして天皇陛下のためになっただか、あるいは国のためになっただか。

宮脇壮行(NHK静岡放送局 ディレクター)

証言記録 兵士たちの戦争

第六章

岡山県・歩兵第一〇連隊

~フィリピン最後の攻防 極限の持久戦

水田に張られた水が太陽の光に反射し、あぜでは水牛がゆったりと草を食《は》んでいる。豊かな緑が広がるフィリピンの田園風景。のどかに見えるこの地で、太平洋戦争中、五〇万以上もの日本兵が命を落とした。ルソン島には今も日本軍陣地の跡が残っており、至るところで塹壕《ざんごう》が当時のままの姿をとどめている。

——日本の敗色が濃厚となっていた昭和二〇年春、フィリピン死守を命じられた日本軍は、アメリカ軍の圧倒的な火力を前に持久戦を強いられる。それは武器も食料もない中での絶望的な戦いだった。

岡山で編成された陸軍歩兵第一〇連隊（通称、鉄兵団五四四八部隊）は、苛酷な戦場となったルソン島で、八か月間にわたって死闘を繰り広げた。武器弾薬がない状況で兵士たちに命じられたのは、「斬り込み」と呼ばれる肉弾攻撃だった。手榴弾《しゅりゅうだん》や爆薬を抱えて敵の陣地に突っ込むこの戦法では、生きて帰ることは許されず、数多くの兵士が死んでいった。

さらに兵士たちを想像を絶する飢餓地獄が待ち受けていた。

一〇連隊の将兵三〇〇〇人のうち、生還者はわずか二二〇人。生還率わずか七％という苛酷な戦場で彼らは何を体験したのだろうか。

フィリピンを死守せよ

岡山市にある総合グラウンド。かつてここには陸軍歩兵第一〇連隊の練兵場があった。一〇連隊は、日中戦争でも数々の戦闘に参加した精鋭部隊として知られていた。およそ三〇〇〇人からなる一〇連隊は、姫路で編成された第一〇師団に所属し、昭和一五年、最初の任務地である満州の北部、佳木斯《ジャムス》に派遣される。ジャムスはソ連との国境に位置しており、兵士たちの任務はソ連の防備が主な役目だったため、戦闘などもなく比較的平穏な時間を過ごしていた。

南方で玉砕が相次ぎ始めた昭和一九年七月下旬、南方への動員命令が下り、一〇連隊は台湾へと移動を開始する。陣地構築をするなど防備に当たっていたところ、さらに南方へ下れという命令が下された。行き先はフィリピン。アメリカ軍の上陸が目前に迫るフィリピンを死守せよとの命令だ。

昭和一九年一二月。一〇連隊の兵士たちに戦いの最前線へと駆り出される運命の時が訪れる。

ミッドウェー海戦やマリアナ沖海戦などで大敗北を喫していた日本は、昭和一九年六月にはサイパンも失い、絶対国防圏の崩壊が始まっていた。フィリピンは、南方資源の補給ラインを確保するためにも死守することが欠かせない攻防の舞台だった。

「フィリピンに南下せよ」という命令を受けたとき、一〇連隊の兵士たちはどんな気持ちだったのか。

佐野満寿二さんは、台湾に駐留していたとき、台湾沖航空戦を見ていたため、日本の劣勢を肌で感じとっていた。この戦いで、アメリカ軍は一〇〇〇機以上もの航空機で出撃し、日本の航空基地を徹底的に攻撃。日本軍は三〇〇から四〇〇機近い航空機を失い、大損害を被ったのだ。

佐野満寿二さん

もう高雄の街は紅蓮《ぐれん》の炎ですわ。ボウボウボウボウ燃えよる。飛行機がちょうど私らの陣地の上でクリッと回ってスーッ、クリッと回ってスーッと行くんですな。近い距離なので「おいおいこれは、下から撃ちゃ当たるんじゃないか」いうて、それでこちらからバンバン撃った拍子に敵に爆弾落とされて。

（フィリピン行きを命じられたときは）もうダメ、ダメだと思いましたわ。フィリピンはもうとてもダメじゃろうなと思うとったの。

佐野満寿二（さの・ますじ）

一九二〇年（大正九年）生まれ。岡山県新見市出身。

一九三八年（昭和一三年）岡山県立高梁高等学校卒業。

一九四一年（昭和一六年）奉天の陸軍予備士官学校卒業。歩兵第一〇連隊入隊。満州ジャムス駐留。

一九四四年（昭和一九年）台湾駐留を経て、フィリピン上陸。

一九四五年（昭和二〇年）第七中隊の中隊長としてブンカン陣地の守備を命じられる。斬り込みで負傷。終戦当時、二五歳、中尉。

復員後は煙草や米、砂糖の販売等を営む。

二〇〇七年（平成一九年）一〇月、逝去。享年八七。

嵐の中の出発～フィリピン上陸

昭和一九年一二月一四日。一〇連隊は三隻の輸送船に分かれ、高雄を発った。ところがすぐさま、敵の艦隊が出動してきているとの情報が入り、再び港に引き返さねばならなくなった。待機すること数日、再び船は台風で荒れる海へと向かった。台湾からフィリピンへ南下するときには、「魔のバシー海峡」と呼ばれる海峡を渡らねばならない。ここは多くの日本の船が米軍の潜水艦により沈められていた。

佐野満寿二さん

あのバシーいうたらものすごいですけえの。そいで嵐の中を進んでいくときに、船がカタコンカタコン言うんだ。どうしたんだろといったら、前と後ろと弾薬の積み込みを間違えましてな。重い弾薬は後ろへ、食料みたいな軽いもんは前へ積みゃええのを、前へ弾薬積んで、後ろへ食料積んだもんですけん。船のプロペラ（スクリュー）が、外に出て空回り。ブーブー、ブルブルブルーッと空回りするんだ。ほいで「こりゃダメじゃがなあ」いいよった。

倉敷市に暮らす畑野稔さんは、一〇連隊本部の副官をしていた。戦争のことはこれまであまり人に話したことはないということだったが、当時のことを鮮明に覚えていた。

畑野 稔さん

わしは、もうここまで来たんじゃから、徹底的に敵をやっつけて、アメリカの兵隊が上がってくるのを逆上陸でやってやろうと思っておりましたな。ところがね、船が行く途中にもう、私は対潜観測所に出とったんですが、敵の潜水艦が撃ってくる魚雷がな、天眼鏡で見ると、船の前をズーッと走るんです、何本も。それで、もう毎日がそのように潜水艦が来ては私らの船を狙いよるんじゃけど、向こうが撃つ魚雷のスピードに比べて、うちの船が進むスピードが遅いんですなあ。ほんじゃから私ら助かったわけだ。

畑野稔（はたの・みのる）
一九一九年（大正八年）生まれ。岡山県倉敷市出身。徳島県立農業学校卒業。歩兵第一〇連隊入隊。一九四〇年（昭和一五年）満州ジャムス駐留。国境守備に当たる。一九四四年（昭和一九年）台湾駐留を経て、フィリピン上陸。
一九四五年（昭和二〇年）連隊本部付きの中隊長として物資の搬送、調達を命じられる。終戦当時、二六歳、中尉（中隊長）。復員後は水島機工（株）に勤務。定年後は、桃作りなど農業に従事。
二〇〇八年（平成二〇年）四月、逝去。享年八九。

台湾を出て二週間後、船はルソン島に近づいた。最初に乾瑞丸《けんずいまる》が島の西岸、北サンフェルナンドに到着した。ところが上陸するやいなや撃沈され、多くの兵士の命とともに、食料、武器弾薬など持久戦に必要な物資が失われることになった。そこで急きょ、残りの二隻、江島丸と大威丸の上陸先を、ルソン島の最北端、アパリに変更。しかしそこも空爆の恐れがあるとして、そこから東のカサブランガンに接岸し、そこから上陸を開始した。

小野一臣さんが描いたルソン島上陸時の様子。魚雷を受けて半分に割れ沈んでいる日本の輸送船

すでに制海権・制空権が敵の手にあった中、兵士たちはぎりぎりのところで上陸できたのだ。一〇連隊がルソン島に上陸したとき、もはや日本軍の戦力はほとんど残されていなかった。レイテ沖に戦力を集結させて戦ったものの、大敗を喫し、日本海軍は事実上壊滅。敵艦に突っ込む神風特攻隊で、航空部隊もその戦力をほとんど失っていたからだ。

そんな中で、一〇連隊は、レイテからルソン島へと進撃してくる敵を迎え撃てという任務を課せられた。しかし、この戦いはもはや決戦ではなく、本土決戦を遅らせるためになるべく長く持ちこたえよという徹底持久抗戦でしかなかった。

空爆を受ける中では物資の揚陸《ようりく》もままならず、兵士たちは十分に物資を持たない状態で出発することになった。前線に物資が運べないというのは致命的だった。海上輸送の補給ラインが断たれていたため、限りある物資だけで戦わなくてはならず、補給の見込みが一切ない状態にあっては、それはいずれ尽きてしまうことは明らかだった。

　小野一臣さんは、一〇連隊の数少ない生き残り兵の一人だ。当時中隊長だった小野さんは、戦場での体験を五〇枚以上の絵に描いている。ルソン島に上陸したときの絵を見せてくれた。そこには、魚雷を受けて半分に割れ、船首だけを覗かせて沈んでいる日本の輸送船が描かれていた。小野さんは、この光景を見て、十分な戦いができるのか不安を覚えたという。

小野一臣（おの・かずおみ）

一九一七年（大正六年）生まれ。

岡山県倉敷市出身。

一九三七年（昭和一二年）國學院大學卒業。現役兵として歩兵第一〇連隊に入隊。

一九四四年（昭和一九年）陸軍中尉を満期除隊。県立中学、高校で教員を務めた後、召集。台湾基隆警備を経て、第一〇連隊に転じ、フィリピン上陸。

一九四五年（昭和二〇年）バレテ峠の前進陣地プンカンの守備に当たる。終戦当時二八歳、大尉。

復員後は教職追放で六年間教職を離れる。追放解除後、教員に復帰。後、倉敷阿智神社の宮司を務める。

二〇〇八年（平成二〇年）現在、九一歳。

小野一臣さん

　生きた気持ちはしないですわね。これはダメっていう感じでね。海におれば沈められるし、上陸すればどうなるかわからない。とてもじゃないけど、もたんと思った。ただね、物がないから戦えない、大変という感じはないんです。とにかくやられてもしょうがないんだと。やってもやられても、行けと言われたらしょうがない。もう前進のみ。それがある意味での前進かどうかはわからんですわね。もうそうなってくると、兵隊は将校に、将校は上官の者に、どうしたらよろしいですかというすがりつく気持ちしかないんですね。

爆撃される塹壕～アメリカ軍の上陸

次々に撃沈される日本の輸送船。上陸した一〇連隊には、戦闘に必要な武器や食料が届く見込みはまったくなかった。

一〇連隊の上陸からわずか二週間後の昭和二〇年一月九日、アメリカ軍は、空母一二隻を含む大艦隊で現れ、ルソン島に上陸を開始。リンガエン湾に上陸したアメリカ軍は、首都マニラと、日本軍司令部の置かれた北部に向けて進攻してきた。対する日本軍は、八個師団を主力とするおよそ三〇万人。

島を三つのエリアに分け、そこにそれぞれの兵力を配備していた。

主力はルソン島北部に置かれた六個師団。第一四方面軍の山下奉文《ともゆき》大将が指揮をとり、その兵団は尚武《しょうぶ》集団と呼ばれた。そして島の南部、マニラの東方の山地には二個師団、振武《しんぶ》集団を置いた。飛行場のあるクラーク周辺には航空部隊を中心にした建武《けんむ》集団を配置した。

尚武集団　一五万二〇〇〇名　（山下奉文大将）
振武集団　一〇万五〇〇〇名　（横山静雄中将）
建武集団　三〇〇〇名　（塚田理喜智中将）

一〇連隊の所属する第一〇師団は、主力である尚武集団に組み込まれた。

一〇連隊が配置されたのはルソン島中部にあったバレテ峠。ここは、島の北部に抜ける幹線道路が通っているため、敵の北上を食い止めるには死守しなければならない要衝だった。一〇〇〇メートルを超える険しい山々が取り巻くバレテ峠は自然の要塞でもあった。武器弾薬が不足していた日本軍は、持久戦を有利にするためこの峠に陣地を築いたのである。

しかし、アメリカ軍に制空権を握られている中では、険しい山脈も身を守る盾とはならなかった。上空からは日本軍の塹壕が一目瞭然だった。観測機を飛ばし、上空から日本軍の塹壕の位置を把握していたアメリカ軍は、どこに隠れているのかわかっていると言わんばかりに、日本軍の陣地に赤い丸印をつけた航空写真を上空から落としていた。そして実際そのとおり、日本軍の陣地を正確に爆撃してきた。

地上からも絶え間ない砲撃が加えられ、一〇連隊の兵士たちは、塹壕の中で激しい攻撃に耐えるしかなかった。

小野一臣さん

いきなりバーンとやられて目の前が真っ暗になって、吹き飛ばされて、気がついたときにガーッと音が聞こえる。それは空気を引き裂く音ですわね。弾道音といいますけれども、弾道音が後から聞こえるの。だから怖いというのは、どこからか時間もなしにボカンと飛んでくるのが一番怖いの。意識するということは、ある程度予感するわけでしょう。予感がないのが一番怖い。だから目から火が出るような感じで、「おっ来たな」という感じで、そのときは出るもの全部出るわね、おしっこも、いきなりバーンと。これは内臓を圧縮するんでしょうね。

畑野 稔さん

タッタカタッタカ、朝から晩まで寝られない。もうそこら辺中に弾が落ちるんです。ほんやからね、もう危険じゃなんじゃいうたところで昼は歩かれんです。ドッドコドッドコ撃ってくるんだけど、日本のほうはもう（残りの）弾の数がわかっとるから、「今日は三発、明日はもう二発にせい」と言うて、一日でも弾があるように後の残りをはかりながら撃ちよるわけです。ほやからもう、向こうが撃ってきよる間はもうじっとしとるわけ。

上等兵だった岡山市の市原毅さんは、仲間の兵士が爆撃を受けても、とても助けられる状態ではなかったと語る。

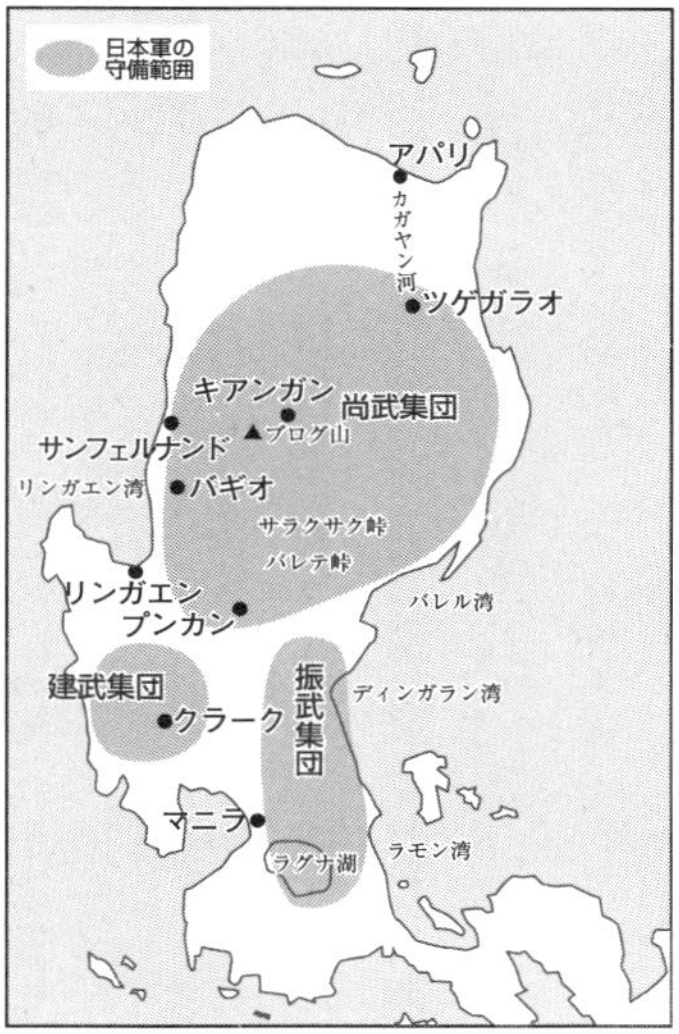

ルソン島要図

市原 毅さん

一個小隊くらい、たこつぼ（一人用の

塹壕）の中に入っとった。それが爆撃くうた。

たこつぼに埋まって、ウーンウーン唸《うな》りよる。遺体掘る間はねえよ。掘るわけいかんが。掘ってたらまたやられる。敵は向こうの山へおるんじゃもん。そやから放っておかな。そりゃもうな、そのくらい野戦いうものはな、自分の身を守らにゃあ、きれいごとじゃない。

市原 毅（いちはら・つよし）

一九二一年（大正一〇年）生まれ。岡山県一宮出身。

一九三八年（昭和一三年）中山中学校卒業。

一九四〇年（昭和一五年）現役兵として歩兵第一〇連隊入隊。連隊砲中隊所属。満州ジャムス駐留。

一九四四年（昭和一九年）台湾駐留を経て、フィリピン上陸。

一九四五年（昭和二〇年）バレテ峠の戦いに参加。終戦当時、二四歳、上等兵。復員後は大工業を営む。

二〇〇八年（平成二〇年）現在、八七歳。

初めて目にした巨大な機械

どれくらい反撃はできたのか。一〇連隊の砲兵隊は、応戦はするが、一発撃つとどこに陣地を構えているかが相手に把握されるため、一〇〇倍ほどの返礼弾が返ってくる有様だったという。当時の連隊砲中隊長がつけていた陣中日記にはこう記されていた。
「昨夕の射撃に対する返礼弾は早朝より益々熾《し》烈《れつ》を加へ、付近陣地の各隊に戦死傷者出る。誠に申し訳なし」（里見憲貞の陣中日記『痛恨』非売品）
反撃しようものなら味方に被害が出る。兵士たちは、敵の攻撃に対し、手も足も出ない状況に陥っていた。

特に、プンカンに構築した前進陣地は、空からの激しい爆撃にさらされることになった。なぜなら、バレテ峠は険しく深い山脈だったが、高度の低いプンカンは平らな地形をしていたからだ。平らだと、山の傾斜面を利用した横穴を掘ることができない。穴が縦にしか掘れないとなると、穴に入って隠れようとしても、上からの砲撃に対し遮蔽《しゃへい》するものが何もない。

しかもアメリカ軍は、日本軍の予想もしなかった方向から攻め込んできた。峠を越える道を守ることしか頭になかった一〇連隊の兵士たち。しかし敵はブルドーザーで道を切り開きながら進撃してきたのだ。アメリカ軍は、山岳戦に備えて大量の大型ブルドーザーをルソン島に持ち込んでいた。険しい山肌を切り開く巨大な機械は、一〇連隊の将兵にとって初めて目にするものだった。

神奈川県在住の横山泰和さんは、一〇連隊が属していた第一〇師団の参謀部で宣伝ビラを作成したり、敵の進路を予想するために情報収集をする任務についていた。情報班にいた横山さんは、この状況を当時予測できていたのか。道がないはずの背後の山から大量のブルドーザーが姿を現したとき、その光景に愕然《がくぜん》としたという。

横山泰和さん

びっくりしましたね。その機械力に。もう戦争以前の問題ですね。ずーっと続いてるでしょ。「あれはなんですかね」って。自動車道路ですよ。山岳線の要諦は兵力の移動でしょ。

アメリカ軍には解決ですよ。敵がそういう戦力を持ってやって来るということは情報班にはわからん。何にもね。

畑野さんも、アメリカ軍がその自動車道路を使って大量の物資を運搬する様子を、木の上から双眼鏡で目にしていた。

横山泰和（よこやま・やすかず）

一九一九年（大正八年）生まれ。神戸市出身。

一九四一年（昭和一六年）日本大学歯科卒業。

一九四二年（昭和一七年）第一〇師団に現役兵として入営。満州ジャムスに駐留。

一九四三年（昭和一八年）第一〇師団司令部参謀部で情報班に所属。

一九四四年（昭和一九年）台湾駐留を経て、フィリピンに上陸。

一九四五年（昭和二〇年）サンホセに置かれた師団司令部で、各部隊の陣地の決定、地図作成、伝令などに当たる。終戦当時、二五歳、少尉（師団情報班）。

復員後は昭和医科大学を卒業し、医師となる。鹿島田病院長、同附属准看護婦学校長を勤める。

二〇〇八年（平成二〇年）現在、八九歳。

畑野 稔さん

向こうは四トントラックで弾薬食料用意したのがずらーっと向こうの端まで続いとんですよ。そういうところへ爆弾しかけてバーンとやって、弾を撃たせんようにするんじゃけど、それがもうこたえんの。一か所二か所、少々爆破されたって何のことはない。もうトラックがなんぼでも来よんじゃから。こりゃあもう日本と正反対じゃなあいうてな。

命じられた「斬り込み」

昭和二〇年三月、首都マニラは陥落する。

太平洋の島々でも敗退を重ねていた日本軍。ルソン島の戦いは、敵の日本本土への進攻を遅らせるため、兵士たちの命を盾にして行われた持久戦だった。

武器弾薬が欠乏する中、兵士たちに命じられた攻撃法がある。「斬り込み」だ。それは手榴弾や爆薬を抱えて敵に突っ込む決死の攻撃だった。

当時、一〇連隊を指揮していた第一〇師団の参謀、平林克巳さんは、司令部からの斬り込みの命令を、連隊に伝えた。

平林克巳さん

それはもうしようがないですよね。任務で。命令が来たら命令どおり。もうこちらの砲兵が動けなかったら、敵への攻撃できないですよ。陣地を守る以外に攻撃的な能力はないと。支援砲兵が支援して、それから歩兵が敵陣へ突っ込むなんてのはできないわけですよ。だから斬り込むわけですよ。夜中にね、夜中に行って天幕（テント）で寝てるやつをやっつけるわけですよ。ほんとの戦術じゃないですね、やむを得ない手段ですよ、斬り込みっていうのは。

敵のすぐそばまで近づいて攻撃する「斬り込み」は、仮に成功しても激しい反撃に遭い、ほとんどが生きて帰れなかった。

畑野 稔さん

「おい、明日やるぞ」と段取りできたら、もう終わりなんじゃ。ほやから斬り込み行くときは帰ってこれんなということで、出て行くときは恩賜《おんし》の煙草（菊の紋章が入った軍の官給品の煙草、天皇から下賜されたものとされていた）一本ずつもらい、遺書書くものは書いて出て行っとんじゃ。

隊長が「よしやれ」といったら、ダーッと行って、いっぺんに手榴弾投げて、それから何をしてからもう、とにかく、もうできるだけ敵を困らせる以外に手がないんじゃ。

平林克巳（ひらばやし・かつみ）

一九一七年（大正六年）生まれ。

大分県大分市出身。

一九三五年（昭和一〇年）大分中学校卒業。

東京市ヶ谷の陸軍士官学校に入学。

一九三八年（昭和一三年）卒業。

一九四四年（昭和一九年）陸軍大学校卒業。第一〇師団の参謀として満州ジャムスへ。台湾駐留。作戦主任参謀を経て、フィリピン上陸。

一九四五年（昭和二〇年）第一〇師団の兵站参謀、その後、作戦主任参謀となり、バレテ峠の戦いを指揮。終戦当時、二八歳、少佐（師団参謀）。

復員後は陸上自衛隊、千代田生命に勤務。

二〇〇八年（平成二〇年）現在、九一歳。


バレテ峠の戦場で、命と引き換えに行われた斬り込み。指揮官たちは、この決死の攻撃法を兵士たちにどのように命じていたのか。一〇連隊の情報将校が、部隊でどのような訓辞が行われていたかを記述したノートを残していた。それによれば、斬り込みのことを「兎狩り」と呼び、兵士たちの恐怖心を紛らわせようとしていた。

「おい、明日は兎狩りだ。

何匹斃《たお》そうかな？

戦果、五匹殺傷。

素質不良なる兵（特に臆病なる兵）に対しては、特に死守を命ぜざれば陣地を捨てて後退することと多し。

敵が来たからといって後退したならば、中隊長が射殺す。退ったらお前は必ず死だ。然し此の陣地に居れば敵が来ても、敵を殺しさえすれば死ななくて良いんだ。良いか、絶対に退るな。この陣地を死守しなければならぬ。後へ退《さが》ってもどうせ死ななければならない運命なのだ。従って一名でも多く敵を殺し、此処で立派に戦死して世に名を残せ。

このように教えてやると臆病な兵も立派な戦闘をする」

斬り込み攻撃を行い、辛くも生き残ったのが、佐野満寿二さんだ。佐野さんは、敵の反撃で銃弾を受けたものの、一命をとりとめた。

佐野さんの中隊は、バレテ峠より南方に位置するプンカンに前進陣地を築いていた。味方がバレテ峠に陣地を築くまでの時間稼ぎと、敵の進撃を少しでも食い止めるという役割が命じられていた。

二月一三日、ついにアメリカ軍が陣地に姿を現し、佐野さんは斬り込みを実行する。

佐野満寿二さん

勇ましく出ていったようになるですけど、実際内心はああ嫌だなあこれは、こういうような役目はあんまりよろしくないなあと思うて、思いつつも、行けえいうことになりゃ行かないけませんしね。生きて帰ろう、とかなんとかいうようなことは全然考えておりませんでした。

出発してから初めはどんどん行きよりますけど、敵陣に近くなってからは、匍匐《ほふく》前進（地に伏したまま手と足を使ってする前進）で全員ぐんぐん蚕が這うように、ずーずーずーと、みんな這うんですわ。


そして佐野さんたちの目の前に、四、五人のアメリカ兵が現れた。

佐野さんは戦後、戦いの様子を詳しく書き残していた。部下の兵士とともに斬り込みに向かったときのことを、こう記している。


「其の夜、兵一〇名と共に、三角山の敵に対し、斬り込みを実施。

午後九時、企図を秘匿《ひとく》し、稜線の草原を、ゆっくり匍匐《ほふく》前進して越した。

木の枝にふれるわずかな音にも神経をとがらし、隠密裏《おんみつり》に前進する。

息を殺して匍匐を続け、敵陣地に接近する。

敵兵が五米先に見える。

私は菅野伍長の足をつついて、射撃突入を命じた。しかしどうしたことか応じない。

敵の機関銃が火を噴いたと思ったら、私は顔面を焼けたハンマーで殴られたような衝撃を受けて昏倒してしまった。

私の横には戦死した管野伍長が眠っている」

佐野満寿二さん

敵はすぐ前に、二メートルも一メートルもない、すぐ前におるんですけえな。私の前にいる菅野伍長は何も言わずに震えとるわけですわ。初めてですけん。

それで伍長の足をこんこんと突ついたもんですから、伍長がびっくり仰天して。それで、そうしたら敵が気づいて、バンバンと撃ってきたわけです。

向こうの（小銃は）は機関銃と同じくらいの弾が出るんですけん。こっちは一発弾を撃つのに三〇秒から一分かかるのに、向こうは、パンパンと引き金を引くごとに、なんべんでも弾が出てくるんです。

だから、こっちの人数が多くてもやられてしまう。

佐野さんは、至近距離から、顔から首の後ろに抜ける銃弾を受け、昏睡状態で倒れてしまう。仲間の兵士が野戦病院まで運んでくれ、何とか一命をとりとめた。しかしこの斬り込みで、五人の兵士が亡くなった。

佐野さんが大切に持ち続けているノートには、自分の部隊の兵士の名前が記されている。棒線が引かれているのは死んだ兵士。ほとんどの名前に線が引かれている。それが何ページも続く。佐野さんはそのノートを見ながら、「ほとんど死んでしもうたんです」と涙ぐみ、言葉にならない。
中隊長だった佐野さんの部下はおよそ二〇〇人、そのうち生きて日本に帰れたのはわずか四人だった。

自活自戦せよ

佐野さんたちの斬り込みは失敗に終わった。アメリカ軍は、佐野さんの陣地だったプンカンに激しい攻撃を行った。陣地は崩落寸前だった。それに対し、第一四方面軍司令部からはこんな緊急打電が届く。

「『プンカン』西南方拠点ノ喪失ハ集団長ノ最モ遺憾トセラレアル所ナリ。熾烈ナル砲撃下ニ於テモ陣地ヲ死守スル限リ長ク之ヲ保持シ得ルコト」

「盛ナル斬込ミト相俟《あいま》チ、飽《あ》ク迄之《までこれ》ヲ確保」せよという内容だった（昭和二〇年二月一九日、尚武派電一五四号特別緊急／国会図書館蔵「尚武發著信綴　バンバン派遣班長」）。

どんな激しい砲撃にさらされても、陣地を死守し、長く持たせせよ、盛んなる斬り込みで、という内容だ。逃げる場もない、退却も許されない、そんな絶望的な状況に置かれた兵士たちは、斬り込みを決行して死んでいくしかなかった。

当時、ルソン島で日本軍を指揮していた山下奉文大将は、食料をはじめ必要な物資は現地で調達し、戦い抜くよう命じていた。「自活自戦永久抗戦」という方針だ。

「陸海軍爾後ノ作戦指導大綱」(昭和一九年七月二四日)にこう記されている。

「極力各地ノ自活自戦能力ヲ向上シ、長期克ク独力ヲ以テ作戦ヲ遂行ス」

しかし、三〇万もの将兵が、食料を得て自活することは困難だった。日本軍は田畑や倉庫を探し、食料を調達。フィリピン人の同意を得ない事実上の略奪《りゃくだつ》も起こっていた。

一〇連隊の本部にいた畑野さんは、現地で食料を調達し、前線へ送るよう命じられた。

畑野 稔さん

食料がなくなってからも、現地のもんを食わさないといけないし、「前線では兵隊が草を食いよるから早うに送れ」という、またそういう命令が来て。私が一番心配しとった「米を盗んで送れ」というやつ。フィリピンでは、木の小屋に稲の穂を積んだやつが束にして詰めてあった。百姓の家はもうみんなそれがあるわけだ。それをもろうて牛車に積んで、水牛ももろうて前線へ送るのが仕事じゃった。

畑野さんは、斬り込みに行かせてくれと自ら志願したことがあったという。なぜそんなことを言ったのかと問うと、そのときの気持ちをこう語ってくれた。

畑野 稔さん

もう苦しいから。楽にならぁ。もう苦しまねえもん。もうわしは人のものを盗むんが仕事じゃけんなあ。現地の人は逃げておらんからかまわんようなもんじゃけど、こんなことしとってもいけんし、それから盗んだもの送るいうてももう送るものがないから。隊長に「斬り込みに行かせてもらえんか」言うて頼んだんです。そしたら「貴様、何を言いよんな。お前が死んだら、お前の仕事を誰がすんな。みんなの命を預かっとんど。行け。早うまた送れ」いうて、隊長に怒られて。結局行かせてもらえなんだ。

佐藤春雄（さとう・はるお）

一九二一年（大正一〇年）生まれ。

岡山県邑久郡出身。

一九四一年（昭和一六年）青年学校邑久土曜学校卒業。現役兵として歩兵第一〇連隊入隊。連隊砲中隊所属。

満州ジャムス駐留。

一九四四年（昭和一九年）台湾駐留を経て、フィリピン上陸。

一九四五年（昭和二〇年）衛生兵長として一〇連隊の傷病兵の治療に当たる。終戦当時、二四歳、兵長。

復員後は第一生命保険岡山支社に勤務。定年後は農業をして過ごす。

二〇〇八年（平成二〇年）現在、八七歳。


医薬品も底をついていた。戦闘で負傷したり、栄養失調やマラリアなどで倒れた兵士たち。壕の中に寝かされたまま、次々に命を落としていった。

衛生兵だった佐藤春雄さんは、死んでいく兵士たちを、ただ看取ることしかできなかったという。

佐藤春雄さん

特にひどかったのが、迫撃砲の破片を受けた傷。ガス壊疽《えそ》いうて、もう朽ちてしまうんですわ。紫になってしもうてね、亡くなるんです。もうガス壊疽になったら、絶対助からない。体がもう腐っていくんですからねえ。だから「衛生兵が来てくれ、佐藤衛生兵が来てくれりゃあせんか、死ぬまで、おい佐藤佐藤言うたで」いうて、そこの病院の兵隊が言うたときは、ほんとに、もうほんとに生きた気がせなんだわな。

それはなかなか息が切れんのですわね、ゴットンゴットンいうて顎《あご》を出して息するんですけどねえ、私も、「お前だけ放っておかないのだから、はようのう、もうあっちへ行ってくれ」と泣いたことあります。本当にもう寂しゅうて。自分も目の前で見えとんですからね、死ぬいうことが。

佐藤さんは、死んだ兵士の小指を焼いて骨にし、それを遺族のもとに届けるために持ち歩いた。

火薬を抱えて戦車に突っ込め

昭和二〇年四月、アメリカ軍はバレテ峠の突破を目指し、日本軍の陣地に徹底的に攻め込んできた。この時期になると、日本軍の斬り込み攻撃もまったく通用しなくなっていた。斬り込みを警戒し、天幕の周囲に鉄条網を張り、そこに高圧の電流をかけ、軍用犬を置くなどして対策をとるようになっていたからだ。

前線の兵士が次々と死んでいく中、後方支援の部隊にも斬り込みの命令が下された。光延一徳さんは、軍用車の運転や整備を担当する輜重兵《しちょうへい》だった。しかしそのころにはもう運ぶ物資も車を動かすガソリンもなくなり、車を土の中に埋めるような状況だったという。

その光延さんたちに爆薬が渡された。斬り込みは、破壊力を高める方法に変わっていった。橋や建物の爆破に使う黄色火薬、この火薬を抱えて敵の戦車に突っ込むことが命じられたのだ。

光延一徳（みつのぶ・かずのり）

一九二〇年（大正九年）生まれ。

岡山県備前市出身。

一九三三年（昭和八年）香登尋常高等小学校卒業。運送会社でトラックの運転手を務める。

一九四一年（昭和一六年）第一〇師団に入営。輜重兵第一〇連隊。満州ジャムスに駐留。

一九四四年（昭和一九年）台湾駐留を経て、フィリピンに上陸。

一九四五年（昭和二〇年）大隊本部自動車修理班付き下士官。弾薬や糧秣などの物資の輸送に当たる。バレテ峠で斬り込みを命じられる。終戦当時、二五歳、軍曹（輜重兵）。

復員後は神戸市の商店街で果物商を営む。

二〇〇八年（平成二〇年）現在、八八歳。

光延一徳さん

黄色薬を背嚢《はいのう》の中に入れて、そこから紐を出して、これを背負って行くわけ。それでほんと言うたらこれで戦車へ突っ込むわけ。人間が。

戦車が来て、轢《ひ》かれる寸前に。ある程度下敷きにならないかんから、戦車の外で爆発したらいけないから、戦車に轢かれてそれで引くんや。もう半分死んでるときに紐を引っ張るわけ。おそらく戦車に轢かれたら、もう夢中やろうね。

光延さん自身も火薬を背負い、斬り込みに向かった。しかし敵の激しい射撃に阻まれ、引き返したため、死を免れた。

光延一徳さん

そうやって死ぬのが最高の美徳であったんです、その当時は。それがやな、もう負け戦になって、そんなことで死ぬの馬鹿らしくなってくるでしょ。しまいにはそうですよ。いらんことでようけ死んどるんです。まずい指揮官の発想でやな、ほんまにどれだけの人間が死んだか。皆ええやつばかり死んでるんや。私らより立派な、もうもうほんまにもうかわいそうなもんやろ、二四や五で死んどんで、皆。なんで死にたいの、二四、五で誰だって死にたくないわ。それを皆死ぬのが当たり前みたいにしてやな、みんな殺された、死んだんじゃない、殺されたようなもんやあれは、皆。

日本軍のこうした決死の斬り込みは、アメリカ軍の目にはどのように見えていたのか。ルソン島で日本軍と戦ったアメリカ軍第二七師団の戦闘記録にこんな一文があった。「Group of enemy made〝Banzai〟charges」、「バンザイ突撃」敵艦に突っ込んで自爆する神風特攻隊と同じように、この斬り込みは、死ぬことを義務づけられた「陸の特攻」ともいえる悲壮な作戦だった。

新たな地獄の始まり

五月初め、バレテ峠の陣地はついに陥落する。日本兵七四〇三人、アメリカ兵二三六五人の死者を出した。兵士たちには、いったん退却して態勢を整えるよう転進命令が下る。しかしそれは事実上の敗走だった。西側から追って攻めてくるアメリカ軍の攻撃を逃れるため、兵士たちは東へと向かった。このころには、一〇連隊以外の師団や部隊も一緒になって、ちりぢりばらばらになりながらこの敗走の道を歩んだ。

転進先として兵士たちが目指したのが穀倉地帯であるカシブ方面。しかし、そこに至るまでには、大密林地帯を突破せねばならない。イゴロット族など山岳民族が住んでいる場所もあるにはあったが、奥深く進むと、そこは人跡未踏の世界が広がっていた。そこで待ち受けていたのは、想像を超える飢えと渇き。新たな地獄の始まりだった。ジャングルの中では、生えている草という草で、空腹を満たすほかなかった。兵士たちもそこであらゆるものを口にせざるを得ない、極限の体験をしている。

小野一臣さん

普通のシダ、この芯を食べる。どうして芯かというと柔らかい。皮は固くて食べれん。食べてまずかったのがヤマイモ。軸が太くて高さが二メートルくらいある。大きな葉っぱがあって、根っこにイモができる。それ食べたらデレーッと口が腫《は》れるんですわ。電気のようにしびれたようになる。それで私は「電気イモ」と呼んで、「電気イモ食うたらいかん」いうたんですけど、それ食うて死んだ者がおる。

長い飢餓状態が続き、体は徐々に、確実に衰弱していく。小野さんは、飢餓状態が続く転進のさなか、臨死体験をしている。

小野一臣さん

七月の初めころだったですかなあ。倒れたわけですわ。倒れて一日か二日たったか、それはほっきりせんのですけど、その間が結局、夢の中みたいでね。体は温かく、とにかく真っ白い空気の中をずーっと霧の中を歩いていくという感覚があった。気持ちがいいというんか、なんかボーッとして、痛みも何も感じないというか、何をしとるという意識は全然ない。なんと言ったらいいんでしょうね。二日ほどたったんだろうと思うんですけれども、「隊長、隊長」言うて誰か呼んでくれるんです。それでだんだん声が大きくなって、ひょっと気がついたらジャングルの中に寝とったわけです。そのまま死ねたら楽だと思うけどね。

転進の道のあちこちには、死体が目立ち始める。仲間の兵士も死んでゆく。小野さんは、木の根元で眠るように死んでいた仲間の姿を今でも覚えている。

小野一臣さん

起こしてみたら、目の玉が落ち込んどるっていうようなね、そんな状態でした。すごい顔になるんですよ。目はズドンと落ち込んでしまうしね、目の縁がずーっと黒くなってドンと目が落ち込んで、顎はガクッと開いちゃうしね。顔全体が黒ずんできますわなあ。それはとてもじゃない、まともに見られんですよ。

小野さんは、その兵士の体にシダの葉を一枚かけて、その場を去った。

衛生兵の佐藤さんは、もうこれ以上部隊と一緒に行軍できないと、手榴弾で自決していった仲間のことが忘れられないという。

佐藤春雄さん

一生懸命止めたんですけどね、聞いてくれなかったですね、うん……。「もうこれまでご奉公十分したから、もうこの辺で奉公の暇をもらいたい」いうて中隊長に申し出てね。中隊長も「何を言う」とまあものすごく怒りよりましたけど、もうそうなったらね、ノイローゼ。言うこと聞かんなあ。もうどうしょうもねえんですから。死にたいばっかしですからね、そうなったら。もうそのまま、中隊長ももうそれに「おめえが死にてえと思うなら、もうおめえの思いどおりにせい」って言いよりました。

それでその兵隊は「すまんけど煙草を一服吸わせてくれんかのう」いうてな。戦友の煙草をもろうて、うまそうに煙草を吸うてね、「ちょっと離れたところで死ぬから、すまんけど、土だけは掛けてくれのう」いうて戦友に頼んでね。自決していったんですよ。

たった一人でも生き抜こう

斬り込みで負傷していた佐野さんは、行軍について行けず、部隊から落伍していた。たった一人で食べ物を見つけねばならなかったが、もうその気力も体力も、ほとんど失っていた。佐野さんは、当時のことを手記にこう書き記している。

「食を与える者とてはなく。すべて、自己の行いによって、其の求むるところのものを得る。自己を信ずることによってのみ、可能の道はある。人生は闘いの連続。食するものもなく動く元気もない。想い出す昔の事柄。しかし死は一刻一刻迫りつつあるにもかかわらず、死に対する恐怖はない。不思議だ。このまま目を閉じれば明日は再びこの現実を見ることができない様な気がする」

佐野さんの目の前に、もう自力では越えられないという崖が現れる。持っていた拳銃をこめかみに当てて引き金を引いた。しかし、中には空薬莢《からやっきょう》しか入っておらず、死ぬことができなかった。

「吾精魂つきたり。難関は一人ではどうにもならぬ。左手はジャングル、右手は崖。濁流は音を立てている。今はこれまでと死を決す。胸ポケットの両親の写真はニッコリ笑っている。そうだ、もう一歩」

「ほの暖かい父の母の息吹はわが心の中に通う。生き抜き戦い抜かん」

佐野さんは、胸ポケットに両親の写真を入れて毎晩取り出して眺めていた。その両親に励まされ、もう一度立ち上がることができたという。

部隊から落伍していた佐野さんが食べる物といえば、木の実や小蟹。それ以外は、先を行く兵士の食べ残しを口にするしかなかった。佐野さんに、どんなものを食べたのかを聞いた。猿の頭を食べたこともあったと答えてくれた。

佐野満寿二さん

頭だけで脳みそしかないから。身とかみんな食べて、それで捨ててある。脳みそ食べたら、これくらいおいしいものないわと思ったわな。

極限の中の異変

耐え難いほどの激しい飢えが続く中、やがて兵士たちに異変が起き始める。

佐野さんの手記にはその様子がこう書き記されている。

「食を失った人間兵士たちの目は野獣の様。十光《じっこう》を放つ、そう云ふ己も!!

その光は日の立つ如くに生命維持の動物的原始の色さへ加へ、木の根、草の根、一応は口の中へ入れてみなければ承知せぬ。

食塩が絶えて幾月。兵士たちの顔は腫れあがり、手足の関節が麻痺する。

誰の顔を見ても能面のようです。まったく生気がない。

生きたまま棺桶の中に放り込まれたような型だ。

一歩一歩歩むことは、一歩一歩死に近づくような気がする」

そしてついに、極限の状況が訪れる。

一〇連隊の将校が当時書き記していた陣中日記の、八月二日の記述にこうある。

「死せる戦友の肉を取りて食しあるを見聞す」

「情けなき今の有様なり」

一〇連隊の元兵士たちに、このことについて尋ねた。

市原さんと仲間の中尾軍曹は、山の中で、日本兵の死体のそばにいる三人の兵士を見かけた。

市原　毅さん
「おい、ええ匂いがするのう。中尾軍曹、肉の匂いがせえへんか」言うたら、その向こうで三人、飯ごうで炊いて食いよる。それから一〇メートルほど行ったら左側に、太腿《ふともも》を帯剣ですごいた（そぎ落とされた）兵隊の死体。それを炊いて食いよる。それは嘘じゃねえ。もう（一緒にいた）中尾軍曹は死んどるけど、生きとんのはわしだけで。それは嘘じゃね

え。嘘言うたってしょうがない。本当じゃもん。

だからわしが「撃ち殺したるー」言うて。そら腹が立つ。わしらの戦友じゃったらもう許しゃせんけど、そやけどよその兵隊じゃから。中尾軍曹が「いっつぁん、放っとけい、もうどうせなら、あんなのには関わらん。あいつらも長いことあらへん」言うて。牛も何もおらんところじゃもん。

畑野さんは、頬の部分が切り取られた日本兵の死体を目撃していた。

畑野 稔さん

肉がありゃ、ほっぺたの肉を食うてみちゃれと思って、とって食うたんじゃねえかな。ほっぺたが二つともないんじゃもん、おかしいわそりゃ。そりゃ人間がやったに違いねえんじゃ。そのときおるんは兵隊しかおらんもん。うん。「もう飢えたらなんでも食いてえんじゃろうな」と思うたんじゃけどな。悪いことしようと思って食うとんじゃねえで。もう自分が腹が減ってもう食いとうて困っとって、そういうことをしたんじゃろうと思うけどなあ。わからんけど、見ただけで。ええことしとるなあと思った。

(食べた兵士は)悪いことをしたとは思うとらんのじゃねえかと思う。死んどんじゃもん。そんとき、ほじゃけん、どんな気持ちかはわしらにはわからんけえど、もう自分がもうなんぼにも腹が減ってもうたまらんけん、やったんじゃねえかと思うな。

もうほんと、人間じゃねえわな。まあそのくらい極限に追い込まれとったということじゃな、結局。いや、そりゃあな、やっぱし戦争いうものはこういうもんじゃと思うな。人間の極限から極限まで戦うんじゃな。みんなな、地獄を見る。もう地獄の再現じゃ。

終戦、収容所での体験

昭和二〇年三月、アメリカ軍が沖縄に上陸。本土への爆撃も始まった。八月六日、九日の原爆投下。そして八月一五日、日本は終戦を迎えた。

ところが、終戦になったことも知らず、八月の下旬になっても第一〇連隊の兵士たちはまだ敗走を続けていた。空から戦争終結を知らせるビラが撒《ま》かれていたのだが、兵士たちは、それを煙草のモグサをくるむ紙などとして使い、信じていなかったという。

そして八月二九日に尚武集団命令が下る。

「尚武集団命令　尚武作命甲第二〇〇三号
大命ニ依リ予ハ即時戦闘行動ヲ停止セントス
第一四方面軍ニ対スル作戦任務ヲ解除セラル
尚武集団長　山下奉文」

九月七日、兵士たちは、派遣された特使によって、初めて戦争が終結していると知らされる。

小野一臣さんは、終戦を知ったときのことをこう証言する。

小野一臣さん

行くとこまで行ったなあという感じですねえ。はっきり言うて。それがいいとか悪いとかいう感覚ではないですなあ。ついに終わったというよりは、これから先どうなるんだろうという感じがありますわね。ただもう部隊がなくなったらどうなるかという、未知数に対する不安です。

武装解除を受ける前日の九月一六日、一〇連隊はそれまで大切に持っていた連隊旗を焼き、正式に解散した。

小野さんは、軍旗の奉焼式で、式辞を読み上げた。幹部クラスの隊長たち十数人で旗を囲み、燃やす前に、旗の房を小さく切り、皆で分けて持つことにした。

兵士たちは、マニラ南方にあるカンルバン収容所に収容される。捕虜となった兵士たちはこでさまざまな経験をしている。

佐藤さんは、死に際を看取った兵士たちの小指の骨を遺骨代わりに持っていたが、収容所に入るときに取り上げられていた。

佐藤春雄さん

何もかも全部焼いてしまうんですが。そやからこれは遺骨じゃいうことを言うてもね、

「ノーノーノー」いうて放り込んでしまうんです。それからもうどうしょうもねぇ。取ってきてやれなんだんですわ。それで遺骨の代わりにと思うてね、幕舎の外へ出て、山の一番上に行って、小さな山ですから、その山のてっぺんでね、石をとってね、それを塩で磨いてね、一か月祈念してね、それをきれいな小川の水で洗って、日本に持って帰ったんです。

佐藤さんは、帰国したとき、その小石を遺族のもとへ届けた。

収容所でその小石を入れる木の箱を作ったのが、上等兵の市原毅さんだ。市原さんは大工だったため、木材で器用に箱を作ることができた。

収容所では、医療や土木など技術を持った者は、それぞれの持ち場を与えられていた。市原さんはあるとき、日本兵の処刑に使う絞首台の階段を作るように命じられた。そうした作業に関われば、その者は帰国が早められると言われていたが、市原さんは参加しようという気にならなかったという。

市原 毅さん

（Qなぜ作業に参加しなかったんですか？）

日本兵を殺すんや。戦友がやられんのや。そんなん行かんが。行きとうない言うてな。日本人を、戦友を殺されるような階段なんか作らん言うて、わしゃ行かなんだ。最後まで行かん。みな行きよるんじゃが。それはひどいよ。行ってみりゃあれ。ザーッと死体を埋めて、十字架を立てて捨ててしまいよる。焼きもなんもせんのよ。何百いうて。

事実、戦犯裁判による日本兵の処刑が行われていた。

また、戦犯裁判にかけられるよりも前に、収容所に入ったばかりの日本の兵隊を簡単に処刑するやり方がとられていたとする日本兵もいる。戦犯裁判の手続きが実際に省略されていたかどうかは別にして、戦争中に犯罪を犯した見覚えのある日本兵をフィリピン人に指名させて処刑する、いわゆる「首実検」である。

畑野稔さんは現地で食料調達を行っていたため、フィリピン人のゲリラに後をつけられ、命を狙われたことがあった。自分の行動を見ていた、自分の顔を覚えているフィリピン人がいるかもしれない、畑野さんはそんな不安に駆られた。収容所に入った畑野さんは、毎日のように首実検のために呼び出される。

畑野 稔さん

毎日フィリピン人の首実検があるんじゃ。フィリピン人が三、四人来て、日本の兵隊がずらっと並んどる中で、「この人です」言うて指さしたら、MP（憲兵）がすぐ連れて行く。ずーっと連れて行って、それでほかの兵隊に「あれはどこへ行きよるんな」と聞いたら、「この山の向こう側へユンボで大きな穴が掘られとるんじゃ」と言う。穴のへりに立たされて、ボーンと撃って、ドーンとひっくり返って、もうその穴の中へやるんじゃ。処刑。

ほんでそれを聞いてな、「こりゃあもう、わしは生きて帰れんな」と思うた。だから、遺書を書いて、首実検に呼び出されたときには、その遺書を隣にいた兵隊に渡した。「わしゃ指名される可能性があるけん」言うて。「ほんまや？　お前そんな悪いことしとんかい。どがんことをしただ？」言うけん、「それはもう言わん」いうて、言わなんだ。

フィリピン人に前を素通りされ、畑野さんは、首実検による処刑を免れた。

畑野　稔さん

初めのうちは毎日、一日に三べんくらい呼び出しに行きよったんや。しまいには毎日じゃのうて、一週間に二回くらいになってから、来んようになった。（生きて帰れて）ほりゃよかったなあ。船に乗せてもろうたら、「あー、わしはもうこれで生きて帰れる」思うた。ほりゃもう最高の喜びですわ、ええ。「これです」いうて指されてたら、わしは死んどる。

捕虜生活を終えた兵士たちは、日本に帰国。郷里の岡山へと戻った。

今も残る深い傷跡

生き残った将兵にも、戦争は深い傷跡を残した。

小野さんの頭から離れることがなかったのは、死んでいった戦友の存在だ。故郷を同じくする、一〇連隊の兵士たち。死と隣り合わせの戦場では、同郷の仲間とのつながりが唯一の支えだった。しかしその大半は帰らぬ人となった。

小野一臣さん

同じ環境でしょう。自分が満足して出てきとるの一人もおらんのですからね。そういう者がお互いに、お前はどうしたこうしたいうて、助け合うっていうかね、話し合うことが唯一の心の慰め。年齢が四〇超しとるもんもおる。そういう人が家族を残して、そしてまた結婚式場から引っぱり出されたのもおると。「お前、結婚式、嫁さん放っておいてきたんか」いうて泣かすようなこと言うてくるのもいてなあ。

小野さんは、フィリピンで戦い、亡くなっていった戦友たちの姿を絵に描き続けてきた。

敗走の途中で濁流に飲み込まれ、木の枝にぶらさがって死んでいた兵士。ヤシの木の根元で座ったまま眠るようにこと切れていた兵士。忘れられない兵士たちの最期の姿だ。

小野一臣さん

ほかに償いようがない。描くことによって思い出してやることしかなあ。話するわけじゃないけど思い出すいうか。あのときどうだったなこうだったないうことを思いながら、やりよるんですけどな。弔いになるかどうかわかりませんけどな。結局、忘れるいうことは失うことじゃないか。ときどき思い出してやるのもいいんじゃないかなと。

小野さんは、陣地に着くとすぐに（命令を伝達する）伝令を命じられ、部下を残し陣地を離れていた。帰ってきたときには部下の多くが死んでいた。

小野一臣さん

本当ならね、一人ずつの死に方、みな覚えてなきゃいけんのだもの、隊長たるものはね。それを覚えられへんの。とにかくもう引きずり込むのがやっと。帰ってきたら全滅の報告を受けただけなんです。部下は全部おらんのですから。そういった状態を見たらね、失ったもんは大きいなあ。

兵士たちは、戦争のもたらしたものを、どのように受け止めているのだろうか。小野さんにさらに尋ねた。

小野一臣さん

（戦争の意味を考えることは）比較的ないです。正直言って。極端に言えば、なるようにしかならなかったなという感じはありますね。それがよかったとか悪かったとかっていう批判はあんまりしたくもないし、してもいないです。

あんな戦争なんてしたくないですわ。何がよかったかって、いいことなんにもないもん。あれによって人間が鍛えられたとかなんとか、そこまで考えられんですもん。それよりも失ったもののほうが多い。

私が失ったっていうのは、うーん、どう言ったらいいんだろうな。第一、大事な友達なんていうのはほとんどいなくなったでしょう。人間的にもっと考えなきゃならんことを失っとるんですもんね。もっと人間らしさ、残しておいてもよかったような気がするね。

戦車に爆薬を抱えて斬り込みに行かされた光延さん。八七歳になった今でも、戦友のことをよく夢に見るという。

光延一徳さん

ようけ死んだもんの顔が出てくるよ。死んだもんがね、生きとんですよ、夢で。もうそれがね、話しよる夢をね、よう見るんですよ。また最近、特に年をとってね。戦争のことなんかは気になってしょうがない。死んだもんがかわいそうで。

そりゃあ私の人生でやな、あの戦争くらい強烈な印象はないんじゃから、もうほんとに。私ら生きて帰ってなんぼ苦労したいうたってね、生きとりゃええこともあった。いろいろ生活に苦労もあったよ。そりゃあったって、そんなもん苦労なもんか、何でもないや。帰ってきてもね、何もなかったよ。それでもやな、家内と結婚してやな、どうにか大きな波には乗れんかったけど、多少の波には乗ったからね。そやからこういうような家でも建てられたんよ。

生き残った兵士たちは、現地に遺骨収集に行ったり慰霊祭を行うなど、戦後、それぞれの形で仲間の死を弔ってきた。一〇連隊が死闘を尽くした戦闘の跡地、バレテ峠の山頂と、前進陣地のプンカンには、慰霊碑が建てられている。プンカンに立つ十字架の慰霊碑は、岡山で採掘された石を元兵士たちが飛行機で持ち込み、現地で自らの手で組み立てて造ったものだ。慰霊のときに持っていくのも、岡山で穫れたお米。異国で眠る亡き友に、少しでもふるさとを近くに感じてもらえるようにという思いからだ。

自責の念で生きてきた戦後

現地への慰霊の旅に出かけた兵士が多い中、現地に行くことができなかった人もいる。

フィリピンの農家から食料を調達していた畑野さんは、現地への慰霊の旅に何度も誘われたが、断り続けた。

畑野　稔さん

一回も行ってない。一回も行ってない。わざと行かん。というのは、百姓のものをいろいろもらったけん、気持ち悪いしな。フィリピンの人からしたら、わしらは盗んで食うた盗人じゃわな。うん、仕方がない。わしはもうそれだけのことをしとんじゃ。農民の一生懸命作ったその米と、それから水牛、馬車、こんなのを何台ももろうとる。それを一つも返すことはない。

日本軍が「自活自戦」の名の下に行った食料の略奪。そのために多くのフィリピン人が飢えで苦しんだ。畑野さんは、自らの行動について、戦後長く語ろうとしなかった。

畑野　稔さん

うん、ほじゃけんな。終戦後、帰ってきてもわしは話しません。そういうふうなことを言うて喜ぶもんでもないし、自分も好んでしたもんでないんじゃからな。ほじゃけん、わしはもうそんな話はせんので。ほやけど、わしが持っていった米でな、息を長らえてくれた兵隊も相当あると思う。それがもう、わしの、こう……慰めの気持ちじゃな。

畑野さんは、ぼろぼろになった小さく折りたたまれたお守りを見せてくれた。戦争中も、捕虜収容所でも肌身離さず身につけていたものだ。出征する前は、園芸学校の先生をしていた畑野さん、このお守りは、武運長久を願って学校の生徒や親にもらったものだ。このお守りが自分の命を救ってくれたのだと畑野さんは言う。

現地に慰霊に行けない代わりに、元兵士で岡山市の高松稲荷に建立した比島観音にお参りに行っている。

そして、毎日、仏壇に手を合わせることを欠かさない。

畑野 稔さん

神様に拝んで、こらえてもらいよるんじゃ。そうせんと気持ちが落ち着かんもん。八八まで生きさせてもろうたんじゃから。生きて帰ってずっと、六〇年一日も欠かしてない。家におるときには必ず拝んで休ませてもらいよるんです。

(Q戦後どのような思いで生きてこられたのですか?)

終戦後、生きさせてもろうとるから、できるだけその、社会のため国のために尽くさにゃいけんな、と。死んだもんの代わりぐらい一生懸命やらにゃいけんなという気持ちを持っておりましたな。

中隊長として部下を率いて斬り込みを行った佐野さんは、これまで自分の体験をほとんど語

ってこなかったという。その思いとは……。

帰国したときの佐野さんは、家の玄関から部屋に上がれないほど衰えていた。栄養失調でおなかが大きく膨れていた。その佐野さんの耳にこんなことが聞こえてきたのだという。

佐野満寿二さん

戦争で孫を四人も殺されたおじいさんが、家に帰ってきた私を見て「うちのは四人も死んだのに、えらい太っとんじゃなあ」言うて。栄養失調で水膨れになるんですな。それを「よく太っとるで、これだけ太っとりゃあ帰れるわな」いうて話しよるのを聞いて。「佐野さん、生きてることはいいことですよ。死んだら何にもなりませんよ」って言われたあのひと言が胸に突き刺さって。「ああ、こらもうダメだなわ」と思うた。うん、私申し訳ないことをした。

フィリピンにいたとき、生きること自体が難しい時期に、なんでそのときに死ねなんだろうか、三べんも四べんもあったのになあと思うて。


いたたまれなかった佐野さんは、死ぬことも考えたという。

妻の緑さん

うちのおじいさん、「あのままフィリピンの山の中で死んどったほうがよかった」なんて言うたこともあります。上（部隊を率いる中隊長の佐野さん）だけ生き残って、下の人がいっぱい死んどるでしょう。

佐野満寿二さん

そいじゃけど、朝、昼、晩、私のために拝んでくれた父や母のことを思うとかわいそうで、後に残すとかわいそうで困るから、そう思うて、死ぬのをやめたんです。

佐野さんの両親は、佐野さんが戦地に行ってから毎日欠かさず、近所の神社に無事を願ってお参りを続けてくれていた。

戦後六〇年余り、佐野さんは自宅でひっそりと暮らしてきた。

緑さん

おじいさんと出かけたことがないんです。おじいさんがちっとも出ん人ですけん。そうそう、やっぱり戦争の影響だと思います。子供が家を建てても病院開業しても絶対行きませんでしたけえ。

温泉行ったり物見遊山行く気がしなかったでしょう？

佐野満寿二さん

そりゃもう、あれだけみんなに死ぬることだけを奨めてきたのに、その本人が遊びよったんじゃいけませんし。そやから戦争だけは、したらいけませんよ、言うんですけど、やっぱしなあ、時代が変わってなあ、次々変わっていくんじゃろうなあ思う。

兵士たちは、戦争が終わった後も、この重い体験を封印し切れず、心の中に抱えて生きなければならなかった。

太平洋戦争中、フィリピンで命を落とした日本兵は五二万人。戦いに巻き込まれて犠牲となったフィリピン人は一〇〇万人にのぼる。生き残った兵士から、戦いの傷跡が消えることはない。

白数直美（ＮＨＫ岡山放送局 ディレクター）

第七章

青森県・陸軍第一〇七師団

～満蒙国境　知らされなかった終戦

中国東北部。かつて日本の傀儡《かいらい》国家・満州国があったこの地で、六二年前の夏、終戦を知らされぬまま、一四日間にわたって戦い続けた部隊があった。陸軍第一〇七師団。ソ連の侵攻に備え、満州国で編成された部隊だ。

昭和二〇年八月九日、ソ連軍が満州に侵攻、一〇七師団に襲いかかる。圧倒的な戦力を誇るソ連軍との激しい闘いが始まった。

八月一五日、日本はポツダム宣言を受諾し、連合国に無条件降伏。しかし、遠く満州の地で戦い続けていた一〇七師団に停戦命令は届かなかった。

終戦後に行われた戦闘と行軍で一三〇〇人以上が死亡、生き残った兵士たちはシベリアに抑留された。彼らはなぜ戦い続けなければならなかったのか? 停戦命令はなぜ届かなかったのか?

突然のソ連侵攻

中華人民共和国・内モンゴル自治区。モンゴルとの国境にほど近い地方都市・アルシャンは

かつて陸軍第107師団が置かれた中国東北部、アルシャンの街

人口五万ほどの地方都市だ。太平洋戦争当時、モンゴルはソ連の影響を強く受けていて、国境の街・アルシャンは日本にとって重要な軍事拠点だった。日本軍は満州国の権益を守るため、ここに陸軍第一〇七師団を置いた。

一〇七師団が編成されたのは昭和一九年六月。兵士の多くは青森、岩手、秋田など東北各地から集められた若者たちだった。当時、満州国にあった二四個師団の中でも最前線で、ソ連の侵攻に備えた。

日本とソ連は昭和一六年に日ソ中立条約を締結し、相互不可侵を約束していた。しかし、五年の期限が切れる前の年の昭和二〇年四月、ソ連はこの条約を延長しないことを通告してきた。にわかに現実味を帯びてきたソ連軍の脅威。アルシャンでは緊張が高まっていた。

関東軍総司令部の作戦は、満蒙国境でソ連軍を食い止めること。一〇七師団はこの作戦に従ってソ連軍を迎え撃つべく、アルシャン南方の五叉溝《うさこう》に新たな陣地を築いていた。

　八月九日、アルシャンは快晴の朝を迎えた。この日も兵士たちは六時に起床。いつもどおりの任務が始まろうとしていた。そのとき、異変が起きる。

山田新一郎さん

　なんだか、もう、先輩の連中方、こう、丘のほうに上がって盛んに、あの、アルシャンの街のほうを見てるわけ。「何かあったんですか」と言ったら、「何もかも、今、あそこにアルシャンの上空に飛行機が飛んできてる」ということを聞いて、「あれ?」と思ってね。

　われわれが見たこともない飛行機といえば、敵のソ連の飛行機だよね。「ああ、これは越境してきたのかな」なんて思っ

山田新一郎（やまだ・しんいちろう）

一九二五年（大正一四年）生まれ。秋田県上小阿仁村出身。

一九四四年（昭和一九年）秋田県立鷹巣農林学校卒業。

一九四五年（昭和二〇年）現役兵として第八師管区が置かれていた弘前に集合。満州に渡り、第一〇七師団野砲兵第一〇七連隊に入隊。ソ連参戦当時、二〇歳、陸軍幹部候補生。上等兵。イントールにて武装解除。シベリアに抑留。

一九四九年（昭和二四年）シベリアから復員。

　復員後は林業に従事。その後、福島市で材木会社に勤務。

二〇〇八年（平成二〇年）現在、八三歳。

森鍵直蔵（もりかぎ・なおぞう）

一九二四年（大正一三年）生まれ。岩手県盛岡市出身。

一九四三年（昭和一八年）盛岡夜間中学校卒業。

一九四五年（昭和二〇年）現役兵として弘前の捜索第五七連隊に入営。満州に渡り、ハルピンの第一〇七師団捜索第一〇七連隊に入隊。ソ連参戦当時、二〇歳、一等兵。号什台の戦いにおいて、迫撃砲弾の破片で左手負傷。イントールにて武装解除。チチハル陸軍病院に入院。

一九四六年（昭和二一年）コロ島から復員（佐世保）。

　復員後は家業（木工業）に従事した後、岩手大学に文部技官として勤務。

二〇〇八年（平成二〇年）現在、八四歳。

ておったら、爆弾落としたわけ。下でバンと火柱が上がって、あっ、これは大変だと、戦争が始まったんだな。

森鍵直蔵さん

外へ出て空を見上げたら、外蒙（外蒙古＝モンゴル人民共和国）、蒙古と満州の国境の上空をヘビ状に長く飛んでいるんですね、相当。いや、渡り鳥かなと思って見ていたら、だんだん近づいてきたらものすごい音が聞こえてきたんですよ。おお飛行機だ、これは、日本もまだこんなに飛行機いるんだったら、大丈夫だなと思ったんですよ。それがソ連の飛行機。駅近くの住宅街に爆弾を落としたんだね。そこに陸軍官舎もあったと思うんだけれどもね、それがこっぱ微塵に天に舞い上がるんだね。ちょうど、ビラを撒《ま》いたようにヒラヒラと落ちてくるんです、空からね。それを見て、いやぁ、いよいよ戦争だなと思ったんです。

佐藤 武さん

兵舎の脇に兵隊が何人もいるわけだ、バラバラと。ちょっと角度を変えてね、ビューッと下がってきたじゃないですか。おっ、何これと思っていたら、マークが日の丸じゃないしね。そこへちょっと見ている間に、パッパッパッと（撃って）きたじゃない。

見えてる兵隊を狙ってきているわけですよ。ずーっと下がってきたらね、乗ってるその真っ赤な顔したゴーグルみたいな眼鏡をかけた兵隊の顔が見えてね、こんちきしょうと思ったけども、こっちは弾を込めてない鉄砲を持ってるだけですしね。パッパッパッパッパッとだいぶ前から続けてバーッと行くんですよ。これはただ事ではないんだ。開戦になったんだ、戦闘になったんだと。

佐藤 武（さとう・たけし）

一九二四年（大正一三年）生まれ。秋田県由利郡本荘町（現・由利本荘市）出身。

一九四一年（昭和一六年）秋田県立工業高校冶金科卒業。釜石製鉄所に就職。

一九四五年（昭和二〇年）現役兵として第八師管官が置かれていた弘前に集合。満州に渡り第一〇七師団野砲兵第一〇七連隊に入隊。ソ連参戦当時、二〇歳、上等兵（陸軍幹部候補生）。イントールにて武装解除。シベリアに抑留。

一九四七年（昭和二二年）シベリアから復員。復員後は建設業などに従事。

二〇〇八年（平成二〇年）三月逝去。享年八三。

撤退命令が招いた壊滅的打撃

八月八日深夜、ソ連は日ソ中立条約を一方的に破棄、日本に対し宣戦布告を行った。翌九日未明には一五〇万を超える兵員と五〇〇〇両の戦車、そして五〇〇〇機の飛行機で満州国へ侵攻を開始した。

不意を突かれた関東軍総司令部は、満蒙国境でソ連軍を食い止めるという作戦を急きょ変更する。新しい作戦は、満州国のほとんどを放棄し、新京付近に新たな防衛ラインを設定するというものだった。

翌一〇日、一〇七師団に新たな命令が下る。「敵の前進を遅滞せしめつつ、速やかに新京に

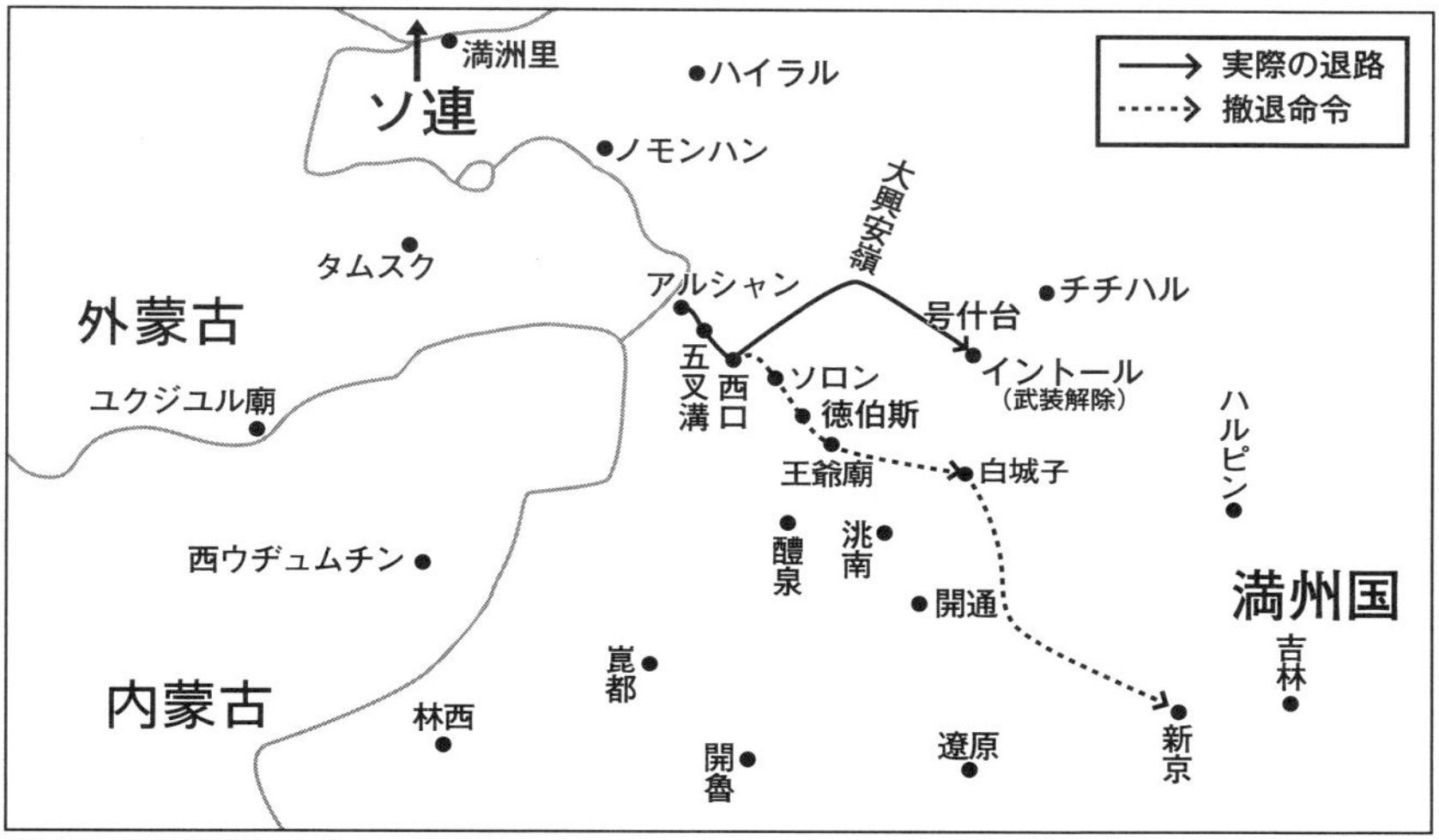

第107師団の作戦行動図

撤退せよ」六割がた完成していた五叉溝の陣地を捨て、六〇〇キロも離れた新京まで撤退する。満蒙国境を死守しようとしていた一〇七師団にとって、思いもよらぬ命令だった。

熊谷史郎さん

関東軍は、朝出した命令が夕方には、もう次の変わった命令がくるわけですよ。どうしていいか、わからないんですよ。だから、われわれのとこに来た命令、最後はみんな五叉溝に集結して一戦交え合おうと、陣地を造ってあるからね。言うたところへ、新京へ集まれと、こうでしょう。あの長い道をね、アルシャンのほうから五叉溝のほうから新京まで、行列作っていけるもんかと。

不安は的中する。一〇七師団はまず、歩兵

二個大隊と砲兵二個大隊を中心とする先遣隊が撤退を開始。しかし、機動力に勝るソ連軍の戦車部隊に先回りされ、壊滅的な損害を受ける。

木島久雄さん

ドーンと打ってきた戦車砲。なんだあと思ってびっくりして山の上、ちょうどね、あそこのわれわれが野営準備しておったところの山というのはだいたい五〇メートルぐらいの小山なんですよ、そこの上に敵の歩兵、それから戦車が上がって、拝み撃ちにわれわれを撃ってきた。そうしているうちに重機関銃からね、その間、自動小銃、戦車砲、めちゃめちゃに雨あられと食らう、頭上げられない。バッと伏せてね、バーッと弾は入ってくるね。こら、エライこったと思った。

熊谷史郎（くまがい・しろう）

一九一四年（大正三年）生まれ。広島県深安郡加茂村（現・福山市）出身。

一九三一年（昭和六年）福山誠之館中学校卒業。

一九三三年（昭和八年）広島予備士官学校卒業。

その後、配属将校として各地にて勤務。

一九四一年（昭和一六年）第一〇七師団野砲兵第一〇七連隊に入隊。

一九四五年（昭和二〇年）ソ連参戦当時、三〇歳、大尉（第一大隊長）。索倫の戦いで戦闘を指揮。イントールにて武装解除。シベリアに抑留。

一九四七年（昭和二二年）シベリアから復員。

復員後は、広島県呉市において呉地方駐留軍勤務を経て、在日米軍通訳職を務める。

二〇〇七年（平成一九年）一〇月逝去。享年九三。

木島久雄（きじま・ひさお）
一九二五年（大正一四年）生まれ。秋田県由利郡下郷村（現・由利本荘市）出身。
一九四三年（昭和一八年）秋田県立本荘中学校卒業。農林省秋田営林局に就職。
一九四五年（昭和二〇年）現役兵として第八師管区が置かれていた弘前に集合。満州に渡り、第一〇七師団野砲兵第一〇七連隊に入隊。ソ連参戦当時、一九歳、上等兵（陸軍幹部候補生）。興安南省帯海営子においてソ連軍戦車隊と一〇時間に及ぶ激戦で大隊長以下四〇〇余名戦死。自らも後頭部に負傷。一人となり満州の荒野をさまよい（彷それで中隊長に来た。バーンと来たと思ったら、中隊長の首なくなっちゃってバタッと。軍刀を右手にやって首がないんですよ。（戦車砲の）破片で持って行かれちゃって。そして戦友はバタバタ倒れる、うんうん。

最初、私、弾薬車の陰に伏せてたでしょう。それで三〇メートルぐらい前へ進んで、銃剣抜いて穴を掘った。それで伏せた。後ろでバーンという音がするんだ。ほうって見たら今までおった弾薬車、影も形もないんだ。戦車砲の直撃でぶっ飛んじゃって。影も形もない弾薬車に行ったらね、一人の兵隊が両手なし、それから脚もない。胴体だけで、バッと血を流して死んでいる。

それで戦場はね、もう泣き叫んだり、戦友が負傷する。それから「お母さん、お母さん、お母さん」と死んでいく、ねえ、それはもうすごいんです。

まあ、地獄ですね。地獄。地獄。うん。

そうしているうちに、私も、やられた。それで後頭部、バーンと殴られたようで。直撃ではなかったけど破片ですね。戦車砲の破片、それでやられて。目から火が出るんですね、バーッと。そしたらおふくろの顔がバッと出てきた、おふくろの顔が。そして意識失って、あと沈んじゃった。あと全然わからない。

倒れたのが、だいたい八時半から九時ごろですよ。四時半から始まった戦闘で、私が倒

徨距離二〇〇〇キロ）、土佐開拓団に救われる。
一九四六年（昭和二一年）コロ島から復員（佐世保）。
復員後は秋田営林局復職を経て、（株）木島商店を開業。
二〇〇八年（平成二〇年）現在、八三歳。

れたのは。中隊長が首がなくなって、それからまもなく私もやられて、そこへ倒れて。

　それで、蘇生したのが、一五日の三時ごろです。夜中の三時ごろ。どうして蘇生したかというとね、バケツでぶんまけたような大雨が降っとった。雨が降って寒いもんだから、それで目覚めた。頭は痛いし、もうどうなっているって。今でも私の頭蓋骨ね、変形してますけれども。頭の中へ今でも戦車砲の破片が、今でも入ってますけどね。

阿部敬蔵（あべ・けいぞう）

一九二三年（大正一二年）生まれ。岩手県胆沢郡前沢町三日町（現・奥州市）出身。

一九三六年（昭和一一年）前沢尋常小学校卒業。

一九四四年（昭和一九年）現役兵として第四師管区が置かれていた大阪に集合。満州に渡り、第一〇七師団歩兵第九〇連隊に入隊。

一九四五年（昭和二〇年）ソ連参戦当時、二二歳、上等兵。牛汾台、西口などで戦闘。徳伯斯で終戦を知る。シベリアに抑留（チタ州のジプヘーゲンの収容所から、製靴工としてチタ市内へ）。

一九四九年（昭和二四年）シベリアから復員（東舞鶴）。復員後は靴店を営む。

二〇〇八年（平成二〇年）現在、八五歳。


一方、最前線に残っていた主力部隊も撤退を開始するが、ソ連軍の戦車部隊に追撃され、大きな被害を受けた。

阿部敬蔵さん

　四中隊、五中隊、六中隊と、こう並んだわけですわね、兵隊が。ところが、戦車がこうして来たから、ここのところに対して、兵隊が一生懸命、弾撃つけんども、当たるけんども故障はしねえのよ。なしてかというと、日本の兵器の弾というのは、戦車を傷めるだけの弾を持っていねがったんだ。

それから、もう一つは、破甲爆雷《はこうばくらい》というやつあるんですよ。ちょうどミカン箱ぐらいなんですよ。その中さ、爆雷が入ってるんですよ。そいつを今度は兵隊が背負ってくるの。背負って、鉄砲とか自分の弾とかというのは、そこさ、ぶん投げて、そして、ここのところの道路の脇さ、土掘って隠れてんの。そして、隠れているやつを、戦車は、こう、前へ回ってきたときに、この戦車の下へ入る。この破甲爆雷を背負ったまま戦車の下へ入る。入るというと、戦車は爆発するわけだ。

ところが、彼らもバカでねえから、この爆雷を持ってきた兵隊が戦車の脇さ来たと思うとね、戦車から機銃掃射するんですよ。ダーッと機関銃で撃ってくるの。そうすると、モクモクと動くでしょう、この兵隊が。それ目がけて撃ってくる。

俺はちょうどそこにいだったから、そこにいたからね、戦車にやられるやつがすぐわかるんですよ。なしてかというと、土埃が上がるからね。爆雷が破裂すれば、土の埃がバーンと上がるんだもの。

爆雷もうまくキャタピラーの中に入れれば、これは走行することは不可能だけんども、(たいていはうまくいかないから)動かしてみれば動くから。なんら、今度は、四(中隊)、五(中隊)、六(中隊)と、みんな、めちゃくちゃ、めちゃくちゃに踏んづけられたわけさ、おらのほうの各中隊は。だから、めちゃくちゃにやられたの。ほとんど玉砕なの。

「精強百万関東軍」と謳われ、日本陸軍最強の名を欲しいままにしてきた関東軍。しかし、ソ連軍の前になす術もなく敗れた。背景には大本営の南方戦線重視があった。大本営は、戦況が悪化していた南方戦線を強化するため、昭和一八年頃から関東軍の兵器や兵員を次々に南方へ移転させていたのだ。戦力は、最盛期の三分の一にまで落ち込んでいた。

金子 裕（かねこ・ゆたか）

一九二〇年（大正九年）生まれ。東京都渋谷区出身。

一九三五年（昭和一〇年）陸軍幼年学校卒業。

一九四〇年（昭和一五年）陸軍士官学校卒業。関東軍野戦重砲第二〇連隊に配属。関東軍通信隊を経て関東軍参謀部。

一九四五年（昭和二〇年）終戦時にソ連軍に軍使として派遣され終戦交渉を行う。当時、二五歳、大尉。その後、少佐に任じられるも、ウクライナに拘留される。

一九四八年（昭和二三年）復員。

一九五三年（昭和二八年）中央大学卒業。

　その後、中小企業金融公庫に勤務。

二〇〇八年（平成二〇年）現在、八八歳。

金子 裕さん

納得いかないところもありましたけども、今の南方の兵力ではとても米英には立ち向かえないと。そのためには、今まで精鋭を誇った関東軍を向けるのは、これはやむを得ないだろうと。満州の冬にね、夏服で部隊移動やってるわけですよ。

みんな全部釜山に集めて、釜山から船で南方に。そういうような状況でしたからね。ですから、もう関東軍は空になってたんですよ。（在留邦人の根こそぎ動員で）人数合わせただけで。

関東軍という異名は、これはもう天下に冠たるもんだったですからね。関東軍は満州事変以来、強いということに徹底してましたから。ですから、その衣を着て、中身を入れ替えてたわけですね。

ソ連軍の猛威

満蒙国境から撤退してきた一〇七師団の主力部隊は、八月一四日、アルシャンの南東九〇キロにある西口《シーコー》郊外の原野で、先回りしていたソ連軍と激突。翌一五日には、追撃してきた部隊にも追いつかれ、挟み撃ちに遭う。

ソ連軍は重戦車や連続発射のできるロケット砲、毎分九〇〇発連射の自動小銃など、圧倒的な火力で一〇七師団に襲いかかった。

阿部敬蔵さん

ちょっと考えてみれ、こっちはね、一発弾でしょう、三八《さんぱち》式歩兵銃というのは。拳銃だって一つしか出ないの、自動でねえからね。ところが彼らはね、全部自動小銃だものね。だからね、ものすごいんだ。弾飛んでくること。だから日本人なんかね、見事なもんだ。見事にやられる。

あのね、叫んでいるうちはいいほうだ。「痛い、痛い、痛い」って叫んでいるうちはいいほう。ここから血が出るとか、こっちの足がね（な）くなったとかいうのは。あとはもう出血多量で死んでるよ。そばさ行って声をかけるということはできねがったね。行ったときにはもう死んでるもの。

怪我した者、死んだ者、半分ぐれえいねがったな。一五〇人ならば七〇人ぐらいは一つの戦闘で。

石口 栄さん

将校さんが一番先頭になって、やっぱり鉢巻さ、日の丸の旗をつけて、「突撃ー」と声をかけて突っ込んだの。目の前で見てたの。前に行ったか行かないかで、みんな次々、バタバタバタバタバタと倒れていった。

船橋榮初さん

砲がだんだん近づいてきて、今度は集中砲火されるわけよ。もう落ちて破片が

石口 栄（いしぐち・さかえ）

一九二四年（大正一三年）生まれ。

山形県南置賜郡万世村（現・米沢市）出身。

一九三九年（昭和一四年）万世高等小学校卒業
一九四五年（昭和二〇年）現役兵として第八師管区が置かれていた弘前に集合。満州に渡り、第一〇七師団野砲兵第一〇七連隊に入隊。ソ連参戦当時、二一歳、一等兵。シベリアに抑留。

一九四九年（昭和二四年）シベリアから復員。

復員後は米沢にて国鉄に勤務。

二〇〇八年（平成二〇年）現在、八四歳。

船橋榮初（ふなはし・えいはつ）

一九二四年（大正一三年）生まれ。

青森県上北郡野辺地町出身。

一九三九年（昭和一四年）城内尋常高等小学校卒業。

一九四五年（昭和二〇年）現役兵として第八師管区が置かれていた弘前に集合。満州に渡り、第一〇七師団野砲兵第一〇七連隊に入隊。ソ連参戦当時、二一歳、一等兵。西口の戦いにて負傷。

北朝鮮の三合里収容所に収容される。

一九四七年（昭和二二年）復員（佐世保）。

復員後は営林署に勤務。

二〇〇九年（平成二一年）一月逝去。享年八四歳。

飛んでくる。どこから飛んでくるかわからねえの。いや、砲弾が当たったとき、とにかく腰をビーンと金槌か何かで引っぱたかれると、そういうふうな感じで、ビーンと痛くて痛くてどうにもならなかったですよ。

新山誠一（にいやま・せいいち）

一九二一年（大正一〇年）生まれ。青森県南津軽郡大鰐村（現・大鰐町）出身。

一九三六年（昭和一一年）大鰐高等小学校卒業。

一九四三年（昭和一八年）現役兵として新潟高田の独立山砲兵第一連隊に入隊。満州に渡り、第一〇七師団野砲兵第一〇七連隊に入隊。

一九四五年（昭和二〇年）ソ連参戦当時、二三歳、兵長。イントールにて武装解除。シベリアに抑留。

一九四九年（昭和二四年）シベリアから復員。

復員後は青森県南津軽郡平賀町（現・平川市）で、時計店を営む。

二〇〇八年（平成二〇年）現在、八七歳。

新山誠一さん

とにかく雷がさ、頭の上で二つも三つも一緒になっているような音だ、向こうのカチューシャ砲（ロケット砲）。一回に五、六発来るんだ。それがいっぺんに跳ねるんだから、ほんとにそれこそ度肝抜かれたもんだ。

こっちは一発一発撃つでしょう。あっちは一回に五、六発。それだからあっちの数はものすごいんだ。

佐藤 武さん

なんせ、向こうの兵力っていうんですか、火力というんですか、持ってる武器が全然違いますんでね。だから、あそこで歩兵部隊が全滅に近い形になりましたね。

チョロチョロ、チョロチョロ水の音がするもんで、ああ、これは水飲めるなと思って行ったら、沢水みたいなのが、水じゃなくて真っ赤な血の流れですよね。それがチョロチョロ、チョロチョロ音を立てて流れてるんですよ。

石口 栄さん

水があったからこうして口をつけてドクドクと飲んだの。なんか臭いなと思って飲んだんだけれども、明るくなってから見たらば、それが血の色なんだ。人間から出た血が混ざってたの。溜まった水がみんな赤くなっているのよ。人間の血液が入っているから。それを飲んでいたという、口から出しようがねぇんだもの。口から飲んだのは吐くといったって、吐くに吐けないからね。

敗戦、届かなかった停戦命令

西口での絶望的な戦いのさなか、不思議な出来事が起こる。八月一五日、太陽が真上に昇ったころ、ソ連軍の砲撃が一斉に止んだというのだ。

山田新一郎さん

もう敵の戦車もすぐ見えるんだよ。向こうのその、俺の歩いてきた、逃げてきたところにね。あの戦車の（砲弾を）一発くらったら、もう、もろともわれわれ吹っ飛んでしまうのに。なんであのときに、こう、戦車が来てるんだよ、戦車の砲身が、ダガダガッてなってるのに、ああいうのを一発くらったら、われわれもう全滅なのに、なぜ撃たないのかなあ、とは半信半疑であったんだ。

砲撃中止っちゅうか、何かっちゅうか、連絡が入って、われわれに撃たなかったのかなあ、ちゅうような感じを、後で持つわけ。

八月一五日正午、日本では玉音放送で国民に終戦が伝えられていた。これで一〇七師団の戦闘も終わるはずだった。しかし、一〇七師団に停戦命令は届かなかった。

満州の関東軍総司令部に大本営から正式な停戦命令が伝えられたのは翌一六日の夕方。「徹底抗戦すべし」という意見が大勢を占める中、山田乙三《おとぞう》総司令官が停戦を決断、満州の各師団に停戦命令を伝え始めたのは、一六日夜一〇時を過ぎてからだった。

一五日の午後、終戦を知らない一〇七師団はなおも戦い続けていた。その戦いで亡くなった戦友の記憶は、今も兵士たちの脳裏に刻まれている。

石口 栄さん

「痛い、痛いー」ってこうしてやったの（腹を押さえる）、水飲んでから。「どうした、渡辺」と言ったら、「やられた、やられた」と、こうしてやってる（腹を押さえている）から、

「渡辺、どれ」って帯剣をとって開けてみた。そしたら血が出てる、今度は血どころじゃない、腸が出ていた、大腸。大腸が出てきてるから、今度はだんだん出てくんだよ。腸は動くでしょう。出てきて、グゥグゥグゥーッて、こう、腸が動いてるの。助けようないでしょう、腸出てる人間だもの。

佐藤　武さん

どんどん下から弾薬箱を上げてくるんですよ。何個目かのときに、誰だったか、これはやっぱり、初年兵なんですよ。山形の兵隊さんでね、「今、下で渡辺が負傷した」と。戦死とは言わない、負傷したと。上官が飛んできて、自分の軍刀を抜いて、「渡辺、これで腹切れ」と言ったら、「俺は死にたくない」と言って、素手でその軍刀を払ったって言ってたのはね、同じ初年兵だったですよ。

山田新一郎さん

「帰りたいんだ山田。帰りたいんだ。山田」そして、自分の胸のポケットから取って、「これがうちの子供とカカアだ」って、出してくれた写真。こういう白い服着てね。「俺、確か、買った服、買った服」なんて言ったわけだけれども、今度は大事な写真、これを届けてくれっちゅうから、それを、写真を取ったら終わりだと思った。彼はね。「いや、これはお前が持ってろ。これはお前持ってなきゃダメだ」って写真をポケットの中にしまい込んで、そうして、「元気でいろよ、元気でいろよ」って言っているうちに、だんだん言葉もなくなったし、目を閉じたような状態でしたから。あのとき、もう脈なくなったのが、もう最期だったかと思うんだね。

あのとき、「家に帰りたい、家に帰りたい」って話した、うわごとを言った、渡辺の顔と、あの写真が、やっぱり今考えても、目に残ってるわね。

どうすることもできないんだ。足でもなんでも全身火傷して、「苦しい。殺してくれ、殺してくれ」と言う人を目の前にして、上官が来て拳銃を渡して「あの人を撃って楽にしてやれ」っちゅうんだから。こっち見ながら、こうやってね。バンと撃って。

やあー、「あんたという人は冷たい人だな」と思うかもわからないけれども。それが戦争なんだちゅうの。それを話していると、朝までかかったって俺の気持ち、整理できないんだけれども。

新山誠一さん

大砲のさ、大砲の一〇メートルぐらい先に敵の弾落ちてるんだ。パーンといったと思ったら、耳が聞こえなくなるぐらい。その耳音が静まったとき、顔上げたときは。もう二番砲手（砲弾を撃つ係）が前にのめって倒れていたわけ。鉄帽の前のところから後ろに（砲弾の破片が）抜けて即死。唸《うな》り声も何も聞こえねえ、即死だ。私は三番（砲手）なもんで、弾を詰める役なわけよ。うん、二番砲手の後ろにいるんだ。

本当にかわいそうだけど、どうしようもないね、戦争がもたらしたものだからな、戦争なければ死なないですんだ。もう少し早くわかっていれば死ななくてもよかったの。結局、満州の新京の司令部のほうで停戦をもっと早く教えていれば。

処分された「暗号書」、知らされなかったラジオ放送

終戦から二日後の八月一七日、このころになると、満州の各師団に停戦命令が伝えられ始め、続々と日本軍の武装解除が行われていった。しかし、一〇七師団に停戦命令が伝わることはなかった。

当時、軍の命令は、敵に伝わらないよう暗号化されて送られていた。解読するには「暗号書」が必要だ。しかし、一〇七師団は、その「暗号書」をすでに処分してしまっていたのである。

森鍵直蔵さん

一三日の午後三時ころですね。西口の真ん中を流れている、中央を流れてる小川があったんですよ。そんなに幅広くないんですけれどもね、そこのほとりで「暗号士集まれ」というわけで、われわれ一〇人ぐらい集まったのかな、もちろん下士官も丹野曹長もおられたと思うんですけれども。そこで、「ここで暗号を全部焼却する」ということになったんで、はて、暗号書を焼いたら、もう、はあ、おしまいだなと思ったんですね。これ、玉砕覚悟

かなと思ってね、目の前には参謀長が立っておられたからね、ずっと見ておったからね。「どうして焼くんだ」と聞くわけにもいかないしね。これだけは命令だから。

柳行李《ごうり》を脇に持って降ろされたんですよ。それから、暗号書を引っ張り出して焼いたんですよ。一冊ずつね。もちろん乱数表も入っておったと思うし、電報用紙も入っておったんですよ。全部とにかく焼却しろというわけでね。大変にかかったね、時間が。そして焼き終わるころになって、参謀長は帰って行ったんですよ、戦闘司令所のほうへね。何も言わない。「ご苦労」とも言わない、帰って行かれたんですけどね。

その後、その夜ですね、参謀長は自決したんですね。その戦闘司令所からいくらも離れないところにね、馬車に乗って当番兵を連れて行ったんですよ。途中から当番兵は帰されたと。「帰れ」と。自分だけが馬に乗って行ったという。その後まもなく自決されたということですね。

辛かったね、もう本職をとられるようなもんだからね。暗号書から全部焼くんだからね。自分の身分がなくなってしまうわけよ、暗号士としても。

焼いた後、われわれ一〇人ばかり「われわれの任務は終わったから特攻隊に行こうか」と言ったんですよ。そしたら、そこに上官が来てね「お前らは特攻隊に行ったらダメだぞ。最後までこの司令部に残って、玉砕するまでいるんだ」って言われたんですよ。いよいよ玉砕するのかなと思ったんですよ。そんなこと言われてね。

暗号書さえ焼かなかったらね、連絡とれたんですよ。軍団司令部にしろ、方面軍司令部からもね。それが全然もう途絶えたもんだからね。

西口で大敗を喫した一〇七師団の敗走が始まる。雨で山道はぬかるみ、物資を運ぶトラックは動けなくなった。乗り捨てて退却する際には、物資が敵の手に渡らぬよう、トラックごと焼却するのが軍の決まりとなっていた。

この退却の混乱のさなか、悲劇が起こる。指揮命令系統が混乱し、後続の部隊が退却してくるにもかかわらず、トラックに火が放たれてしまったのだ。

小岩一男（こいわ・いちお）

一九二三年（大正一二年）生まれ。岩手県西磐井郡萩荘村（現・一関市）出身。

一九三八年（昭和一三年）萩荘高等小学校卒業。

一九四四年（昭和一九年）現役兵として第四師管が置かれていた大阪に集合。満州に渡り、アルシャン駐屯砲兵隊第五中隊に入隊。その後、第一〇七師団第一〇七連隊に入隊。

一九四五年（昭和二〇年）ソ連参戦当時、二二歳、兵長。イントールにて武装解除。シベリアに抑留。

一九四九年（昭和二四年）シベリアから復員（舞鶴）。復員後は会社員（ボイラーマン二〇年）を経て、自営業（ボイラーの販売修理）を営む。

二〇〇八年（平成二〇年）現在、八五歳。

小岩一男さん

西口から山の中に入って、薄暗くなったとき、自動車爆発があってね、そこを通った九中隊の方々が一〇人ぐらい死んだのかな。輜重隊《しちょうたい》の車に火をつけたもんだから、パーンってね。一〇メートル、二〇メートル上がったんでしょう。ドラム缶さ石油入ってて、弾薬もありましたからね。それ火をつけたんだから。そのガソリンが馬にかかって、ほれ、背中ボウボウ燃えながらね、お腹からはらわた出してね、引きずって、もう。

混乱ですかな、混乱、混乱。トラック行ったってね、山道のほうはだんだん険しくなるもんだからさ、ちょっと調子の悪い車は駄目、置いていくからね。そして物は積んでいるし、敵に渡せんねえからということで、火つけるの。

新山誠一さん

火柱立っていて、ワーッと上がって、二、三回火柱立ってたな。まあ、一〇メートルぐらいは高く上がっちまうんだな。その辺、真っ赤に見えた。そのときはさ、火柱が上がっているのは、また、あそこで戦争始まっているんだなと思った。

そこへ到達して、初めてトラックに積んでいる燃料が跳ねたということがわかったんだ。湿地にはまってトラックが動けなくなってるわけ。弾薬積んだり、食料積んだり、油積んだり。それでほら、敵に取られれば困るから、焼いたり、火つけたんさ。それが燃えて、ちょうど、そこを通った部隊が爆発で。そこで死んでしまったのがおったんだ。

満蒙国境から新京へ向かって撤退していた一〇七師団。しかし、ソ連軍に進路を阻まれ、深く険しい大興安嶺《だいこうあんれい》の山中へと大きく迂回《うかい》せざるを得なくなった。大興安嶺は標高一五〇〇メートルの山々が連なる中国有数の山脈地帯。夏でも夜になると冷え込み、凍死することもあるという。敵の手に渡ることを恐れ、暗号書を焼き捨て、通信手段を失ってしまった一〇七師団は、何の情報も得られないまま険しい山道をひたすら進むことになった。

八月一八日。新京からのラジオ放送でも、終戦の事実が満州全土に伝えられた。一〇七師団の安部孝一師団長も、大興安嶺の山中でそのラジオ放送を聞いていた。しかし、停戦や武装解除に踏み切ることはなかった。

戦後、師団長が書いた手記（安部孝一『日ソ戦における第百七師団の作戦』一九六二年 非売品）に、そのときのことが記されている。「無線機のラジオ受信により新京から放送した終戦の事実を知ったが、謀略放送の疑いなきにしもあらずと考え、部下に之《これ》を知らせなかった」あくまでも日本の勝利を信じる師団長は、ラジオ放送を謀略と判断し、部下にも伝えることなく、戦い続けることにしたのだ。

熊谷史郎さん

謀略という、あれでしょう。嘘か本当か真偽は確かめられないわけですよ。そういう謀略戦というのは日常茶飯事のことでしたからね。目の前の敵が攻めてる以上、じゃあ、どうせいと、こうやる（両手を上げて降参するポーズをとる）気にはなれませんよね、第一線の兵隊が。撃たれれば撃つ。来れば構えていくという戦法で南へ南へと行く。戦場の師団の首脳部全員が南方、新京、奉天へ向かっていくんだという本能的な行動ですよね、これは思うに。

森鍵直蔵さん

私らは戦闘に勝ってると思っていたんですよ、ソ連に。負けると思って戦えないからね、必ず最後には友軍が来ると、それまでわれわれ戦って、そのうちに友軍が来て、戦うという考えだったね。

佐藤 武さん

それだけ日本の教育というのは、明治維新以来ね、よくあれまで徹底するぐらい教育、国民教育したと思いますよ。その忠君愛国という名の下にね。一つも疑うなんて気持ちなかったですもんね、私らは。

飢餓と疲労の中で倒れる兵士たち

撤退を開始してから一週間余り。一〇七師団は終戦を知ることなく、命令どおり新京を目指して進んでいた。険しい大興安嶺の山中で、食料は底をつき、落伍する兵士も出始めた。

梅田昌二さん

もう物を食ってない、腹が空いているものだから、歩くのもようやくフラフラしているみたいだから、悪いことしても、盗んでも、物を食って生きなければならない環境に置かれているからね。上品なことをしゃべってられない、何でも草でも、鶏でも豚でも捕まえて、生でも食うというぐらいの気持ちでないと、とても満州の荒野で生きていかれないからね。

佐藤 薫さん

歩兵の人は、みんな、あの、そこらに寝てましたね、ええ、なんぼ起こしても起きないんですよ。あの人たちはおそらく落伍してしまったんじゃないかなと思いますけどね。

山田新一郎さん

落伍した人はわれわれの行く途中にもいっぱいあったよ。でももう目をうつろにしてね。だけど、その連中をなんとしようもないんだ。物を食わすったって自

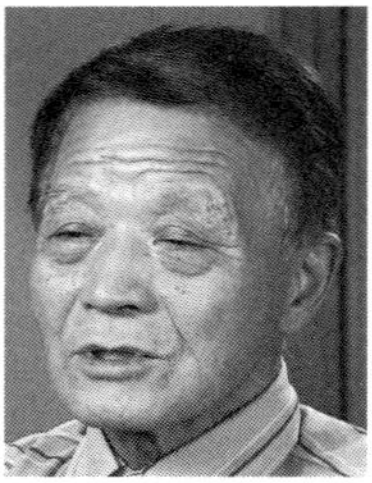

梅田昌二（うめだ・しょうじ）
一九二六年（大正一五年）生まれ。青森県三戸郡倉石村（現・五戸町）出身
一九四三年（昭和一八年）青森県立三本木農業学校卒業（繰り上げ）。
一九四四年（昭和一九年）青森県三八地方事務所に就職。
一九四五年（昭和二〇年）現役（志願）兵として第八師管区が置かれていた弘前に集合。満州に渡り、第一〇七師団野砲兵第一〇七連隊に入隊。ソ連参戦当時、一九歳、一等兵（幹部候補生志願）。シベリアに抑留。
一九四七年（昭和二二年）シベリアから復員。復員後は、農林省作物報告事務所勤務を経て、パチンコ店、衣類販売、クリーニング店を営む。
二〇〇八年（平成二〇年）現在、八二歳。

佐藤 薫（さとう・かおる）

一九二三年（大正一二年）生まれ。樺太泊居郡名寄村出身。

一九三八年（昭和一三年）名寄高等小学校卒業。

一九四四年（昭和一九年）現役兵として第四師管区が置かれていた大阪に集合。満州に渡り、第一〇七師団野砲兵第一〇七連隊に入隊。

一九四五年（昭和二〇年）ソ連参戦当時、二一歳、兵長。シベリアに抑留。

一九四八年（昭和二三年）シベリアより復員。復員後は運送業や建設業に従事。

分の食う物もないんだから、本当に自分の知ってる人であったってね、もう一緒に連れてくることができなかったんですよね。あそこで、誰が落伍しても何ともならなかったんだ、もうどうしようもなくて。

二〇〇八年（平成二〇年）現在、八五歳。

小岩一男さん

精神異常きたすというか、何て言うか、もう、どうでもいいという気分になっちゃうんですね。疲れて、疲れて、疲れて、ものを考える意識なくなっちゃってもう。もう、どうでもいいとなっちゃうから、うん。

失敗に終わった飛行機での捜索

終戦から四日たった八月一九日。関東軍総司令部は、まだ連絡のつかない一〇七師団に終戦を伝えるため、飛行機による捜索に乗り出す。捜索は民間の航空会社「満州航空」の飛行機を使って行われた。搭乗したのは関東軍の参謀ら五人。パイロットは満州航空の下里猛さん。満蒙国境地帯の地理に詳しいことから抜擢された。

下里 猛さん

司令室に呼ばれて、行ったところが、管区長や本社の人事課長、運航部長もおったかな、そのほかに中心におったのは、関東軍の薬袋《みない》参謀と、それから金子大尉ですかね。それから、通訳の方もおりました。主に、そういう人たちに、面接みたいに向かい合って座って、「一〇七師団は、無線が途絶えて、状況がわからないで戦っている模様だから、そこへ停戦命令を伝達してほしい。それには、満航の飛行機以外にはないから、ぜひ頼む」と言われたんですよ。

絶対撃ち落とされると思ったですね。もう日本の空軍力ってないんですから、初めっから、全部。降伏文書が出る前は、いわゆるソ連軍が入ってきたときから。いわゆる制空権っていうのは、初めからないんですよ。満州の制空権っていうのは、向こうにあるんですよね。日本側にはない。飛べば、もう撃ち落とされるかもしれない。

僕は根っからの飛行機野郎だったので、これが俺の最後の飛行機、乗れるんだなと、別に恐ろしいとは、そのときは思わなかったんですね。よし、これで俺の最後の飛行機、決

下里 猛（しもざと・たけし）

一九二三年（大正一二年）生まれ。中国黒竜江省昂々渓出身。

一九四〇年（昭和一五年）ハルピン日本中学校卒業。

一九四一年（昭和一六年）津田沼町帝国飛行学校卒業。二等操縦士免許取得。ハルピン飛行協会勤務、一級滑空士免許取得。

一九四三年（昭和一八年）岐阜陸軍飛行学校卒業。任陸軍伍長。満州航空株式会社入社、一等操縦士、二等航空士免許取得。

一九四五年（昭和二〇年）終戦当時、軍使輸送、満航機のシベリア輸送に従事。

一九四六年（昭和二一年）ハルピン市から引き揚げ。戦後は長崎県の小学校教員を定年まで勤めた後、有益語学学院講師を務める。

二〇〇八年（平成二〇年）現在、八五歳。

まったと思ったんですね。で、行くぞとやっぱり思いました。

下里さんと参謀ら五人は、一〇七師団を探すため新京を飛び立った。しかし、ソ連が飛行を許可したのは新京から、一〇七師団が陣地を築いていた五叉溝までの鉄道線路に沿ったルートのみ。自由な捜索は許されず、日数もわずか一日だけ。撤退ルートを大きくそれ、大興安嶺の山中をさまよう一〇七師団を発見することはできなかった。

金子 裕さん

空から見るけれども、いないんですよ。この辺だったらいるんじゃないかと思って、日本兵がね、全然いないんですよ。そりゃあ時間さえくれれば、いくらでも捜しますよ。だけれども飛行機でもって時間制限されてましたでしょう。もう、ああいうことになるとね、大っぴらな行動はできないでしょう。ですからね、飛行機からこう捜すっちゅうても、なかなか見つからないんですよ。

五叉溝に到着した参謀たちは、そこで異様な光景を目にする。鉄帽、水筒、飯ごう、軍服……。日本兵たちが残したさまざまな装備品が一面に散乱していたのである。慌ただしく撤退を開始した様子が手にとるようにわかった。それほど遠くへ行けるはずがない。参謀たちは確信した。

捜索に当たった参謀の一人、金子裕さんは、ソ連軍の現地司令官に捜索範囲の拡大を求めた。しかし、認められることはなかった。

金子 裕さん

こっちももっと捜させろと言ったけれども、このとおりじゃないかと。日本兵が一人もいないと。どこを捜すんだというわけですよ。（でも）現にそういう日本製のいろんなものが散らばっているわけですからね。いたことは確かなんですよ。ですから、そのいたことをどこかでつかもうと思うんだけれども、つかめなかったと、こういうことですからね。もちろん悔しい思いはありましたね。

最後の戦闘、捨て身の闘い

八月一七日、日本では東久邇宮稔彦王《ひがしくにのみやなるひこおう》による新内閣が誕生、新たな国の建設が始まろうとしていた。その頃、満州の一〇七師団は、大興安嶺の山中でいつ終わるともしれない行軍を続けていた。食料はすでに底をつき、飲まず食わずで歩き続ける兵士たちの疲れは極限に達していた。

八月二五日、一〇七師団はようやく大興安嶺を抜ける。しかし、号什台《ごうじゅうだい》でソ連軍に遭遇してしまう。厳しい行軍の間に、武器弾薬の大半は失われていた。兵士たちに残されたのは捨て身の攻撃だけだった。

終戦を知らされず、壮絶な戦闘が繰り広げられた号什台

田中忠治さん
「突撃せーっ!!!」ちゅうんだもん。立ったら蜂の巣だべさ。ああ、今度はね、俺ら何人ずつ、盾にならなきゃなんないか。それから考え直したわな。したけど、死ぬのはなんとも思わんな。もう、すっかり、頭おかしくなってんだ。

（敵は）われわれの目の前にいるんだから。そこまで、五〇メートルくらい目の前に、山、下がったところで。ちょっと行っただけでも撃たれるんだから。たまらんて。犬死にだって。情けねえ、武器ないんだもん。犬死にさ。

森鍵直蔵さん
どんどん弾が飛んでくるんでね。すごい砲撃されてね。伏せたんですよ、そこに。われわれの何人、一〇人ばかりおったんだけども、伏せて立ち上がることできないんですよね、どんどん飛んでくるもんだからね。

　そのうちに一発の迫撃砲弾が目の前に落ちてしまって、ボカーンとやられた、炸裂《さくれつ》したんだね。見たら手からシューシユーシューシュー血が飛び出してるじゃない。だから、すぐに三角巾を取り出してグルグル巻いたんだけどもね、すぐビショビショになるのね。

栗林徳次郎さん

　銃持ってた人、何名ぐらいいたかわからねぇんだ。寄せ集めの兵隊ばかりだで。うん。来る来る、弾は。あっちの自動小銃はね、バババババッと来るもんだのよ。見習士官、鼻から喉に抜けて、即死だべ。中隊長腿《もも》やられで、なんぼ出血止める気

田中忠治（たなか・ちゅうじ）

一九二三年（大正一二年）生まれ。北海道夕張郡夕張町（現・夕張市）出身。

一九三八年（昭和一三年）夕張高等小学校卒業。国鉄に入社。

一九四四年（昭和一九年）現役兵として旭川北部第三部隊（歩兵第二七連補充隊）に入隊。その後、満州に渡り、第一〇七師団歩兵第九〇連隊（連隊本部）に入隊。

一九四五年（昭和二〇年）ソ連参戦当時、二二歳、上等兵。イントールにて武装解除。シベリアに抑留。

一九四八年（昭和二三年）シベリアから復員。

復員後は北海道炭鉱汽船に勤める。

二〇〇八年（平成二〇年）現在、八五歳。

栗林徳次郎（くりばやし・とくじろう）

一九二二年（大正一一年）生まれ。

青森県南津軽郡（現・平川市）出身。

一九三五年（昭和一〇年）大坊尋常小学校卒業。

一九四三年（昭和一八年）現役兵として新潟県高田の独立山砲兵第一連隊に入隊。満州に渡り、第一〇七師団野砲兵第一〇七連隊に入隊。

一九四五年（昭和二〇年）第一〇七師団挺身大隊に転属。ソ連参戦当時、二三歳。シベリアに抑留。

復員後は食料・雑貨の仲卸業を営む。

二〇〇八年（平成二〇年）一月逝去。享年八五歳。

になって、紐でもって、こうして血止めしたって、止まんねえでよ。とうとう死んでまった。

号什台で繰り広げられた壮絶な戦い。この戦闘だけで二〇〇人が亡くなった。命をかける意義をすでに失ってしまった戦場で、多くの兵士が死んでいった。
しかし、彼らの死は無駄ではなかった。一〇七師団最後の、そして捨て身の攻撃はソ連軍にも大きな被害を与えていたのである。「戦争は終わったはずなのに、まだ戦闘を続けている部隊がいる」ソ連軍は関東軍総司令部に抗議、停戦を要求。再び、飛行機による捜索が始まった。

森鍵直蔵さん
飛行機が飛んできたんですよ。見たら日の丸の旗が、日の丸が付いてるんですよ。いやぁ、ようやく友軍が来たと、喜んだんですよ。

佐藤 薫さん
そしてビラ撒いたんですよ。関東軍司令官・山田乙三って「無条件降伏したから武器を返納せえ」という、私たちの上空に来てビラを撒いてね。

日の丸をつけた飛行機が上空から撒いたビラ。一〇七師団の兵士たちはようやく、長い長い戦いの終わりを知った。八月二九日。終戦からすでに一四日がたっていた。

森鍵直蔵さん

それで、そのうちに飛行機が着陸したんだよ。そしたら、やっぱりなんだな、それから降りてきたのが、ソ連の将校なんだわね。日本の参謀二人と、（ソ連の将校一人の合わせて）三人。そして、師団司令部の場所へ行ったんですね、通訳も連れて、それで師団長に初めて終戦の詔書を伝達したんだね。

そして、ただちに軍用トラックに、大きな赤い旗とね、日の丸の旗と白い旗と立ててね、そして、溝井参謀が乗って行ったのを見たんですよ。それには、もちろんソ連の将校が乗っていたと思うんですけれどね。軍使（戦争時に交渉のために遣わされる使者）として来たソ連の将校が乗って疾走して行ったんですよ。（近くまで迫っていたソ連軍の部隊に）戦いをやめるように伝えるためにね。

石口 栄さん

ところが、日本軍は一兵、一人になっても日本では無条件降伏なんてあるわけがないんだと。一兵たりともソ連軍の宣伝に踊らされては駄目だと。日本は戦争に負けるわけがないという人と、日本は負けたんだという人と、今度はパチパチが始まっちゃうから。軍刀を抜いて暴れまわったり、立ち木を切ったりするやつがいて、喧嘩《けんか》をやったのよ。

佐藤 武さん

そしたら、将校集合というようなことで、その飛行機のところへみんな走って行きましたがね。ちょっと話をして、帰ってきたと思ったら、こういう舞台を作れと、連隊長は箱を重ねて、台を作らせて、そこへ上がったと思ったら「このたびは戦争をやめたんだそうだ、終わったんだそうだ」と。「まあ仕方ない。持っている武器はここへあれして、いったん日本へ引き揚げよう」と。「英気を養って捲土重来《けんどじゅうらい》、また出直してこよう」と。でかい声で檄飛ばしたんですよ。

それから、わあわあわあ泣く者は泣く。騒ぐ者は騒ぐね。「俺はまだやるんだ」というはりきった将校さんもいましたね。

われわれ兵隊は、そうかと、しょうがないと、言うとおりに持っている武器を全部そこへ、広場へ、山積みにして、何もかもごちゃごちゃにしてね。ほっとしましたね。ほっとしましたよ。

熊谷史郎さん

見るとね、もう大軍でしたよ。これだけの軍隊が来とったんだと、ソ連の参謀が見せてくれましたがね。それはすごい。戦車と大砲がずーっと見渡す限り並んでましたからね。だから、一個師団くらいおったって、屁の河童だったんですね。あれ、もしやってたら、全滅ですよ。そういう状況でしたからね。

苛酷な運命〜シベリア抑留の日々

日本軍の中で最後まで組織的な闘いを続けた陸軍第一〇七師団。停戦命令を解読する暗号書を焼き捨て、ラジオによる終戦の告知を無視。終戦後も続いた戦闘と行軍で、一三〇〇人が命を落とした。

ようやく知った終戦。しかし戦い続けた一四日の間に、満州のはるか西、モスクワの地で、彼らの運命を大きく変える決定がなされていた。八月二三日。ソ連国家防衛委員会が出した一通の指令。日本人捕虜五〇万人をシベリアに抑留するという決定を伝えるものだった。

圧倒的兵力を誇るソ連軍との激戦と、厳しい行軍を生き抜いた将兵たち。終戦を知り、ようやく家族の待つ日本へ帰れると思った彼らが連れて行かれたのは、極寒のシベリアだった。生き残った陸軍第一〇七師団一万人の新たな悲劇が始まった。

田中忠治さん

「ヤポンスキー（日本人のこと）、小屋建てて、ここへ住め」っていう命令だもの。そして、ノコとマサカリとソリを置いて行ったわけさ、そのとき俺は、「ああ、ここでみんなしばれ（凍え）て死ぬんだな」と思ったたな。

ソ連の戦後の経済復興のために行われたシベリア開発。一〇七師団の将兵たちはこの事業に労働力として投入された。連日、森林伐採や鉄道工事などの厳しい労働が課せられた。温かな住居も十分な食料も与えられず、栄養失調や病気で亡くなるものが相次いだ。

小岩一男さん

赤痢か、赤痢なんだべねえ。腸が崩れるんだからね。で、栄養とれないから、げっそりもげっそり、ほんとね。

ミカン箱に穴っこ開けて座ってんのさ、昼間。何回も何回も降りてくるのは、腸が崩れてね、血と血膿とね、二～三滴、バタバタと。いやあ、あれで参ったな、俺もこれで終わりだと思ったけね。

阿部敬蔵さん

毎日死ぬ、五人か六人。そのときはそのまま寝てしまうんでねえのか、栄養失調というのは。

そのまま置いておくと、今度は腐れてくるわけだ。だからダメだというので、みんな引っ張り出して外へ出すわけさ。それで朝になって、そいつを今度、雪の中でソリっこさ乗っけて、山さ持って行って投げてくんの。だって（地面が凍って）掘れねえもの、ナタで掘ったって、とうてい一〇センチと掘れねえんだもの。だって氷点下三〇度から三五度だもん、掘れるわけねえんだもの。

俺もいつかこうなるなと、ただそれだけさ。みんなそうだ。そんなことを語って、みんなで投げてくんだよ。「ああ、今度は俺、死ぬかもしんねえぞ。おめえ、俺んこと投げてけろな」「そんなこと言ったってわかんねえ、そのうちに俺もなっかもしんねえ」みんな、お互いにそうだ。お互いにそう思ってるんだもの。

山田新一郎さん

仕事から帰ってくるというと、彼のところに見舞いに行くわけよね。彼は、やっぱり、(赤痢だから) 一人前もらって食いたいから食おうと思うんだけれども、もう一日三〇回も便しているんだから (食わないで残してくれている)。「桜庭、どうした?」なんて言えば、「うーん」なんて。「今日、何回便に行った?」とか、なんとか話していると、「ちょっと待ってな」なんて言うと、自分の昼に残した食料を「これ食え」って、持ってきて俺に食わすわけよね。俺、それ食いたくて行くんだから、彼のところへ見舞いに。まさに餓鬼道だよね。今考えるとまったく情けないんだけども、そういう気持ちになってしまったちゅうの。(そして、彼が亡くなって) 実際、私が行ってね、一人では (墓地) に持って行けないから、医務室にいる人に頼んで持って行って、掘ってあった穴に埋めてきたの。

そのとき、なんとして、(家族に) これを教えたらいいのかと思ってね。遺品を持って行かなければならないと思ったんだけれども、遺品らしいものは何一つないんだもの。はあ。だから俺、持って行ったスコップでね、小指をこうやって置いてね、小指をこう切って持って来て。それを今度は薪《まき》で焼いて、それを骨にしてこれを持って行こうと思って、持って来たの。ところがもうナホトカで行ったり来たりしているうちに、そういう私物の検査とか何度かされて、ソ連の人方がなんと思ったか知らないけれども、もうなくなってしまったんです。

戦争の記憶は今も

平成一九年（二〇〇七）七月。福島県南会津町の旧家に、シベリアでなくなった一〇七師団の元兵士の遺骨が帰ってきた。

遺骨の発見に尽力したのは一〇七師団の元砲兵・山田新一郎さん。慰霊のため四回にわたってシベリアに赴き、当時の資料を基に埋葬地を探し出した。

終戦から六二年。生き残った兵士たちの心の中に、戦争の記憶は今も生々しく刻み込まれている。

山田新一郎さん

「なんで遺骨収集に行くんだ。シベリアの墓参に行くんだ」って言うんだけれども、あの苛酷な苦しみの中から、そういう中からね、やっぱり命を拾ってきたんだから。それじゃ、亡くなった人はどうなるんだと。その人のためにやっぱり行って墓所を拝んでき、また遺骨を持ってきて家族に渡すことは、これ、俺が生きているための一つの使命じゃないんだろうかなと。ただ、それだけ。なんにも理屈も何もないんだ。うん。

梅田昌二さん

どうしてこうなったのかな、つうみたいにね、結局、われわれは何も知らないで、山の中をただただ戦争しながら逃げてきたんだなと。

若くして命を落とすのは、将来がある人間が何のために死ななければならないかという、そのいわば一つの犠牲者だなと思うね、犠牲者。まったく命あっての紙切れみたいな存在だったと思いますね。

熊谷史郎さん

そりゃあね、わからなかったから最後に飛行機飛ばして来たと言うけれども、その間、何日あるんですか。昨日今日だったらわかりますよ。ところが、一五日から二九日っていったら二週間はあるでしょう。その間にね、自分の部下の師団の行動がつかめないという上級司令部は、こりゃもう、あるべからざることですよ。

栗林徳次郎さん

一五日過ぎてから大分死んだでばな。あれがらずっーと、みな殺されてきたもんだもの。まだ、終わったつうこと、わがんねえでな。うん。その前にわがってれば、西口あたりで、戦争さないでもいいんだしよ。うん、思い出さるるな、戦友どもが死んだりしてるどこ。

阿部敬蔵さん

あんな地獄な場所ってねえんだわ。それは言葉でねえんだもの。現実に見てきてるんだもの。見てきたものは、ああ脳みその中さビシッと入ってしまってんだ。うん。それを消すことはできねえんだもんね。もう死ぬまで消えねえんだ。

高橋　司（NHK青森放送局　ディレクター）

おわりに

元兵士たちの証言を記録しようとする今回のプロジェクトは、二〇〇七年の年が明けた頃から準備に取りかかり、同年の夏に最初の七本シリーズを放映しました。現在では、月一本のペースで放送を続けていますが、当初は不安に満ちた船出でした。番組を担当するディレクターの大半は、証言者の孫かひ孫にあたる世代で、なかには祖父母も含めて戦争体験者が一人もいない家庭に育った者もいました。

防衛省が編纂した公刊戦史や、戦友会がまとめた部隊戦史などで十分勉強して取材にあたるよう指示を出しましたが、ベトナム戦争さえも知らずに育った若者たちです。最前線の戦場で生死の境をくぐり抜けてきた元将兵の方たちが、果たして彼らの取材を快く受けてくださるだろうか。何か失礼な言動をしたりしないだろうか。毎日のようにメールや電話で取材の進行状態を確認する日々が続きました。

しかし、それはどうやら杞憂だったようです。証言者の方たちの多くは、快く若者たちを迎え入れてくれました。最前線の戦場に立った方たちは、多かれ少なかれ心の傷を抱えています。上官の指示とはいえ自分の命令で部下を死なせてしまったことに、生涯自責の念を持ち続けている人。負傷してやむを得ず連合軍に捕らわれても、捕虜となったことを未だに恥じている人。激しい飢えをしのぐため、やむを得ず現地住民の食料を奪ってしまった人もいます。撮影を終えた素材テープには、こうした言いにくい過去を、必死にこらえて絞り出すように証言する姿が刻まれていました。なかには、並んで座っていた奥さんが、「私も初めて聞きました」と語る声が一緒に録音されているテープもありました。

戦争を知らない若者たちが、机上の勉強だけで発した質問に、何時間もそして真摯に答えて下さる態度には、ただただ頭が下がりました。そして、このまま何も言わずにいれば、自分たちが体験したことはなかったことになってしまうという、証言者たちの切実な思いがひしひしと伝わってきました。ひょっとすると若いディレクターたちだったからこそ、取材を引き受けていただけたのかもしれません。人生の最終盤を迎えて、出来るだけ若い人たちに戦争体験を語り継ぎたいと考え始めている方が増えていると言われるからです。今回の一連の取材でも、子供か孫に対するように、身振り手振りを交えて出来るだけ分かりやすく語ってくださる方が数多くいました。

彼らの言葉は、次世代に向けた遺言でもあります。その証言は、将来誰もがアクセス出来る形にして公開される予定です。このアーカイブスが、研究者をはじめ戦争という時代に向き合おうと考える人にとって、有益なものに育つよう期待しています。しかし、残された時間はわずかしかありません。二〇〇七年夏に放送した最初の七本シリーズに証言を残していただいた方のうち、現時点ですでに一〇人もの人が他界されました。心よりご冥福をお祈りいたします。

本書と番組には、以下の方たちの大きな協力を頂きました。勉強不足の私たちに戦史に関する様々なアドバイスをくださった一橋大学・吉田裕教授、証言収集をする連隊や師団の選定に貴重な示唆を与えていただいた埼玉大学・一ノ瀬俊也准教授、そして中々筆の進まないスタッフを辛抱強く励ましてくれたＮＨＫ出版・高井健太郎さん。改めてお礼を申し上げます。

二〇〇九年一月　　ＮＨＫ「戦争証言」プロジェクト　専任ディレクター　太田宏一

証言者一覧（敬称略。本文登場順）

第一章　千葉県・佐倉歩兵第二二一連隊
～西部ニューギニア　見捨てられた戦場

内田平八郎／宮嵜喜重／板垣正雄／小川昌康／
白石 忠／村田 登／彦久保基正／野口大吉／飯田 進

第二章　福岡県・久留米陸軍第一八師団
～北部ビルマ　密林に倒れた最強部隊

古瀬正行／坂口 睦／中村敏美／井上 咸／
永松一夫／大西 清／古野市郎／高平三郎

第三章　三重県・鈴鹿海軍航空隊
～マリアナ沖海戦　破綻した必勝戦法

前田 武／黒田好美／甕 正司／池田岩松／作田 博

第四章　福井県・敦賀歩兵第一一九連隊
～ビルマ　退却戦の悲闘

辻 安太郎／岡田信一／塙 亮／緩詰修二／
中井昌美／中野珪三／高田 栄／宮部一三／
金森喜三郎／上田一馬／喜多利夫／山崎喜一

第五章　静岡県・歩兵第三四連隊
～中国大陸打通　苦しみの行軍一五〇〇キロ

飯塚 清／山崎行男／勝又 馨／大塚敏男／
川村芳太郎／安本金八／神谷秀一／見城兼吉／
酒井健蔵／深津秀夫／石井久作／岡野欣一／
梅島与平／鈴木峰雄

第六章　岡山県・歩兵第一〇連隊
～フィリピン最後の攻防　極限の持久戦

佐野満寿二／畑野 稔／小野一臣／市原 毅／
横山泰和／平林克巳／佐藤春雄／光延一徳

第七章　青森県・陸軍第一〇七師団
～満蒙国境　知らされなかった終戦

山田新一郎／森鍵直蔵／佐藤 武／熊谷史郎／
木島久雄／阿部敬蔵／金子 裕／石口 栄／
船橋榮初／新山誠一／小岩一男／梅田昌二／
佐藤 薫／下里 猛／田中忠治／栗林徳次郎

年	日本	世界
	8月 朝鮮に徴兵制施行	
	9月 御前会議,「今後採るべき戦争指導の大綱」(絶対国防圏の設定) 決定	9月 伊, 無条件降伏
	10月 学生の徴集猶予停止 (学徒出陣)	
	11月 軍需省設置. 大東亜会議開催	11月 カイロ宣言. テヘラン会談
	12月 徴兵適齢1年引下げ	
1944 (昭和19)	1月 大本営, 大陸打通作戦命令.	
	2月 米軍, マーシャル諸島上陸. 東条首相・陸相, 参謀総長兼任. 嶋田海相, 軍令部総長兼任	
	3月 インパール作戦開始	
	4月 日本軍、インパール北方のコヒマ占領. 大陸打通作戦開始.	
	5月 連合軍、ニューギニア・ビアク島上陸.	
	6月 米軍, サイパン島上陸 (翌月, 守備隊全滅). 日本軍、コヒマより撤退. マリアナ沖海戦	6月 米英軍, ノルマンディー上陸
	7月 インパール作戦中止. 東条内閣総辞職. 小磯国昭内閣設立	
	8月 学徒勤労令・女子挺身勤労令. ビアク島戦闘終了	8月 連合軍, パリ解放
	9月 米軍、ペリリュー島に上陸開始. 台湾に徴兵制施行	
	10月 台湾沖航空戦. 米軍, レイテ島進攻. レイテ沖海戦. 神風特攻隊出撃	
	11月 日本軍、柳州・桂林を占領. ペリリュー島、守備隊隊長自決	
1945 (昭和20)	1月 米軍、ルソン島上陸.「援蒋ルート」打通	
	2月 近衛文麿, 敗戦必至と上奏. 米軍, 硫黄島上陸 (翌月, 守備隊全滅)	2月 ヤルタ会談
	3月 米軍、マニラ占領. 国民勤労動員令. 東京大空襲. 大阪空襲	
	4月 米軍, 沖縄本島上陸. 小磯内閣総辞職. 鈴木貫太郎内閣成立	
	5月 戦時教育令公布	5月 独, 無条件降伏
	6月 御前会議,「今後採るべき戦争指導の基本大綱」(本土決戦方針) 決定. 義勇兵役法公布. 沖縄守備隊全滅. 花岡事件	
	7月 近衛文麿の特使派遣をソ連に申入れ	7月 ポツダム宣言発表
	8月 広島に原爆投下. ソ連, 対日宣戦布告. 長崎に原爆投下. 御前会議, ポツダム宣言受諾を決定. 戦争終結の詔書を放送 (玉音放送). 東久邇稔彦内閣設立. マッカーサー元帥, 厚木に到着	
	9月 降伏文書調印	

■略　年　表

年	日　本	世　界
1940 (昭和15)	7月 第2次近衛文麿内閣成立．大本営政府連絡会議．武力南進決定 9月 部落会・町内会・隣保班・市町村常会整備要綱通達．北部仏印進駐．日独伊三国同盟締結 10月大政翼賛会発会 11月大日本産業報国会創立．日華基本条約調印	6月 独軍，パリ占領
1941 (昭和16)	1月「戦陣訓」布達 4月 日ソ中立条約調印．日米交渉開始 7月 御前会議，「情勢の推移に伴う帝国国策要綱」決定．関特演発動．第3次近衛内閣成立．米，在米日本資産凍結．南部仏印進駐 8月 米，対日石油輸出禁止 9月 御前会議，「帝国国策遂行要領」決定 10月東条英機内閣設立 11月 御前会議，「帝国国策遂行要領」決定．米国務長官，ハル・ノート提示 12月 御前会議，対米英蘭開戦決定．日本軍，マレー半島上陸・ハワイ真珠湾攻撃．マレー沖海戦．グァム島占領．香港全島占領	3月 米，武器貸与法成立 6月 独ソ戦開始 8月 ルーズベルトとチャーチル，大西洋憲章発表
1942 (昭和17)	1月 日本軍，マニラ占領．大日本翼賛壮年団結成 2月 日本軍，シンガポール占領．華僑虐殺事件．翼賛政治体制協議会結成 3月 日本軍，ジャワ島上陸．ビルマのラングーン占領．大本営政府連絡会議，「今後採るべき戦争指導の大綱」決定 4月 日本軍，バターン半島占領．米機動部隊ドゥーリットル隊，日本初空襲．翼賛選挙 5月 日本軍、ビルマのマンダレー占領．珊瑚海海戦．翼賛政治会結成 6月 ミッドウェー海戦 7月 大本営，南太平洋進攻作戦中止決定 8月 米軍，ガダルカナル島上陸．第1次ソロモン海戦 10月 南太平洋海戦 11月 大東亜省設置	1月 連合国26カ国共同宣言 3月 米，日系人強制収容の命令 8月 米、マンハッタン計画開始
1943 (昭和18)	2月 日本軍，ガダルカナル島撤退開始 3月 戦時行政職権特例公布 4月 連合艦隊司令長官山本五十六，ソロモン上空で戦死 5月 アッツ島の日本守備隊全滅．御前会議，「大東亜政略指導大綱」決定	2月 スターリングラードの独軍降伏

中国大陸打通　苦しみの行軍1500キロ～静岡県・歩兵第34連隊～

（2007年８月21日　NHKBSハイビジョン　午後10時30分～放送）

語り　遠藤憲一
撮影　石間邦弘
照明　寺田直子
音声　伊藤 寿
映像技術　後藤恵津男
音響効果　上温湯大史
編集　安藤郁子
ディレクター　宮脇壮行
制作統括　沖田喜之

フィリピン最後の攻防　極限の持久戦～岡山県・歩兵第10連隊～

（2007年８月22日　NHKBSハイビジョン　午後10時30分～放送）

語り　石橋蓮司
撮影　伊藤武史
照明　吉田英昭
音声　高橋弘彰、片岡憲一
映像技術　小川正一郎
コーディネーター　倉津幸代
音響効果　田村崇典
編集　長山修見
ディレクター　白数直美
制作統括　中原常雄

満蒙国境　知らされなかった終戦～青森県・陸軍第107師団～

（2007年８月23日　NHKBSハイビジョン　午後10時30分～放送）

語り　石原 良
撮影　村井陽亮
音声　浅利大祐、佐々木秀夫
映像技術　長橋将万
音響効果　佐藤大輔
編集　三池信之
ディレクター　高橋 司
制作統括　原 靖和

シリーズ　証言記録　兵士たちの戦争—番組スタッフ一覧①

西部ニューギニア　見捨てられた戦場～千葉県・佐倉歩兵第221連隊～

（2007年８月12日　NHKBSハイビジョン　午後11時～放送）

語り　中條誠子
撮影　今井 輝
照明　小川秀明
映像技術　鳥原淳一
音声　土肥直隆
音響効果　嘉藤 淳
編集　橋本惠久
ディレクター　有代真澄
制作統括　山本展也

北部ビルマ　密林に倒れた最強部隊～福岡県・久留米陸軍第18師団～

（2007年８月13日　NHKBSハイビジョン　午後11時～放送）

語り　和田源二
撮影　國清大介
音声　鈴木恒次、安川賢司
映像技術　佐藤祐二
音響効果　細見浩三
編集　坂本 太
ディレクター　錦織直人
制作統括　嶺野晴彦

マリアナ沖海戦　破綻した必勝戦法～三重県・鈴鹿海軍航空隊～

（2007年８月14日　NHKBSハイビジョン　午後11時～放送）

語り　竹房敦司
撮影　一之瀬正史、野一色信正
音声　登上 俊
映像技術　備中正幸
音響効果　諏訪部 彰
編集　宇都宮邦年
ディレクター　鈴木昭典
制作統括　山下信久、杉山 尚

ビルマ　退却戦の悲闘～福井県・敦賀歩兵第119連隊～

（2007年８月20日　NHKBSハイビジョン　午後10時30分～放送）

語り　石澤典夫
撮影　図書博文
音声　廣田昭雄
映像技術　吉田孝光
音響効果　岩城成生
編集　瀬ノ尾義文
ディレクター　山登宏史
制作統括　濃明 修

資料・写真提供（敬称略）
口絵：（第一章）内田平八郎／白石 忠／佐倉市教育委員会
（第三章）キャプテンマック海洋研究所
（第四章）中井昌美／綬詰修二／ 中野珪三
（第五章）山崎行男／大塚敏男　（第六章）小野一臣
（第七章）斎藤定治／ Novosti/ユニフォトプレス

本文：（第二章）井上 咸　（第四章）中野珪三／しょうけい館
（第五章）静岡県護国神社　（第六章）小野一臣

本書校閲
吉田 裕

本書スタッフ
編集協力：加藤早苗／浅沼扶実子
校正：神力由紀子
本文DTP・地図作成：(株)エストール

証言記録 兵士たちの戦争 ①

2009（平成21）年2月25日　　第1刷発行

著者　NHK「戦争証言」プロジェクト

発行者　遠藤絢一

発行所　日本放送出版協会
〒150-8081　東京都渋谷区宇田川町41-1
TEL　03-3780-3325（編集）
TEL　0570-000-321（販売）
ホームページ　http://www.nhk-book.co.jp
携帯電話サイト　http://www.nhk-book-k.jp
振替　00110-1-49701

印刷　三秀舎／大熊整美堂

製本　ブックアート

Printed in Japan　ISBN978-4-14-081342-3 C0095

証言記録　兵士たちの戦争②

NHK「戦争証言」プロジェクト